그대 몸안에 있는
여섯 도둑부터 잡으시게

고승열전 **9** 일연큰스님

그대 몸안에 있는
여섯 도둑부터 잡으시게

윤청광 지음

우리출판사

윤 청 광

전남 영암 출생으로 동국대학교에서 영문학을 전공했고, MBC-TV 개국기념작품 공모에 소설 〈末島〉가 당선되었으며, MBC에서 〈오발탄〉〈신문고〉〈세계 속의 한국인〉 등을 집필했다. 그 동안 대한출판문화협회 상무이사·부회장·저작권대책위원장·한국방송작가협회 이사·감사·방송위원회 심의위원을 역임했고, 〈불교신문〉 논설위원을 거쳐 현재 〈법보신문〉 논설위원, 법정스님이 제창한 〈맑고 향기롭게 살아가기 운동〉 본부장, 출판연구소 이사장을 맡아 활동하고 있다. BBS 불교방송을 통해 〈고승열전〉을 장기간 집필했고, ≪불교를 알면 평생이 즐겁다≫ ≪불경과 성경 왜 이렇게 같을까≫ ≪회색 고무신≫ 등의 저서가 있으며, 기업체·단체 연수회에 초빙되어 특강을 통해 '더불어 사는 세상'을 가꾸고 있다.

BBS 인기방송프로 고승열전 ⑨ 일연큰스님
그대 몸안에 있는 여섯도둑부터 잡으시게

2002년 10월 23일 개정판 1쇄 인쇄
2009년 5월 13일 개정판 2쇄 발행

지은이/윤청광
펴낸이/김동금
펴낸곳/우리출판사
등록/1988년 1월 21일 제9-139호
주소/120-013 서울특별시 서대문구 충정로 3가 1-38
전화/(02)313-5047, 5056
팩스/(02)393-9696
E-mail/woribook@chol.com

ISBN 89-7561-180-9 03810

책값은 뒷표지에 있습니다.

· 지은이와 협의하여 인지를 붙이지 않습니다.
· 잘못된 책은 본사나 구입하신 서점에서 바꾸어 드립니다.

잘 들으시게.
부처님께 시주나 좀 하고
절이나 좀 많이 해서
남보다 복이나 좀 많이 받아 갈까
생각 하는 분들 말일세. 부처님은
'음. 아무개 보살이 얼마를 시주했구나'
'아무개가 절을 몇 번 했구나'
이런 것을 보고 계신 분이 아닐세.
부처님은 여기 모인 대중들
한 사람 한 사람이 제몸에 붙어 있는
도둑들을 어찌 단속하고 있나
그걸 살펴보고 계시네.

추천사

민족사학의 거목, 일연큰스님

「맑은 거울과 쇠가 원래 두 물건이 아니요, 휘몰아치는 파도와 잠자는 호수 또한 한 근원이니, 그 근본은 같으나 끝이 달라짐은 연마하느냐 하지 않느냐, 움직이느냐 움직이지 않느냐에 달려 있도다. 여러 중생의 성품 또한 이와 같으니, 다만 미혹함과 깨달음으로 구별된다 하겠다.

누가 일렀는가, 우둔함과 지혜로움에 종자가 있어 지극히 우둔함으로 큰 깨달음을 바라나니, 형세가 하늘과 땅만큼 차이가 있다가도 한번 기틀을 잡아 돌아오니 문득 본래의 깨달음과 같아진다. 가섭 부처님의 미소로부터 달마조사가 서쪽에서 오고 불법의 등불을 이어서 지금에 바로 이어지는 것은 모두 이와 같은 까닭이다.

그 마음을 전하고 그 정수를 얻어 해 지는 곳에서 밝은 해를 올리고 해 뜨는 곳에 신묘로운 빛을 밝히기는 오직 우리 국존이 있을 따름이다.」

이 글은 일연큰스님의 업적을 기리는 인각사 비문의 서두 부분이다.

소 걸음에 호랑이 눈빛(牛行虎視)의 아이로 아홉 살의 어린 나이에 출가한 큰스님이 700여 년이 흐른 오늘까지 우리 가슴에, 우리 역사 속에 살아 있음은 무엇으로 설명할 수 있을 것인가.

"중생의 세계는 줄어들지 않고 부처의 세계는 늘어나지 아니한다(衆界不減 佛界不增)"는 화두를 붙들고 참구(參究)한 지 20년, 홀연한 깨달음으로 "내가 오늘 삼계(三界)가 헛된 꿈과 같고, 대지(大地)에 티끌만큼의 걸림이 없음을 알게 되었노라"고 말씀하셨다.

무명 천지에서 한줄기 빛을 발견한 큰스님은 그 빛을 고해(苦海)에 빠져 있는 중생을 위해 높이 밝혔으니, 외적에 유린된 강토와 흰옷의 백성을 부여안고 부처님의 자비를 몸소 실천한 것이다.

우리나라 사람이면 누구나 〈삼국유사(三國遺事)〉를 알고 있을 것이다. 일연큰스님의 〈삼국유사〉가 없었다면 우리민족의 자주적인 역사와 독특한 문화는 없어지고 중국에 속한 변방 오랑캐 반도 소국으로서, 오로지 중국 닮기에 진력하는 사대모화(事大慕華)의 잘못된 기록만이 전해져 오늘의 배달겨레는 존재하지 않을 것이다. 주변 4대 강국의 틈바구니 속에서 자주 평화 통일을 성취해야 하는 우리의 현 상황에서 일연큰스님의 가르침은 크나큰 나침반이 되고 있다.

그러나 그 〈삼국유사〉를 남긴 큰스님은 그 생의 깊이와 업적에 비해 알려진 바는 많지 않다. 민족사학의 기틀을 마련한 역사가였고, 시가에 능한 문학가였으며, 팔만대장경을 재조(再造)하는 데 있어 큰 힘이 되었던 우리의 큰 스승을 이렇게 만나게 되니 기쁘기 한량없다.

  늦은 감이 없지 않으나 이제나마 일연큰스님의 일대기를 엮은 〈그대 몸안에 있는 도둑부터 잡으시게〉가 발간되어 무척 다행스런 일이다. 많은 불자와 독자들의 손끝에서 그분의 고귀한 삶이 연꽃처럼 피어나기를 기대한다.

  '처처불상이요 사사불공이라' 하여 이세상 모든 것을 귀히 여기되, 세상에 집착을 버렸던 큰스님의 큰 삶에서 오늘의 어려운 삶을 극복하는 지혜를 찾아야 할 것이다.

일연학(一然學) 연구원 원장
조계종 팔공산 은해사 주지   법타 합장

차례

1
소걸음에 호랑이 눈빛을 가진 아이 / 15

2
호랑이는 가두어 키울 수 없는 법 / 39

3
이 세상 모든 게 궁금한 아이 / 58

4
자갈밭을 농토로 일구어라 / 78

5
사미승의 목탁소리 / 100

6
잘해도 매, 못해도 매 / 114

7
마음은 소, 몸은 수레 / 137

8
제대로 된 뗏목을 만들거라 / 145

9
이제 그만 떠나거라 / 160

10
보당암에서의 새출발 / 171
11
신선처럼 살고지고 / 187
12
눈을 감고 있어도 눈앞이 환하구나 / 200
13
다시 만드는 팔만대장경 / 213
14
세상이 날 잡는구나 / 243
15
이 땅의 백성은 모두 한 핏줄이니 / 257
16
못다한 효도를 위해 / 278
17
여섯 도적 / 301
18
처처불상이요, 사사불공이라 / 307

1
소걸음에 호랑이 눈빛을 가진 아이

　지금으로부터 790여 년 전 고려 희종 때다. 경상도의 장산군은 여느 농촌과 다름없는 평화로운 마을이다. 그런데 이 마을에 사는 김언필의 집에 아주 기쁜 일이 생겼다.
　응애, 응애.
　자손이 귀한 김언필의 집안에 3대 독자 외아들이 첫울음을 터뜨린 것이다.
　아버지 김씨는 부리나케 삽짝으로 정주간으로 쫓아다니며 부산스럽다. 금줄에 쓰는 새끼는 반드시 왼쪽으로 꼬는 풍습이 있었기에 새끼를 다시 꼬고, 금줄에 달 물건을 찾아다니느라 한바탕 수선을 피우더니, 금줄만으로는 믿지 못하겠는지 아예 삽짝을 막고 지켜 서 있을 정도였다.
　응애, 응애.

아버지는 그 소리만 듣고 있어도 배가 절로 부르고, 춤이 더덩실 나올 지경이었다.

그런 중에 며칠이 흘러 어느새 첫이레가 되었다. 그때 사립문 밖에서 청아한 목탁소리가 들려왔다. 아기의 아버지는 예사스럽지 않은 듯 목을 길게 빼물고 문밖을 내다보았다.

지나가는 탁발승이었다.

"시주 좀 얻을까 하옵니다만."

"아이구 스님, 드리구말굽쇼. 잠시만 기다려 주십시오. 소인이 금방 가져오겠습니다요."

집주인 김언필은 단걸음에 집안으로 달려가 바가지 그득 곡식을 담아가지고 나오더니 뒷머리를 긁적였다.

"이거 죄송스럽습니다요, 스님. 지금 때가 오뉴월인지라 쌀을 드리지 못합니다요. 이 보리라도 받아주십시오. 스님, 바랑을 좀 벌리십시오."

그런데 참으로 괴이한 일이 일어났다. 방금까지만 해도 시주를 청하던 스님이 바랑을 벌리기는커녕 주둥이를 꽉 오므리며 자신이 시주를 잘못 청했다고 하는 것이 아닌가!

"아니, 이것 보십시오, 스님. 쌀이 아니라서 시주를 안 받으시겠다는 말씀입니까?"

김언필이 볼멘소리로 묻자 스님은 황급히 손을 내저으며 그런 것이 아니라고 했다. 김언필이 거절하는 이유를 묻는데도 스님

은 머뭇거리며 그냥 시주를 받은 셈치겠다고 했다.
　스님은 조용히 돌아서서 눈을 감으며 '나무아미타불 관세음보살'을 되뇌였다.
　영문을 모르는 김언필은 따지듯 스님을 잡아 세웠다.
　"아니, 그런 법이 어딨소? 대체 무엇 때문에 우리집 시주를 내치신단 말이우."
　스님은 천천히 돌아서더니, 약간 뜸을 들인 후 입을 열었다.
　"허—참. 시주님께서 이토록 노여워하시니…… 받지 못할 이유가 세 가지 있으나 소승 한마디만 드리지요."
　스님이 말을 이었다.
　"소승이 보아하니 이 댁도 양식이 떨어진 지 이미 오래된지라 소승에게 시주하시려는 곡식도 남의 집에서 꿔온 것이 분명한 줄 아옵니다."
　"그걸 스님께서 어찌 그리 소상히 아십니까?"
　"저기 마루에 곡식 바가지가 셋이지요!"
　"예, 그래서요?"
　"한 바가지에 담긴 곡식의 때깔이 제각각인 걸 보니 필시 여러 집에서 조금씩 꾸어온 것이 분명합니다. 그런데 그걸 어찌 제가 가져갈 수 있겠습니까?"
　"아니 그러면 혹시…… 스님께서 눈 감고도 세상일을 훤히 내다보신다는 도인 스님이 아니신지요?"

"허허허허—"
 스님은 청아한 목탁소리에 웃음을 묻고는 나무아미타불 관세음보살을 되뇌며 대답을 하지 않았다.
 그러자 김언필은 시주를 하지 못하는 섭섭함에다가, 시주를 못 받겠다는 나머지 두 가지 까닭도 궁금해, 어서 이야기해 달라고 스님을 재촉했다.
 인자해 보이는 탁발승이 입을 열었다.
 "허면 소승이 한말씀 여쭙겠소이다. 이 댁에 며칠 전에 귀한 아드님이 태어났지요?"
 "예, 그거야 금줄을 쳐놓은 것을 보시면 아실 일이지요."
 "앞으로 그 아일 잘 지켜보십시오."
 "예, 아이를 지켜……."
 김언필은 가슴이 쿵 하고 무너져내리는 것 같았다.
 "그 아이는 우행호시(牛行虎視)라, 앞으로 걸음걸이는 소를 닮을 것이요, 눈빛은 틀림없이 호랑이를 닮을 것입니다. 본디 호랑이는 만산만야를 두루 누비고 다니는 백수의 왕이거늘, 비좁은 우리에 가둬두면 단명할 것이라 그것만으로도 근심걱정이 태산 같거늘 내 어찌 이 댁에서 시주를 얻어갈 수 있겠소이까?"
 김언필은 쇠몽둥이로 뒤통수를 얻어맞은 듯, 날벼락을 맞은 듯 뻣뻣하게 굳었다. 시주하라고 들른 탁발승의 입에서 나온 엄청난 얘기에 언필은 자신을 추스릴 수가 없었다. 그러나 그것도 잠

시, 남의 가슴에 불을 지른 탁발승은 휘적휘적 어느새 논둑길로 접어들고 있었다. 언필은 정신을 가다듬고 스님의 뒤를 쫓아 뛰어갔다.

이때 아무것도 모르는 들판에 매어둔 소가 눈을 씀벅이며 두 사람의 뒷모습을 돌아보고 있었다.

숨이 턱까지 찬 김언필은 스님의 앞을 가로막으며 따지듯 물었다.

"이것 보십시오. 세상에 이런 법은 없소. 이게 무슨 마른 하늘에 날벼락이란 말이우."

"허허, 아 그래서 제가 아무 말 안하고 떠나려 한 것인데, 이제 다시 나를 원망하신단 말이오?"

"다시 한 번 여쭙겠습니다요, 스님. 스님께서 말씀하시길, 우리 아이가 장차 저 소처럼 걷고 눈, 눈빛은 호, 호랑이를 닮을 것이라고 하셨지요?"

"그럴 것이오."

"그 호, 호랑이를 비좁은 우리에 가둬 키우면 단명할 거란 말씀입지요?"

"물 속의 잉어도 웅덩이에 넣으면 제 명수(命數)를 채우지 못하거늘 하물며 백수의 왕 호랑이는 어찌 되겠소?"

김언필은 스님의 앞에서 무릎을 푹 꺾으며 애원했다.

"아이구 스님, 제발 살려주십시오, 죽을 괘가 있으면 반드시 살 꽤도 있을 것이 아닙니까요?"

"그래도 천행으로 그 아이가 열 살이 되기 전에 집을 떠나면 천수를 누릴 것인즉, 과히 염려는 마시오."

"열, 열 살이라구요."

"다행히 이 중 목숨이 질겨 그 아이가 열 살 되기 전에 다시 볼 수 있으면 그때 봅시다."

김언필은 힘없이 돌아와, 누워 있는 아내에게 스님과 있었던 일을 전했다. 어머니 이씨부인 역시 천장이 빙글빙글 돌았다. 부인은 흐느꼈다.

그날부터 이들 부부는 소울음 소리만 들어도 가슴이 뛰었고, 하늘이 무너진 듯 땅이 꺼진 듯 허구한 날 한숨 속에서 세월을 보내고 있었다.

그러나 아무리 걱정이 태산이라도 손이 귀한 집안에서 아들을 얻었으니 이름을 짓지 않을 수 없었다.

음메— 음메.

멀리서 소울음 소리가 부부의 심경을 어지럽혔다.

"이거야 원, 답답한지고. 당신 혹시 저 아이 태몽이 소나 호랑이 꿈 아니었소?"

"꿈에도 그런 일은 없었구먼요. 지가 몇 번 얘기하지 않습디까. 밝은 해가 안방으로 쑥 들어와서 너무 눈이 부셔 깜짝 놀랐다구요."

"그래, 그랬었지 참. 그 해꿈을 3일 연거푸 꾸었다고 했었지."
"아, 당신이 그때 꿈풀이까지 하지 않으셨수. 아들을 낳는 꿈이라고 좋아하시구선."
"그래. 내가 그랬었지. 어쨌든 태몽이 맞긴 맞았구먼. 아들을 낳았으니 말여."
그러나 김언필은 스님의 말을 생각하니 마음이 어지러웠다.
"그나저나 이름을 지어야 할 텐데……."
부부는 이리저리 생각을 굴려보았으나 별 뽀족한 수가 떠오르지 않았다. 귀한 자식인지라 잘 짓고 싶은 마음이야 있었지만, 아기가 단명한다는 떨떠름한 얘기를 들은 끝인지라 신명이 나지 않았다.
이씨부인이 입을 열었다.
"개똥이라고 하십시다."
"뭐야, 개똥이?"
"예에, 이름을 천하게 불러야 천신의 노여움을 안 사서 오래 산다잖우!"
"허허, 그건 안 될 소리여. 아 우리 김씨 가문이 어떤 집안인 줄 몰라! 그래 하필이면 천한 상것들이나 부르는 개똥이가 뭐여?"
김언필은 곰곰이 생각을 했다.
"그보다 당신 태몽이 밝은 해가 안방으로 쑥 들어오는 것이었으니까 '밝은 것을 보고 얻었다'는 뜻으루다 견명이라고 하는 게 좋겠구먼."
이씨부인이 고개를 갸웃거리며 소리내어 불러본다.
"견명, 견명이라구요."
"볼 견(見) 자에다가 밝을 명(明), 밝은 것을 보고 얻었으니 견명이다 이거지."
"내사 뭘 알겠소만은 어둡다는 것보다야 밝은 것이 좋긴 좋겠습니다요."
흡족한 미소를 띤 김언필은 "견명아, 견명아" 하며 몇 번 이름을 불렀다.
"아, 이렇게 자꾸 부르다 보면 아이의 장래도 밝아지겠지 뭐."
"아이구 제발 덕분에 그렇게만 되면야 무슨 걱정이 있겠수."
그때 부부의 관심을 끌려는 듯 견명이 우렁차게 울어댔다.
부인이 아기를 안아 올려 젖을 물리자 아기는 조용해졌다.

이렇게 해서 소를 닮았다는 아이는 김견명이 되었다. 아이는 무럭무럭 자라서 대여섯을 넘기고 어느덧 여덟 살의 문턱에 있었다. 그런데 그때부터 견명에게 기막힌 일이 일어났다.
여느 평온한 농촌처럼 견명의 마을에서도 여기저기에서 소들이 한가로이 풀을 뜯고 있었다. 그때 소년 견명이 소 옆을 지나가고 있었는데 마을 어른이 견명을 불러세웠다.

"네, 이놈. 네가 언필이 아들 견명이렷다. 그런데 어찌 걸음걸이가 그리 우스꽝스러운고. 똑바로 걷지 못할꼬!"

견명이 볼멘소리로 대꾸를 했다.

"제 걸음걸이가 어때서요, 아저씨!"

"아, 인석아. 나이두 어린 녀석이 왜 그리 어기적어기적 소 걷듯 한단 말이냐?"

"아이 참 아저씨두. 별 걱정 다하십니다. 소처럼 천천히 걸어야 넘어지지두 않구 좋지 뭘 그러세요."

그런데 이 시비걸기 좋아하는 아저씨가 또다시 잔소리를 했다.

"뭐라구? 아니 이녀석이 어디서 두 눈을 부릅뜨고 쳐다봐."

"에이 참 아저씨두. 제가 언제요?"

"아니 이녀석 버르장머리가 도대체 없구먼그려. 어른이 말씀을 하시면 그런가부다 할 것이지 어디서 호랑이 눈을 해가지고 쳐다봐, 앙!"

"아이구 어르신, 제가 언제 호랑이 눈을 했습니까요. 그냥 뵈었을 뿐이에요."

"아니 이녀석 보게. 점점 더 크게 호랑이 눈을 해가지고 말대꾸까지 하네. 이녀석, 네 애비한테 말해서 단단히 혼나게 할 테니 그리 알아라!"

마을 어른은 공연히 혼자 씩씩대며 견명의 집으로 달려갔다. 그때 소울음 소리도 부지런히 농부의 뒤꽁무니를 좇는 듯 들려왔다. 숨차게 달린 농부가 견명의 집 삽짝을 들어서며 견명 아버지를 불러댔다.
"여보게 언필이, 언필이 집에 있는가?"
견명의 어머니가 인기척에 놀라 황급히 댓돌에 내려서며 인사를 하였다.
"아이구 어쩐 일이시래요. 여보, 선돌이 아버님 오셨어요."
"아니, 오늘은 들에 안 나가셨는가?"
"나갔지 왜 안 나갔겠는가. 지금 막 돌아오는 길일세. 그런데 자네에게 긴히 할 얘기가 있어서 왔네."
견명의 부모는 궁금했다. 무슨 일일까? 견명 아버지가 다그쳤다.
"그래. 말씀해 보시게."
"자네 아들 견명이 말일세."
"우리 견명이가 왜?"
"내 그 동안 그 아일 눈여겨보았는데, 나이두 어린 게 어기적어기적 걷는 모양이 꼭 저기 있는 저 소처럼 걷는다는 걸 알고 있었나?"
부부는 동시에 외쳤다.
"소처럼 걷다니? 아니 그게 무슨 소린가?"
"아 글쎄 그녀석이 이렇게 어기적어기적 꼭 소처럼 걷는다니까!"

농부는 어느새 흥내까지 내고 있었다.
"그게 정말입니까?"
이씨부인도 끼여들며 물었다.
"아, 제가 무엇 때문에 남의 귀한 자식 험담을 늘어놓는단 말입니까? 처음엔 불러놓고 그렇게 걷지 말라고 훈계를 했더니, 아, 이녀석이 글쎄 호랑이 눈을 해가지고 날 쳐다보더란 말입니다요."
"무, 무엇이라고? 호, 호랑이눈?"
언필은 뒤통수를 뭔가에 얻어맞은 것 같았다.
견명의 부모는 너무나 놀랐다. 이제나 저제나 하던 일이 너무나 빨리 눈앞으로 다가온 것이다. 나이 여덟 살에 우행호시라. 걸음걸이는 영락없이 소걸음이요, 두 눈은 어김없는 호랑이 눈빛이라니…… 부부는 말없이 서로를 바라볼 뿐이었다.

그 이듬해 견명이 아홉 살 나던 봄이었다.
탁탁탁…….
봄볕을 흔드는 소리가 있었다.
"주인 계십니까? 지나가던 탁발승 시주 좀 얻을까 하옵니다."
"여보, 웬 스님이 시주 얻으러 오셨나봐요."
견명 어머니가 남편을 돌아다보았다. 목을 쑥 빼물고 보던 견명 아버지가 깜짝 놀라 버선발로 나섰다. 바로 9년 전 견명이 태어났을 때 왔던 그 스님이 아닌가? 이씨부인도 함께 따라나섰다.
"아니 저 스님이 우리 견명이 장래에 대해—."
"그래, 틀림없이 그때 그 스님 같구먼. 코밑에 까만 점이 있으셨거든."
"아이구, 그럼 어서 안으로 모셔야지요, 예?"
"아, 알았어."
견명 아버지는 정중하게 스님에게 인사를 하였다.
"저 혹시 스님께서 9년 전에 저희집에 오셨던 바로 그 스님이 아니신지요?"
스님의 목탁소리가 잦아들더니 허리를 깊이 숙이고는 입을 뗐다.
"소승더러 9년 전에 다녀갔느냐고 물으셨소이까?"
"예, 스님."
"하하 탁발이라는 것이 워낙 이집 저집 다니는 것인데, 어찌 이댁뿐이겠소이까?"
아버지도 황급히 고개를 숙이며 더듬거렸다.
"아이구, 그게 말입니다요, 스님……."
뒤에 물러서 있던 이씨부인이 답답하다는 듯 앞으로 나섰다.
"당신이 어서 그때 일을 소상히 말씀드리시우."
"저 그게 말입니다요, 스님. 그때 저희집에 시주를 얻으러 오셨다가 꾸어온 곡식이라 받을 수 없다며 그냥 가셨잖습니까?"

"그랬던가요?"

"우리 애가 태어났을 무렵이었는데, 그 애가 우행호시라 걸음은 소를 닮을 것이오, 눈빛은 호랑이를 닮을 거라고 말씀하시지 않으셨나요?"

"허허, 이 중을 용케 알아보셨구려. 헌데 주인양반, 그 아이가 금년에 아홉 살이 되었을 터인데?"

입이 빠른 이씨부인이 남편보다 먼저 대답했다.

"예, 스님. 스님 말씀대로 금년에 아홉 살이구먼요."

"과연 내가 말한 대로 우행호시던가요?"

"아이구, 스님. 제발 우리 아이를 살려주십시오. 스님이 말씀하신 그대로였습니다요."

"먼 길에 피곤하니 우물물이나 한 바가지 얻어 마십시다요."

아버지는 스님에게 집안으로 들 것을 권유했다.

"아이구, 스님. 여기서 이러실 게 아니라 안으로 좀 드시지요. 예, 스님?"

"내 그러면 잠시 쉬었다 가지요."

스님을 안으로 모신 내외는 시원한 냉수를 떠다 드렸다. 그리고는 스님 앞에 죄인들처럼 무릎을 꿇고 다소곳이 앉았다. 멀리서 소울음 소리가 나자 세 사람은 서로 쳐다보았다.

"스님, 방금 저 소울음 소리를 들으셨습지요?"

아버지가 스님에게 물었다.

"예, 들었소이다."
"소인 이제 저 소울음 소리만 들어도 눈앞이 캄캄해집니다요."
"정말입니다요, 스님. 세상에 하필이면 왜 우리집에 이런 해괴한 일이 일어났는지 모르겠구먼요."
어머니도 한마디 끼여들었다.
"그 아이 이름을 무어라고 지셨소이까?"
스님이 아버지를 건너다보며 말을 건넸다.
"예, 스님. 볼 견 자 밝을 명 자를 써서 견명이라고 지었습죠."
"그래 견명이가 소걸음을 걷는단 말이지요?"
"동네 사람들이 다 알 정도로 눈에 뜹니다요."
"눈빛도 예사롭지 아니하구요?"
스님이 재차 물었다.
"예, 가까이서 보면 영락없는 호랑이 눈빛입니다요, 스님."
어머니가 머리를 조아리며 입을 열었다.
"열 살이 되기 전에 집을 떠나야 할 아이니 각오를 단단히 해야 할 것입니다."
스님이 부부를 부드럽게 바라다보았다.
"스님, 멍청한 얘기 같지만요, 만약 열 살이 넘도록 집에서 내보내지 아니하면 어찌 된다는 말씀인지요?"
"단명합니다."
"단명한다면 일찍 죽는다는 말씀이십니까?"

웬만한 일이라면 남정네들 얘기에 끼여드는 법이 없는 이씨부인도 자식의 일인지라 자꾸 끼여들었다.

"그, 그러면 열 살이 되기 전에 집을 떠나기만 하면 명은 틀림없이 길어지는 거지요?"

어머니가 성급하게 스님을 붙잡고 늘어졌다.

"팔십수는 물론이요, 그 명이 천년만년을 넘을 겁니다. 대운을 타고난 아이지요."

"아니, 스님. 그 명이 천년만년을 넘을 것이라니요?"

눈이 휘둥그레진 아버지가 자신도 모르게 스님의 손까지 잡아가며 물었다.

"두고두고 후세에까지 그 명성을 전할 것이니, 그래서 그 명이 천년만년을 넘을 것이라는 겁니다. 그나저나 그 아이 얼굴을 한번 봐야겠는데, 어디 심부름이라도 보내셨는지요?"

"아, 아니옵니다. 아마 옆집에 놀러 간 모양입니다요. 임자, 어서 가서 데리구 와요."

"아이구 예, 알았어요."

어머니는 대답을 뒤로 하고 부리나케 달려나갔다.

행장을 꾸린 스님은 견명 아버지와 이런저런 얘기를 나누었다. 얼마가 지났을까? 이윽고 어머니의 손에 끌려 견명이 나타났다. 예의 소걸음을 걷고 있었다.

"인사올려라, 견명아. 이 스님께서 너를 보자고 하셨다."

어머니가 견명의 손을 흔들었다.
"진지 잡수셨습니까요, 스님?"
"아니 얘가, 지금이 어느 땐데 웬 진지타령이냐?"
어머니가 견명을 쥐어박을 듯이 말했다.
"에이, 어머니가 그러셨잖아요. 스님들은 맨날 굶고 다니신다구요."
"허허, 그녀석 참. 네 이름이 무엇이라고 했던고?"
"예, 볼 견 자, 밝을 명 자, 견명이라 하옵니다요."
"허면 올해 나이는 몇인고?"
"예, 아홉 살 먹었습니다요."
견명이 정중하지 않은 태도로 대답을 하자 아버지가 나무랐다.
"인석아, 스님께서 물으시는데 공손하게 말씀 올리지 않고 어찌 그리 몸을 뒤트는 게냐!"
"내버려두시지요. 그러면 견명아, 두 눈을 똑바로 뜨고 내 얼굴을 한번 쳐다보아라."
"스님 얼굴을요? 어, 스님 코밑에 큰 점이 있네."
"아이구, 이런 철부지 같으니라구."
어머니는 견명이 실수라도 저지를까봐 조마조마했다.
"허허 이젠 되었다. 나가 놀아라."
"예, 스님."
견명은 세 사람의 눈치를 살피면서 삽짝까지 슬슬 뒷걸음질치

다가 사립문을 벗어나서는 몸을 돌려 뛰어나갔다.
 "하오면 스님, 대체 저 아이를 어찌해야 옳단 말씀이신지요?"
 애면글면, 자식을 생각하는 모정이 안쓰러울 정도로 깊은 이씨부인이 눈물을 글썽이며 물었다.
 "저 아이는 우행호시가 틀림없으니 서쪽으로 멀리 보내면 명을 이을 것이오."
 "서쪽이라시면……"
 "내 석굴암에 다녀올 것이니 그동안 잘들 생각해 보십시오."
 "무엇을 어찌 생각해 보라는 말씀이신지요, 스님?"
 이씨부인이 답답한 듯 물었다.
 "소승은 본디 전라도 해양 무량사에 의탁하고 있는 사람올시다. 불국사에 참배를 하고 와서는 다시 그곳으로 돌아갈 것이오. 그때 저 아이를 나에게 맡기면 데려가 글공부나 시켜볼까 하오."
 "하오시면 기어이 저 아이를 이 집에서 내보내야 한다는 말씀이십니까?"
 "저 아이가 열 살이 되자마자 세상을 떠도 좋다면 그냥 데리구 계시오."
 "아이구, 아니 되옵니다요. 제발 우리 견명이를 살려주십시오."
 어머니는 매달리다시피 스님을 잡았다.
 "나는 열흘 뒤에 다시 이 마을을 지나갈 것인즉, 두 분께서는 잘 생각하셔서 결정하시지요. 나무아미타불 관세음보살."

깊이 허리를 굽혀 합장을 한 후 목탁을 두드리며 스님은 멀어져갔다. 부부는 스님의 모습이 점으로 변할 때까지 움직이지도 않고 그 자리에 못박힌 채 하염없이 서 있었다.
　스님이 열흘 뒤에 다시 찾을 것을 약조하고 마을을 떠난 뒤, 견명의 부모는 식음을 전폐한 채 시름에 젖었다.
　음메— 음메—.
　"허허, 저 망할 놈의 소가 잘도 울어대는구먼."
　견명 아버지도 답답해서겠지만 애꿎은 소를 탓했다.
　"아, 견명이는 김씨 가문 대를 이어야 할 아인데, 스님이 하라는 대로 딸려 보낼 수도 없는 일이구 말여!"
　"아니 그러면 스님의 말씀을 거역하자는 말씀이우?"
　"아, 누가 그런대. 하나밖에 없는 자식을 내보내야 한다니 기가 막혀서 그러지."
　"누군들 알토란 같은 내 새끼를 보내구 싶겠수. 그러나 집에서 데리고 살면 단명한다니…… 그러다 덜컥 죽기라도 하면 그 일을 어쩌게요."
　"아이구 참, 이러자니 미치겠구, 저러자니 복장 터지겠구!"
　"그래도 여보, 견명이가 명이 길어진다면 그게 낫지요. 일찍 죽는다는데 데리고 있을 수는 없는 일 아니겠수."
　"그러면 임자는 스님 편에 딸려 보내자 그런 말이오?"
　"별 도리가 없지 않습니까요? 어린 자식 타관살이 내보내면

춘하추동 눈에 밟혀 에미 눈이 마를 날이 없다고 합디다만, 그래도 자식이 일찍 죽어 가슴에 묻는 것보다는 낫다고 그럽디다."

이들 내외는 앉아도 그 걱정, 서도 그 걱정 그야말로 좌불안석 어찌할 바를 몰랐다. 사흘, 나흘, 닷새가 지나고 스님과 약조한 열흘이 가까워오건만 부부가 할 수 있는 것이라곤 듣나니 눈물이요, 짓나니 한숨뿐이었다.

그러던 어느 날 견명이 이상한 짓을 하는 것이 어머니의 눈에 띄었다.

"아이구, 여보. 여기 좀 나와 보슈."

어머니가 숨이 턱에 닿아 외쳤다.

"무슨 일인데 그리 호들갑이야?"

"아, 견명이가 마당에 나뭇짐 해다 놓은 걸 좀 보세요."

"어어, 아니 이게 한두 짐도 아니고……. 언제 이렇게 많이 해다 놨지?"

"그러게 말예요. 나이 아홉 살이면 밥값을 하라고 윽박질러도 겨우겨우 반 짐을 할까 말까 하는데 이렇게 많이 해놓다니 말이야."

참으로 보기 드문 일이었다. 나무를 석 짐이나 해다 놓더니 이번에는 우물에 가서 물까지 길어오는 것이 아닌가?

"아니, 이녀석아. 오늘은 무슨 바람이 불었느냐? 시키지 않은 일까지 다하게."

아버지가 한마디 했다.
"아이구, 조심해라. 물통 엎을라."
어머니는 걱정스러운 듯 견명의 물지게를 받으려 했다.
"어머니, 비키세요. 제가 놓을께요. 그리고 소자 아버님, 어머님께 드릴 말씀이 있습니다요."
어머니, 아버지는 서로 쳐다보았다.
"헐 말이 있다구?"
"어머님, 아버님 소자도 다 알고 있습니다요."
"아니, 무얼 알고 있다는 게냐?"
아버지가 긴장된 표정으로 물었다.
"두 분께서 소자의 일로 걱정하시는 말씀을 간밤에 들었구먼요."
"아니, 네가 다 들었단 말이냐?"
아버지가 물었다.
"아이구, 그러면 스님이 하셨다는 얘기도 다 들었어?"
어머니가 뒤이어 물었다.
"그 스님께서 제가 열 살 되기 전에 집을 떠나야 오래 살지 그냥 여기서 있다간 일찍 죽는다구 하셨다면서요?"
"아 아니, 꼭 그렇다는 게 아니구, 스님이……"
아버지가 당황스레 장광설을 늘어놓으려 하자 어머니가 숨기기를 단념한 듯 얘기를 했다.

"그래, 그 스님이 그렇게 말씀하신 것은 사실이다."
"소자도 다 알았구먼요. 소자가 소걸음에다가 호랑이 눈빛이라면서요."
"그래, 기왕지사 네가 알았다니 숨길 수도 없구나."
"소자의 생각으로는 두 분께서 걱정하실 일이 아닌 줄로 아는구먼요."
"아니, 그게 걱정할 일이 아니라면……."
아버지가 다가앉으며 물었다.
"소자가 스님을 따라 서쪽으로 가서 살기만 하면 되는 일이 아닌가요?"
"아이구 이놈, 견명아. 그게 무슨 말이냐."
이씨부인은 벌써 눈물을 글썽이며 아들의 손을 잡았다.
"어머님, 조금도 염려 마십시오. 소자가 집에 있으면 일찍 죽는다고 하지만 서쪽으로 가면 오래 살고 글공부도 시켜준다고 하시니 그 스님을 따르겠습니다. 우리 마을에는 서당도 없어서 글공부도 배우지 못하는데 그 스님 따라가면 글공부를 배울 수 있다니 소자 즐거운 마음으로 따르겠습니다."
"견명아."
"어머니 울지 마십시오. 소자가 오래 살아야 효도를 할 게 아닙니까?"
견명의 말에 어머니와 아버지는 견명을 부둥켜안고 울었다.

드디어 스님과 약조한 열흘째 되는 날, 스님은 다시 찾아왔다. 견명은 스님께 넙죽 큰절을 올렸다.

"그 동안 잘 있었느냐?"

스님이 다정스레 물었다.

"예. 그런데 스님께 몇 가지 여쭙고자 하옵니다."

"허허, 무엇이 그리 알고 싶은고?"

"제가 스님을 따라 가면 어디서 살게 되는지요?"

"여기서 7, 8백 리 떨어진 무등산 아래 해양땅, 무량사니라."

"그럼 제게 꼭 글공부도 시켜주시는 것이지요?"

"암, 그렇고말고."

"그러면 무량사에도 글 가르치는 훈장님이 계신온지요?"

"허허, 본래 글 가르치는 훈장은 아니 계시지만 그 대신 공부 많이 하신 큰 학자 스님도 계시니 네가 부지런히 배우기만 하면 글공부는 원없이 할 수 있을 게다."

"그러시면 그 대신 제 머리 깎아서 애기중 만들려고 그러시는 것은 아니십니까?"

"허허, 맹랑하구나. 네 스스로 출가득도하겠다고 원한다면 몰라도 절에서 억지로 머리를 깎이는 일은 없느니라."

"참말이지요?"

그날 밤 스님은 견명의 집에서 하룻밤을 묵게 되었다. 견명 부

모는 마음이 천근만근이었다. 자식을 천리타향으로 떠나보내는 부모심정이야 오죽했으랴. 견명의 부모는 조상님 제삿날에나 밝히던 기름등잔에 불을 밝히고 밤이 이슥토록 스님 앞에 꿇어앉아 이것저것 물어보며 안타까운 부모의 심정을 달래고 있었다. 그러나 그 마음을 무엇으로 채울 수 있을 것인가?

멀리서 두 사람의 마음을 아는 듯 두견새가 피를 토하듯 울었다.

"스님, 자꾸 물어싸서 죄송합니다요."

아버지가 미안해하는 얼굴로 스님에게 말을 붙인다.

"아니올시다. 걱정되고 궁금한 게 있거든 뭐든지 말씀하시오."

"철부지 자식을 천리타향으로 떠나보내자니 이것도 걸리구 저것두 걸려서요. 그래서 한마디 여쭙는 것이옵니다만은……."

"몇 살까지 부모와 헤어져 살아야 하느냐 그것이 궁금하신 게로군요?"

스님이 다정한 얼굴로 견명 아버지를 건너다보며 물었다.

"그러니까 저 아이가 몇 살이 되면 다시 돌아와서 김씨 가문의 대를 이을 수 있겠는지요?"

견명의 아버지가 그렇게 묻자 스님은 견명의 부모를 안심시켰다. 열네 살이면 집으로 돌아올 수 있다는 얘기였다. 5년 만 기다리면 견명은 액운을 넘기고 무사히 돌아올 수 있었다.

"하— 하온데, 스님. 5년 안에 별일이야 없겠지요?"

견명의 어머니가 재차 다짐하듯 스님에게 못을 박았다.
"그야 부모님이 하시기에 달렸지요."
스님의 말에 부부는 서로 놀란 듯 바라보았다.
"자식을 절간에 보내놓고 만일 그 부모가 악업을 짓는다면 어찌 자식의 무사함을 바라겠소이까?"
"아이구 스님, 무신……."
"불가에서는 늘 이렇게 가르칩니다. 어느 부모나 자식을 품안에 품고서 집 안에 가둬놓고 키울 수는 없는 법, 집 밖에 나간 자식이 무사하길 바라고 그 자식이 잘되기를 바라거든 그 부모가 우선 악업을 짓지 말아야 할 것이라고 말입니다."
"예, 스님."
"자세히 말하자면 입으로는 악담을 하지 말 것이며, 중상모략, 이간질, 욕설도 삼가며, 원한을 품고 남을 해치거나 남의 물건을 도적질해서는 아니 될 것이며, 목숨 있는 것을 함부로 죽이지 말며, 특히 새끼 밴 짐승을 잡으면 자식이 단명할 것이니 각별히 조심하셔야 할 겝니다."
"예, 스님."
부부는 고개를 떨구고 다시 한 번 스님이 한 말을 되새겼다.
"내가 이득을 보자고 남의 눈에서 눈물이 흐르게 하면 그 재앙은 반드시 그 자식에게 미치는 것이오."
"예, 스님. 명심하겠습니다."

2
호랑이는 가두어 키울 수 없는 법

이튿날 아침, 아홉 살짜리 견명은 부모님께 하직인사를 올리고 낯선 스님을 따라 정든 집을 떠나게 되었다.

깍깍— 깍깍.

"어이구 저 주책없는 까치 좀 보게. 부모 자식이 생이별을 하는데 뭐가 그리 좋다고 울어대누. 남의 속도 모르고, 후여, 후여."

"원참, 어머니두. 아 소자가 절로 글공부하러 가는데 이게 반가운 일이 아니고 뭐겠습니까요."

오히려 견명이 으젓하게 어머니를 안심시켰다.

"아이구 스님, 저희는 그저 자나깨나 앉으나서나 스님만 믿겠습니다요. 부디 저 아이를 잘 좀 보살펴주십시오."

어머니가 눈물을 찍어내며 당부를 했다.

"스님 약조하신 대로 5년 후에는 저 아이를 우리집으로 돌려

보내 주십시오. 가문을 이어갈 아이인지라……."
 아버지도 애원하는 눈빛으로 스님에게 부탁을 하고 또 했다.
 "잘 알고 있소이다. 견명아, 네가 앞장서거라."
 "예, 아버님, 어머님, 소자 무사히 다녀올 것이니 그동안 평안히 잘 계십시오."
 "그래그래, 무사히 다녀와야 한다."
 어머니는 여전히 울먹였다.
 "얘, 견명아— ."
 무겁게 견명을 불렀던 아버지는 무슨 말을 할 듯하다가 입을 다물고 손짓으로 배웅했다.
 음메— 음메—.
 "견명아 어서 오지 않고 뭘 하는 게냐. 아니, 너 울고 있질 않느냐?"
 "예, 스님. 소울음 소리가 너무 슬퍼서요."
 "원 이녀석, 조금 전 집을 떠나올 땐 즐거워하지 않았느냐?"
 "그거야 부모님께서 상심하실까봐 일부러 즐거운 척했습죠."
 "원 멀쩡한 녀석."
 "정든 집과 부모님을 떠나는데 어찌 저라고 슬프지 않겠습니까, 스님."
 음메— 음메—.
 "견명아, 집으로 돌아가려느냐."

"아닙니다요. 전 스님을 따를 것입니다요. 그 말씀은 저더러 일찍 죽으라시는 것과 같습니다, 스님!"

"허허, 내 어찌 네게 일찍 죽으라고 할 수 있겠느냐!"

"죽으면 눈도 못 뜨고, 숨도 못 쉬고, 말도 못 하고, 밥도 못 먹는 것이지요."

견명은 아이다운 생각으로 열심히 중얼거렸다.

"그리고 그 다음에—"

"관 속에 담아가지고 땅속에 묻어버리고 꽁꽁 밟는 것입지요."

"그래, 그리 되기가 싫다는 말이렷다."

"예, 스님. 저는 어서 커가지고 글공부를 많이 해서 벼슬을 해야 합니다요, 스님."

"벼슬은 왜?"

스님은 어린아이와의 대화가 재미있는 듯 꼬리에 꼬리를 물고 질문을 했다.

"벼슬을 해야 땅도 생기고 먹을 것, 입을 것이 풍족해진다 하던걸요."

"아니 그러면 맛난 음식 배불리 먹고, 좋은 옷 입으려고 공부한단 말이지. 그게 네 소원인고?"

"아닙니다요. 아버님, 어머님 가난 고생 좀 면하게 해드리고 싶어서 그러지요."

"허면 여태껏 왜 글공부를 아니했는고?"

"아이참, 스님두. 우리 같은 가난뱅이만 사는 마을에 서당이 있습니까, 훈장이 있습니까, 어디 가서 누구한테 배우라는 겁니까?"
"허허, 그랬구나. 너 글공부할 욕심으로 나를 따라 나섰구나."
"집에 있으면 일찍 죽는다니 그것두 무섭구요. 글공부도 할 수 있다니 그래서 따라가겠다고 한 것입니다요."
"그리 글공부가 하고 싶더냐?"
"스님께서 약조하신 대로 5년만 글공부를 시켜주시면 그 은혜 결코 잊지 아니할 것입니다요!"
"걸핏 하면 부모님 생각하며 울 터인데 그래가지구야 제대로 글공부가 되겠느냐?"

스님은 어린 견명의 속을 떠보기 위해 집으로 돌아가라고 권해 보았지만 어린 견명은 심지가 굳은 아인지라, 스님의 시험에 넘어가지 않았다.

"소울음 소리가 지금도 슬프게 들리느냐?"
"아닙니다요. 잘 다녀오라는 인사로 들립니다요."

나이 어린 아들을 낯선 스님에게 딸려 보낸 견명의 부모는 자식의 모습이 가물가물할 때까지 동네 안으로 들어갈 수가 없었다.

"이제 언덕을 넘어간 모양일세. 보이질 않는 걸 보면."

견명의 아버지가 어머니에게 얘기했다.
"아이구, 아녜요. 지금 막 언덕을 올라가고 있구먼요."
"임자 눈엔 아직도 보인단 말여?"
"예, 스님 옷이야 먹빛이라 안 보이지만 견명이 입은 흰 바지 저고리는 보이는구먼요."
"지금도 보여?"
"예, 지금 막 언덕빼기를 올라선 모양이에요. 에구구, 지금 막 넘어버렸어요."
"그만 들어가세. 밤새 지켜본다구 돌아올 아이도 아니구."
견명의 부모가 허전한 마음으로 먼산바라기를 하고 있을 때, 들일을 나갔던 동네 사람이 이들 부부를 보았다.
"아니 동구 밖까지 함께 나와 누굴 기다리시는 겐가?"
농부가 말을 붙여왔다.
"아, 아닐세. 우리 견명이 글공부하러 떠나는 걸 보려고 나와 있었다네."
"아니, 글공부를 어디로 보냈단 말인가?"
"아이구, 마침 스님 한 분이 오셨기에 그 편에 절로 보냈지요."
어머니가 나서서 대답을 했다.
"어디에 있는 절 말씀인가요?"
"응, 뭐라더라, 전라도 무등산에 있는 무량사라고 하던가?"

"냉큼 쫓아가서 아이를 찾아오게, 이 사람아."
"아니, 무슨 말씀이래요, 예?"
"허허, 답답허구먼. 아니 세상에 자식을 뜨내기 중한테 딸려 보낸단 말인가 그래?"
"아이구, 그 스님은 뜨내기가 아니구······."
"에끼, 이 사람, 여기서 전라도가 천리 길인데 자네가 그 절에 가보기나 했나?"
"가보지야 않았지만 그 스님은······."
"아 글쎄, 뜨내기 땡초들이 스님 옷을 둘러입고서 탁발을 한답시고 곡식을 얻어다 먹는가 하면, 개중에는 멀쩡한 집 아이들 글공부 시켜준다고 후려내 가지고······."
"후려내 가지고요?"
"글공부하는 동안 먹을 양식이네, 붓값이네, 먹값이네, 이것저것 받아 챙겨가지고 아이를 데리고 가서는 천리나 먼 타관땅에다가 머슴으로 팔아먹고 달아난다더라구."
아버지는 그만 입이 딱 벌어졌다.
"아, 그렇게 되면 그 아이 신세가 어찌 되겠는가? 천리 먼 타관이니 길을 제대로 아는가, 노자가 있는가, 평생 남의집살이로 신세를 망치는 거지 뭐."
농부는 견명의 부모를 딱하다는 듯 쳐다보았다.
"아이구, 여보. 그 스님도 그런 땡초면 어쩐대요."

"아녀, 아닐세. 그 스님은 우리한테 양식을 받아가지고 가시지도 않았고, 더더구나 지필묵 값은 한마디도 해본 일이 없어."
"설마가 사람 잡네, 이사람아. 난 가겠으니 알아서 하게."
자식과 헤어진 가슴을 다스리기도 전에 이번에는 더 큰 걱정이 찾아왔다. 동네 사람이 쑤석거려 놓고 떠나자 아버지, 어머니는 가슴이 철렁 내려앉았다.
"여보, 그 스님은 진짜 스님이시겠지요?"
"내가 보기에는 말여, 그 스님은 그냥 막돼먹은 부랑배는 아닐 것이구먼."
"당신이 그걸 어떻게 아시우?"
"가짜 스님노릇을 하는 부랑잡배들은 글공부시켜 준다는 명목으로 이것저것 챙겨가지고 간다잖어. 그런데 그 스님은 양식 한 됫박 내놓으라고 한 적이 없잖어."
"암요. 우리 견명이 헌옷가지라도 몇 벌 싸주려고 했더니 절에 가면 해입힐 것이라고 놔두라고 하셨잖아요."
"암, 다르구말구. 우리한테 설법까지 하시지 않던가?"
"그래요."
견명의 부모는 스님이 하던 품을 떠올리며 얘기하는 사이 마음이 훨씬 누그러졌다.
"자, 그러니 이제 걱정은 그만하고 집으로 가자구."
"아이구, 내 새끼. 어쨌든 그저 무병장수해야 할 터인데. 우리가 봤을 때보다 십 리는 더 갔겠지요?"
 "지금쯤 아마 중산리 앞을 지나고 있을 게야. 어서 그만 들어가자구."

 이 무렵 견명은 스님을 따라 중산리 마을 앞을 지나 산길로 접어들고 있었다. 산길로 들어서자 지저귀는 새소리가 귀를 즐겁게 해주었다. 견명이 부모님 생각이 나는 듯 발걸음이 처지자 스님이 걸음을 멈추고 견명에게 얘기를 걸었다.
 "견명아!"
 "예, 스님."
 "지금이라도 집에 가고프면 얘기해라."
 "아닙니다요, 스님. 절에 가서 글공부하기루 작정을 했는데 돌아가다니요. 당치 않습니다요."
 견명이 손사래질까지 하며 자신의 마음을 털어놓았다.
 "하지만 절에 간다고 해서 글공부만 하는 것은 아니니라."
 "옛? 아니 그럼 글공부말고 또 무슨 공부를 해야 하는데요?"
 "착한 일, 좋은 일 하는 공부도 부지런히 해야 할 것이야."
 "착한 일, 좋은 일이라시면?"
 "견명이 너 말이다. 저기 나뭇가지에서 지저귀는 새가 보이느냐?"
 "예, 보입니다요."

"너 어릴 적에 친구들이랑 어울려 나무에 올라가서 새둥지에 있는 새새끼들을 붙잡은 일이 있으렷다?"

"예, 스님."

"허면 새둥지에서 잡아온 그 어린 새끼들은 어찌 되었던고?"

"며칠 가지고 놀다가 죽어서 버렸습니다요."

"그러면 그 일은 좋은 일이냐, 나쁜 일이냐?"

"잘 모르겠습니다, 스님."

"허면 너희들이 새둥지에서 새끼들을 잡아올 적에 그 어미새들은 좋아라고 하더냐, 슬피 울더냐?"

"어휴, 어미새들이 슬피 울면서 작은 부리로 우리를 쪼기라도 하려는 듯 대들던데요."

"들어보아라, 견명아. 만일 사람보다도 더 크고 기운이 센 무서운 호랑이가 너를 물고 산 속으로 달아난다면 너의 부모님은 좋아하시겠느냐?"

"그, 그야 슬퍼하시겠지요."

"허면 네가 한 짓은 좋은 일이냐?"

"아닙니다. 나쁜 일입니다. 잘못했습니다, 스님."

견명은 똑똑한 아이였으므로 스님이 무엇을 얘기하려는지 금세 알아챈 것이다. 스님은 이번 기회에 못박아두겠다는 듯 다정하게 한마디 덧붙였다.

"만일 네가 나무밑을 지나다가 둥지에서 떨어져 있는 새새끼

한 마리를 나무 위의 둥지 안에 다시 넣어주면 바로 그것이 착한 일이요, 좋은 일일 것이다. 알겠느냐?"
 "예, 명심하겠습니다, 스님."
 "나와 함께 무량사에 가서 살게 되면 글공부도 열심히 해야 하겠지만, 그 밖에 착한 일, 좋은 일 하는 공부도 부지런히 해야 한다."
 "하오면 스님, 어떤 것 어떤 것은 하면 안 되는지요?"
 "내 차차 하나씩 일러주마. 우선 산 목숨을 죽여서는 아니 될 것이며, 두 번째로 남의 물건을 훔쳐서는 아니 될 것이다."
 "도, 도둑질을 해서는 안 된다는 말씀이시지요?"
 견명은 스님의 얘기를 가슴 깊이 새기려는 듯 자못 심각한 얼굴로 들었다.
 "그래. 다음으로는 거짓말을 해서는 안 된다."
 "예, 그러니까 목숨 있는 것을 죽이지 말고, 남의 물건에 손대지 말고, 거짓말만 안하면 됩니까요?"
 "그래…… 앞으로…… 너는 나이가 어리니 우선 이 세 가지 것만 지키면 된다. 땀도 식혔으니 이제 또 떠나보자꾸나."
 스님과 견명은 주거니받거니 정다운 얘기를 나누며 하루 종일 걸었다. 그들은 어느 이름 모를 산골 마을에 당도했는데 어느덧 해가 기울었는지라 이집 저집 돌아다니며 탁발로 밥을 얻어먹은 후 문간방 한 칸을 빌려 잠을 청하게 되었다.

"견명아."

"예, 스님."

"내 오늘 네게 세 가지 당부를 하였느니라. 무엇인지 기억하겠는고?"

견명은 또랑또랑한 목소리로 스님의 물음에 대답을 하였다. 스님의 얼굴에 환한 웃음이 번졌다.

그런데 견명이 잠을 청하려 해도 한 가지 궁금한 것이 있어 눈이 초롱초롱해질 뿐이었다.

"스님, 한 말씀 여쭈어도 되겠습니까?"

궁금증에 못 견뎌 견명이 스님을 불렀다.

"무엇인고?"

"저는 오늘 글공부를 한 자도 배운 일이 없는데 어찌하여 오늘 공부를 배웠다 하십니까?"

하루 종일 걸어왔을 뿐인데 공부를 잘했다 하니 견명은 이해할 수 없었다.

"견명아, 잘들어라. 공부라고 하는 것은 글자만 익히는 게 아니니라."

"예? 그러면 무엇이 공부란 말씀입니까, 스님?"

"물론 글자를 배우고 글을 익히는 것도 공부는 공부다만, 인사하는 법, 말하는 법, 어른 공경하는 법 그리고 낮에 일러준 나쁜 짓 아니하는 법, 이런 저런 것이 모두 공부니라."

"아이구 참, 스님. 그런 것도 다 공부라구요?"
"그럼 너는 책을 펴놓고 글자만 배우는 것이 공부인 줄 알았더냐?"
"예, 절에 가면 글공부만 시켜주시는지 알았구먼요."
"글공부만 가지고서야 이 다음에 쓸모 있는 사람이 될 수 없지."
"왜요, 스님?"
"글자만 알고 글귀만 외우면 세상 이치를 모르게 될 것이니, 사람이 먹는 양식이 어떻게 내 입에 들어오며, 내가 입고 있는 옷이 어떻게 만들어져서 입는지도 모르면 어디에다 쓰겠느냐?"
"그, 그러면 글공부만 해서는 안 된다구요?"
"내 한 가지 물어보마. 네 마을 친구가 글공부를 열심히 해서 과거에 급제하여 벼슬을 했다 치자. 헌데 성미가 난폭해서 누구든 만나기만 하면 시비를 걸고 싸움질을 하며, 욕심이 많아서 무엇이든 제것으로 만들려 하고 심지어 나이 많은 어른에게도 함부로 덤비고 거짓말을 잘한다면 그런 사람이 벼슬을 오래오래 할 수 있겠느냐?"
"아닙니다. 곧 쫓겨날 것입니다요."
"그것 봐라. 사람이 도리를 알아야 하고 세상 이치를 잘 터득해야 쓸모 있는 사람이 되는 것이야."
"잘 알겠습니다."

"견명아, 내일은 하루 종일 걸어야 할 것이니 오늘은 그만 자도록 해라."
"……예, 스님."

나이 어린 자식을 낯선 스님 편에 딸려 보내고 밤이 이슥하도록 이 걱정, 저 걱정에 사로잡혀 있던 견명 부모는 자시(子時)가 훨씬 넘어서야 잠이 들었다. 잠든 지 얼마 후 견명 어머니는 무서운 꿈을 꾼 듯 소리를 지르며 깨어났다. 견명 아버지도 그 소리에 일어났다.
"아니 임자, 대체 무슨 꿈을 꾸었기에 이러는 게야?"
"아 글쎄 견명이를 데리고 간 스님과 꿈속에서 실랑이를 했지 뭐예요. 견명이는 절대 못 데려 간다고 내가 견명이의 팔을 붙잡고 늘어졌……."
"그랬더니……."
"아, 스님이 느닷없이 호랑이로 변하더니만……."
"뭐여, 호랑이로?"
견명 아버지가 숨이 넘어갈 듯 재촉했다.
"예, 호랑이로 변하더니만. 어이구, 우리 견명이를 덥썩 입에 물고는 쏜살같이 달아나지 뭡니까? 소리소리 지르며 쫓아가다가 당신이 깨우는 바람에……."
"아니, 그러면 스님이 호랑이로 변했단 말여?"

"그렇다니까요. 그러니 내가 얼마나 기겁을 했겠어요, 글쎄. 여보······."
이씨부인이 심각한 얼굴로 남편을 불렀다.
"혹시 말이에요. 백 년 묵은 여우가 여자로 둔갑하고, 천 년 묵은 호랑이가 사람으로 둔갑을 해서······."
"아······아니, 그러면 우리가 귀신이나 여우한테 홀려서 자식을 내줬단 말여?"
"누가 꼭 그렇대요. 글쎄 꿈자리도 사납고 그러니 걱정이 돼서 그러지요."
"이봐, 임자. 우리가 집에 앉아서 이러쿵저러쿵할 게 아니라 아무래도 전라도로 한번 가보는 것이 좋겠구먼."
"전라도라니요?"
남편이 뜬금없이 전라도 얘기를 꺼내자 견명 어머니는 놀라서 되물었다.
"그 스님이 전라도 해양땅 무등산 무량사로 간다고 했으니까 우리가 가서 확인해 보면 될 거 아녀."
견명의 부모가 이렇게 애를 태울 무렵 산골 마을에서 하룻밤을 자고 난 스님이 이른 아침 일어나 보니 의당 옆에 있어야 할 견명이 보이지 않았다.
"허허, 이녀석이 뒷간엘 갔나?"
혼자 생각을 하고 있는데 밖에서 누군가가 부르는 소리가 났

다. 이집 바깥주인인 모양이었다.
"스님, 스님 기침하셨습니까?"
"아, 예."
스님이 대답을 하며 방문을 열어젖혔다.
"간밤에 별고 없으셨습지요?"
"아니, 별고라니요. 덕분에 아주 잘 잤습니다."
"아이구, 간밤에 우리 마을에서 소동이 있었습니다요."
"소동이라니요?"
"늑대 떼가 마을로 내려와 강아지고 닭이고 닥치는 대로 물고 갔습니다."
"원, 저런. 주인장 댁에는 탈이 없으셨는지요?"
"글쎄, 옆집까지 왔던 모양인데 다행스럽게도 없어진 건 없습니다요. 그런데 스님이 데려온 아이는 어딜 나갔습니까?"
"밖에 없던가요? 일어나 보니 보이질 않아 뒷간엘 갔나 했는데……."
"소인이 조금 전에 뒷간엘 다녀왔는데 거긴 없었습니다요."
"아니, 애가 어딜 갔다는 겐가, 그럼."
"그러면 혹시……."
"혹시라니요?"
"밤중에 뒷간엘 갔다가 그 늑대 떼한테 물려간 건 아닌지 모르겠습니다요?"

스님도 은근히 걱정이 되었다. 주인의 말이 사실이라면 이런 낭패가 어디에 있단 말인가? 남의 집 귀한 자식을 데려다가 늑대밥을 만들려고 먼길을 나서게 했단 말인가?

"내가 깊은 잠이 들어서 문 여닫는 소리를 못 들었습니다만, 이 아이가 특별히 갈 데가 있는 것도 아닌데……."

"근년 들어 산짐승들이 어찌나 우악스러운지, 작년 겨울에는 장에 갔다오던 어른도 늑대 떼한테 당했습니다요."

주인이 하는 얘기를 듣자 스님은 더 심란해졌다.

"그 아이 신발이 보이질 않는지요?"

"여기 댓돌 위에는 스님 짚신만 한 켤레 있습니다."

"아니, 그러면 이 아이가 도대체 어디로 갔다는 겐가!"

스님도 걱정이 되어 찾았으나 견명은 뒤꼍에도 뒷간에도 없었던 것이다.

"늑대에게 물려갔다면 핏자국이라도 있을 터인데 그런 흔적도 보이질 아니하고, 아이구 스님, 이럴 게 아니라 밖으로 나가 찾아보십시다요."

"예, 그러지요."

음메— 음메—.

집주인과 스님이 사립문 밖으로 나와 여기저기를 기웃거리고 있는데 논둑길 저만큼에서 꼴망태를 짊어지고 견명이 걸어오는 게 눈에 띄었다.

"아니, 저녀석이. 애, 너 견명이가 맞느냐?"
"예, 스님. 저구먼요."
견명이 천연덕스럽게 대답을 했다.
"아니 꼴망태는 웬 거여?"
집주인이 소리를 쳤다.
"주인 아저씨 댁 헛간에 걸려 있기에 가지고 나왔습지요."
"아니, 인석아 이게 대체 무슨 짓이냐?"
스님이 안도의 한숨을 쉬며 짐짓 나무랐다.
"아 예, 스님. 하룻밤 신세를 졌으니 소 먹일 풀이라도 한 망태 해다 놓는 게 도리일 것 같아서요."
"인석아, 그래두 그렇지. 어딜 가면 간다, 오면 온다 말을 하구 가야 할 것 아니냐!"
"스님께서 하두 곤히 주무시기에 미처 말씀드리지 못한 점 용서하십시오."
"허허, 고녀석 참. 아니 하룻밤 신세를 졌으니 꼴이라도 한 망태 해다놓겠다, 고런 신통한 생각을 했구먼."
주인이 웃으며 견명을 칭찬하자 견명은 겸연쩍어하며 씩 웃었다.
"달리 신세를 갚을 도리가 없어서요."
"허참. 기특도 한지고. 자 그러면 헛간에 갖다 부리거라."
"견명아, 짐을 부려놓고 올 때 방안에 들어가서 내 걸망을 챙겨오너라. 해 오르기 전에 길을 떠나자꾸나."
 스님이 견명을 재촉했다.
 "아이구 원, 무슨 말씀이십니까? 빈찬(賓饌)에 맥반(麥飯)입니다만, 조반 한술 뜨고 가셔야지요."
 "아니올시다. 하룻밤 신세진 것만 해도 크거늘 무슨 염치로 조반까지 또 신세를 지겠소이까?"
 스님이 정중하게 거절했으나 집주인은 간곡하게 스님을 끌었다.
 "허허, 너무 매정하게 거절하지 마십시오. 더구나 오늘은 저 아이가 기특한 일도 했으니 그냥은 못 보내드리겠습니다."
 하룻밤 신세를 진 집에서 조반까지 잘 얻어먹고 난 스님과 견명은 산골 마을을 떠났다. 멀리서 뻐꾸기 우는 소리가 들리는 상쾌한 아침이었다.
 "견명아, 오늘 새벽에 어쩐 일로 꼴망태를 지고 나갔던고?"
 "예, 아침에 일찍 잠이 깨서 밖으로 나갔는데 처음에는 그댁 마당을 쓸어드릴까 했었죠. 그런데 워낙 깨끗해서 할 게 없더라구요."
 "그래서……"
 "그래서 보니까 헛간에 소도 있고, 꼴망태도 있고 낫도 있기에 꼴이나 좀 베다놓자 생각했습죠."
 "어떤 연유로 그런 생각을 하게 되었더냐?"

"그냥요. 그냥 그런 생각이 났습니다."
"오늘 일은 참으로 잘했느니라. 세상 만물이 이렇듯 서로 신세를 지고 갚으면서 어울려 사는 게야."
스님은 견명의 깊은 소견에 대단히 흡족스러워했다. 될성부른 나무는 떡잎부터 다르다고, 왠지 견명에게서는 믿음직함이 느껴지는 것이었다.
"이제 차차 글공부, 세상공부를 하노라면 알게 되겠지만, 우리 사람만 해도 흙과 물 그리고 바람 없이는 살지 못하는 게야."
"흙이 없으면 왜 못 살아요?"
"흙이 없다면 곡식은 자랄 수 없고 나무라는 나무는 다 죽을 것이며 풀 한 포기도 없을 것이니, 사람이 대체 무엇을 먹고 살겠느냐?"
"그러면 흙이 없으면 소도 닭도 죽나요?"
"이런 녀석, 소, 닭뿐이겠느냐. 산짐승, 날짐승 모두 죽게 되는 거지."
"어어, 그럼 흙 없으면 정말 큰일나겠네요."
"흙뿐이냐. 물도 그러하고, 바람도 그러하고 이 세상 모든 게 다 소중하지."
스님은 영특한 아이를 만났다는 생각에 미소가 절로 나왔다.
"야, 신난다. 스님 곁에만 있으면 뭐든지 다 공부네요."
"그래, 세상만사가 다 공부니라."

3
이 세상 모든 게 궁금한 아이

아홉 살 견명이 고향 장산을 떠난 지 열흘이 지나 도착한 곳은 전라도 무등산에 있는 무량사였다. 견명의 눈에는 그야말로 어느 것 하나 낯설지 않은 것이 없었다.

견명이 스님과 함께 무량사에 도착한 시각은 저녁때였다. 저녁 예불을 올리느라고 한 스님이 열심히 북을 두드리고 있었다.

둥둥둥…… 둥둥둥…….

"스님, 저 스님은 왜 저렇게 북을 치고 계신답니까?"

견명이 신기해하며 스님에게 물었다.

"으음? 음…… 저 북은 법고라고 하는데 부처님의 가르침을 전해 주려고 치는 것이다."

"북을 쳐서 가르침을 전한다구요?"

"그래. 사람들에게는 부처님의 가르침을 말이나 글로 전할 수

있지만 소나 말, 돼지, 개 들에게는 무엇으로 전하겠느냐? 그래서 축생들에게 법고소리를 들려주어 깨달음을 얻게 하려는 것이란다."

"그러면 소나 말 같은 짐승도 알아듣나요?"

"그럼, 알아듣고말고."

견명의 눈에는 모든 게 신비롭고 신기했으므로 질문이 끝없이 이어졌다. 법고뿐만 아니라 허공을 날아다니는 새들을 위해서 치는 운판, 물고기들을 위해 치는 목어, 지옥에 가 있는 중생들을 위해서 치는 범종까지 견명은 모두 생전 처음 들어보는 것들이었다.

스님은 이야기를 받아주면 끝이 없을 것 같아 적당히 마무리를 하면서 견명을 법당으로 데리고 갔다. 두 사람이 걸어가는 뒤로 범종소리가 은은히 퍼지고 있었다. 정말 지옥의 악귀라도 그 소리를 듣는다면 평온을 되찾을 것 같은 소리였다.

이제 견명은 부모님을 떠나 새로운 곳으로 와서 첫날을 맞이하는 셈이다. 물론 열흘 넘게 떨어져 있긴 했지만 이제야 비로소 고향에서의 삶과는 다른 삶이 아홉 살 견명을 향해 팔을 벌리고 있었던 것이다.

무량사에 의탁하게 된 견명의 눈에 신기하지 않은 것은 하나도 없었다. 그래서 절 안에서 만나는 스님이나 보살에게 이것저것 캐묻곤 했다.

법당으로 가던 길에 견명은 젊은 스님 한 분을 만났다.
"스님."
"왜 그러느냐."
젊은 스님이 부드럽게 대답했다.
"이 법당 부처님 앞에 어인 일로 기름등불을 켜시는지요?"
"등불을 왜 밝히느냐, 그게 궁금하더냐?"
"예."
"그건 말이다. 우리도 하루속히 부처님의 지혜 광명을 깨달아서 이 세상을 환하게 밝히겠다고 다짐하는 뜻이 담겨 있단다."
"아, 그랬군요. 그러면 향은 또 왜 피우시는지요?"
"고녀석, 참 별걸 다 묻네."
"이렇게 법당에 오실 적마다 향을 피우시니 필시 어떤 이유가 있으실 게 아니옵니까?"
"그야 물론 있지. 자, 보아라. 이 향은 제 몸을 살라 향기로움을 이 법당 안에 가득 차게 해준다. 우리도 이 향처럼 내 한몸 고달프고 괴롭더라도 몸과 마음을 바쳐 부처님께 자비와 지혜를 배우고 익혀 이 사바세계를 널리 향기롭게 하겠다고 다짐하면서 이렇게 향을 사르는 것이야."
젊은 스님은 대답을 하고 긴 숨을 몰아쉬었다. 그러나 그것도 잠시, 어린 견명은 아직도 궁금한 게 너무 많은 걸 어찌하겠는가.

"그러면 부처님께서는 다 알아들으시나요?"
"그럼. 알아보시고 알아들으시지."
"그런데 왜 부처님은 말씀이 없으십니까요?"
"말씀이 없으시다니."
"소인이 이 절에 처음 오던 날, 부처님께 '이 절에서 살게 되었습니다'고 인사를 올리라고 하셔서 인사를 올렸습죠. 그런데 아무 말씀도 없으시던걸요."
"그랬단 말이지. 그러면 견명아, 합장을 하고 잘 보아라. 부처님께서 너를 보고 빙그레 웃고 계시지 않느냐?"
"부처님께서 웃고 계신다구요? 어, 정말 웃고 계신 것 같네요."
"그것 보아라. 부처님은 늘 말씀이 없으신 가운데 말씀을 하신다. 우리가 나쁜 짓을 하고 와서 인사를 올리면 엄히 꾸짖으시고, 착한 일은 하고 인사 올리면 빙그레 웃어주시지."
"정말입니까요?"
견명이 새삼스럽게 다시 부처님을 한 번 보고는 젊은 스님을 바라보았다.
"네가 착한 일 많이 하고, 공부 열심히 하고 와서 인사 올리면 웃으시며 칭찬해 주실 것이다."
"나쁜 짓 하고 오면요?"
"네 이놈— 하시면서 호통을 치시지."

"저, 정말요?"
"다른 사람은 속여도 부처님은 못 속이는 법, 부처님을 속이려 들면 무서운 벌을 받게 된단다. 그리고 이렇게 자꾸 꼬치꼬치 캐물어도 벌을 받을 것이다, 알겠느냐?"
 견명은 젊은 스님의 말에 더 이상 묻지는 못하고 물러났으나, 그래도 궁금증을 못 참는 성격이라 배겨날 수가 없었다. 때마침 마음씨 좋은 공양주 보살이 지나가자 이번에는 보살을 붙들고 이것저것 묻기 시작했다. 은은하게 들려오는 경을 읽는 스님들의 소리가 더욱 절을 따사롭게 감싸는 시간이었다.
"저, 공양주 보살님."
 견명이 독경소리를 뒤로 하고 쏜살같이 달려가 보살을 세웠다.
"왜, 또 누룽지 생각이 나?"
 노보살이 넉넉하게 웃으며 견명을 돌아보았다.
"궁금한 것이 한 가지 있어서요."
"무엇이 궁금해?"
"이 절에서는 왜 매일 채소로 만든 반찬만 만들어 먹는지요?"
"그거야 절에서는 육고기나 생선을 못 먹으니까, 그래서 그렇지."
"절 안에서 닭을 키워서 잡아먹을 수도 있고 저 개울에 가면 물고기도 잡을 수 있는데 왜 끼니마다 채소냐구요."
"아이구, 큰일날 소리. 절에서는 육고기구, 물고기구 그런 거

먹으면 안 되는 법이여."

 사람 좋은 노보살이었지만 견명에게 어째서 육류를 입에 대면 안 되는지는 조리 있게 설명해 줄 수 없었다. 서로 한치의 양보도 없이 똑같은 얘기만 반복하다가 노보살이 백기를 들었다.

 "아이구 참, 별걸 다 꼬치꼬치 캐묻고 그러네. 아 그런 것은 스님들이나 아시지, 나 같은 할망구가 어찌 알겠어. 그리도 궁금하면 스님께 여쭤봐야지."

 "알았습니다. 스님께 여쭙도록 하지요."

 견명의 고집은 황소고집보다 더했다. 노보살은 속으로 혀를 끌끌 찼다. '그런 소리 물어보다가 쫓겨나면 어쩔라구 저러누' 하며 견명에게서 멀어져갔다.

 견명은 그 길로 한걸음에 스님에게로 달려갔다.

 "스님, 궁금한 게 있어서 찾아뵈었습니다."

 "그래, 뭐고."

 "공양주 보살님께서 그러시는데 절에서는 육고기나 물고기를 먹어서는 안 된다는데, 왜 그런지 궁금합니다요."

 "원 녀석두. 견명아! 여기 오는 길에 네게 세 가지 당부한 것이 있었는데 기억하겠느냐?"

 "예."

 "무엇무엇이더냐?"

 "첫째는 산 목숨을 죽이지 말 것이며, 또······."

"허면, 쇠고기나 닭고기를 먹으려면 일단 소나 닭을 어찌해야 하는고?"

"예, 그건 살…… 살생입니다요."

"허면, 살생은 좋은 일이냐, 나쁜 일이냐, 대답해 보아라."

"사…… 살생은 나쁜 일이라고 하셨습니다."

"그래. 살생은 나쁜 짓 가운데서도 가장 나쁜 짓이다. 더구나 내가 먹자고 소를 죽이고 닭, 돼지를 죽이다 보면 마음이 너그럽고 자비로워지겠느냐, 아니면 독해지겠느냐?"

"예, 마음이 독해집니다."

"바로 그렇느니라. 사람이 자꾸 살생을 하다 보면 마음에서 자비로움이 사라지고 거칠고 포악해져서 산 목숨 죽이는 것을 예사롭게 여기게 될 것인즉, 그러면 저 포악한 호랑이, 늑대처럼 되고 말 것이다. 그래서 부처님께서는 육식은 삼가라고 하셨다."

"그러면 물고기도 못 먹나요?"

이렇게 묻고 대답하며 견명은 새로운 세계에 대한 지식을 넓혀갔다. 견명의 호기심은 이제 아이다운 단순한 것에서 스님의 말씀에 귀기울이고 세상 이치를 다시 한 번 헤아려 보는 것으로 바뀐 것이다.

견명은 이렇듯 무량사에서 하루하루 글공부를 하는 한편 부처님의 가르침을 한 가지, 두 가지 배우며 살았다. 총명하기 이를 데 없는 견명은 한 가지를 가르쳐주면 열 가지를 알고, 한 구절

을 익히면 그 이치까지 훤히 꿰뚫는지라 무량사에 있는 모든 사람들의 사랑을 한몸에 받았다.

그러던 어느 날 젊은 스님이 공양간 앞을 지나는데 나무 한 무더기가 높다랗게 쌓여 있는 것이 보였다.

"보살님, 이 공양간 앞에 땔나무는 누가 해다놓았습니까요."

"아이구, 스님. 누군 누굽니까? 견명이지요! 아, 제 키보다 큰 지게를 잘도 지고 다녀요, 글쎄."

"원 녀석, 글공부만 열심인 줄 알았더니 어느 틈에 땔나무까지 다 해다 놨네."

"아이구, 땔나무만 해오는 게 아니예요. 저 텃밭 좀 보세요. 오늘 새벽에 두 고랑을 파서 씨까지 다 뿌렸답니다요."

"처음에 와서는 꼬치꼬치 캐물어 귀찮기까지 하더니 이제는 눈치가 제법 생겼네요."

"아휴, 눈치가 빤한 게 아니라요 천성이 부지런한가 봅니다."

"천성이 부지런하다구요?"

"예, 아 이 늙은 것이 수각에 가서 채소라도 씻고 있을라 치면 어느새 와서 두 팔을 걷어붙이고 씻어주지요. 아, 또 개울가에서 빨래를 하고 있으면 어느 틈에 달려와서 거들어주거든요. 누가 시키지 않아도 잘도 해준답니다."

노보살은 입이 마르게 견명이 칭찬을 했다. 늙어서 몸이 둔해지는 것을 느끼는 터에 한손 거들어주는 동무가 생겼으니 얼마나 일이 수월하겠는가.

"그런데 참 이상하네요, 보살님. 녀석이 우리 절에 온 지도 2년이 넘었으니 머리를 깎아줄 때도 되었는데, 우리 스님은 웬일인지 머리를 안 깎아주시네요?"

"아이구 참, 그렇구먼. 1년만 지나면 깎아주신다더니."

노보살과 젊은 스님이 이 얘기 저 얘기 주고받다가 나중에는 요즘 절을 찾는 사람이 없다는 얘기까지 나오게 되었다.

"보살님, 그나저나 요즘은 불공 드리러 오는 사람이 통 안 보이네요."

"아이구, 지금 넉 달째 비가 안 와 온통 흉년이 들었으니 저 먹고 살기도 바쁜데 누가 곡식을 이고 와서 불공을 드리겠습니까?"

"정말 이러다간 절에도 양식이 떨어지지 않을까요?"

"말씀 마세요. 벌써 곡식 항아리가 다 비었습니다요."

"아니, 그럼 이 일을 어쩌면 좋습니까?"

"쇤네가 벌써 큰스님께 말씀드렸는데, 큰스님도 먼산만 바라보실 뿐 별 말씀이 없으시네요."

옛날에는 흉년이 들면 너나 할 것 없이 끼니 걱정을 해야 했으니 절이라고 예외는 아니었다. 백성들은 초근목피를 찾아 나서야 했으니, 자연 사찰을 찾는 사람들의 발길은 끊길 수밖에 없었다.

　큰스님이 모든 대중들을 불러 모았다. 모든 사람들이 웅성거리며 법당으로 모였다. 워낙 진중하신 분이라 웬만한 일이 아니고서는 이렇게 모이게 하실 분이 아닌지라 모두들 약간 긴장을 했다.
　"여러 대중들은 잘들 들으시게. 이제 절에 양식이 떨어질 지경에 이르렀으니 오늘부터 모든 대중이 탁발에 나서야겠네. 다들 아시겠는가?"
　모든 사람이 머리 숙여 대답을 했다.
　"근자에 들어 넉 달째 비가 아니 와서 인심이 메말랐으니 제대로 탁발이 될 것 같진 않지만, 그래도 어찌하겠는가. 몇몇은 화순 쪽으로 가보고 몇몇은 강진, 장흥 쪽으로 나가 보도록 하게나."
　"하오면 스님, 소인에게도 걸망 하나 주십시오. 저도 나가서 탁발을 해오겠습니다."
　대중들 속에서 나 어린 소리가 툭 튀어나왔다. 견명이 자신도 탁발을 하겠다고 나선 것이다. 그러나 핀잔만 듣고 공양주 보살과 절에 남아 있게 되었다.
　그날부터 스님들은 뿔뿔이 흩어져 탁발에 나섰다. 절에 남은 사람은 공양주 보살과 견명 단 둘뿐이었다.
　견명이 비록 나이가 어리다 하나 나이 많이 드신 스님들까지도 양식을 구하러 나선 마당에 자기 혼자만 남아 글공부를 하고 있을 수는 없었다.
 뻐꾹…… 뻐꾹…….
 멀리서 뻐꾸기가 힘없이 울었다. 뻐꾸기조차 배가 고픈 듯 우는 소리가 오늘 따라 더 애절하게 들렸다.
 "저, 공양주 보살님, 보살님."
 "그래 무슨 일로 날 찾느냐?"
 "저두 이 걸망을 들쳐메고 탁발 좀 갔다올 테니 절은 혼자서 좀 지키고 계십시오."
 "아이구, 이게 무슨 소리여. 스님이 안 된다고 하셨으면 그런 줄 알고 글공부나 할 것이지, 탁발은 웬 탁발!"
 그러나 견명은 쉽게 포기할 태세가 아니었다.
 "아닙니다요. 그렇지 않아도 얹혀 사는 처지인데, 양식이 떨어진 마당에 앉아서 글공부만 할 수 있겠습니까?"
 "아이구, 그래도 스님의 명을 거절하면 야단맞을 텐데."
 "양식 구하러 탁발 나가는데 야단이야 치실라구요! 그럼 다녀올께요."
 "잠깐만, 점심때 다 되었으니 밥 한술 뜨고 가야지."
 "아닙니다요. 스님들도 모두 굶고 다니실 텐데 어찌 저 혼자 밥을 먹겠습니까요. 그럼 다녀옵니다."
 견명은 걸망을 들쳐메고 뛰다시피 산을 내려갔다. 보살은 혼자 하늘을 원망하며 중얼거렸다. 그야말로 쥐죽은 듯 텅 빈 절을 혼

자 지켜야 하는 것이다.

 이른 아침에 탁발을 떠났던 스님들은 해질녘이 다 되어서야 한 사람 두 사람 돌아오기 시작했다. 떠날 때에야 각오를 단단히 했지만 세상인심이 바짝 말라 있는지라, 고작해야 잡곡 두어 됫박이 고작이었다.

 노보살이 스님들을 맞이했다.

 "아이구 스님, 이제 오십니까?"

 "이거 겉보리 두어 됫박 얻어왔으니 넣어두시오. 그런데 견명인 방에서 글을 읽나요? 어디 간 거요, 보이질 않으니?"

 "아이구, 아닙니다요. 탁발을 한다고 걸망 하나 찾아가지고……."

 "아니, 탁발을 나갔다구요?"

 "원 저런 녀석을 보았나. 온통 굶네 죽네 하는 판에 제 녀석이 무슨 수로 어디 가서 탁발을 한단 말이오."

 "그러게 말입니다. 점심을 차려준다니까 그것도 안 먹고 내려갔습니다."

 "아니, 점심을 굶고 갔단 말씀이오."

 "예. 스님들도 다 굶으셨을 텐데 어찌 저 혼자 밥을 먹겠느냐면서 그냥 내려가더군요."

 "그녀석 돌아오면 내가 보잔다고 좀 그러십시오."

 "예, 스님."

그러나 그날 밤이 깊도록 견명은 무량사로 돌아오지 않았다. 여러 사람이 걱정을 하고 있었다. 멀리서 두견새 우는 소리가 들려와 기다리는 마음을 더욱 심란하게 했다.

스님은 젊은 스님을 불러 아직 돌아오지 않은 스님이 몇이나 되는가 물었다.

"예, 셋이 아직 돌아오지 않았습니다."

"견명이는 이 근방 지리에도 밝지 못한데 길을 잃은 것이 아닌지 모르겠구나."

"그러게 말입니다요, 스님. 다른 사람들은 멀리 나간 것 같으니 걱정이 아니 되옵니다만, 견명이는 나이도 어리고 길도 잘 모르니……"

"내일 아침 사람을 풀어 그 아이를 찾아보아라."

그러나 다음날 스님이 사람을 풀어 견명의 행적을 수소문해 보았으나 찾을 길이 없었다. 그런데 사흘째 되던 날 저녁 무렵이었다. 살랑이는 바람에 풍경이 가볍게 대답하는 저녁, 젊은 스님이 숨이 턱에 차게 뛰어왔다.

"스님, 스님. 견명이가 돌아왔습니다."

"뭐, 견명이가."

"예, 저기 보이시지요?"

과연 스님이 바라보니 기진맥진 걸어오는 견명이 눈에 띄었다. 간신히 스님 방문 앞까지 비틀거리고 오더니 문앞에서 무릎을

끓었다.
"스님, 잘못했습니다. 용서해 주십시오."
"들어오너라."
견명은 겨우 일어나 비틀거리며 방안으로 들어섰다.
"어딜 갔었느냐?"
"예, 처음에는 지리에 어두운지라…… 이 마을 저 마을 다니다 보니 나주라고 했사옵니다."
"끼니는 어찌했던고?"
"…… 예, 식은밥을 얻어먹기도 하고…… 굶기도 했습니다."
"잠은 어디서 잤더냐?"
"하룻밤은…… 사랑방에서 자고, 또 하룻밤은 남의 집 헛간을 빌려서요."
"그래, 탁발은 좀 했더냐?"
"겉보리 서너 됫박을 하긴 했는데……."
"하긴 했는데?"
"곡식을 가져오지는 못했습니다."
"왜 못 가져왔느냐? 곡식을 팔아 밥을 사먹었더냐?"
"아닙니다. 돌아오는 길에 어느 집에 시주 좀 하십사고 들어갔는데 그집 식구들이 며칠씩 굶은 것 같았습니다. 그래서 그만 그집에 곡식을 주고 나왔습니다요."
"견명아."

스님은 견명을 부른 후 한참 말이 없었다.
"탁발을 나가 보니 세상이 어떻더냐?"
"세상이 너무 불공평했습니다."
"공평하지 못하다?"
"예. 부잣집 곳간에는 곡식이 가득가득 쌓여 있는데 가난한 백성은 굶고 있었고, 벼슬아치들은 잘먹고 잘사는데 백성들만 굶고 있었사옵니다요."
"허면 너는 부잣집에서 시주는 얻었더냐?"
"아, 아니옵니다. 부잣집, 벼슬아치집엔 들어가 보지도 못했습니다요. 하인들이 문간을 지키고 서서 얼씬도 못 하게 했습니다."
"좋은 구경 잘하고 왔구나."
스님은 눈을 지그시 감고 말이 없었다.
"하온데 스님, 한 가지 부탁이 있습니다."
"무엇이더냐?"
"소인의 머리를 깎아주십시오."
"무엇이라구, 머리를 깎아달라?"
"예, 스님. 부탁이옵니다."
"글공부 부지런히 해서 벼슬을 하겠다더니 마음이 변한 게냐?"
"예, 벼슬 같은 건 하지 않겠사옵니다."

"그건 아니 될 소리다. 나는 네 부모님과 이미 약조를 했으니 네가 열네 살이 되면 그땐 너의 본가로 돌려보낼 것이니라."

사흘 동안 탁발을 하느라고 세상 구경을 하고 돌아온 견명은 무량사에 돌아오자마자 스님께 머리를 깎아달라고 졸랐다. 그러나 스님은 일언지하에 거절하였다. 그러나 견명도 만만히 물러날 아이가 아니었다. 계속 머리를 깎아달라고 조르고 안 된다고 거절하는 실랑이가 계속되었다.

공부로 치자면 이제 겨우 솜털이 보송보송나기 시작한 견명이, 벌써 날겠다는 생각을 하는 것은 잘못된 것이라고 스님의 꾸중이 대단했다.

견명에게는 산문 밖 출입을 금하라는 엄명이 내려졌고, 견명은 글공부에만 전념을 하게 되었다.

견명은 절 밖으로는 나가지도 않고 학문에만 정진했으니 날이 가고 달이 갈수록 그 깊이가 더해 갔다.

어느 날 스님이 견명의 학식을 재어보기 위해 불렀다.

"부르셨사옵니까, 스님."

"오냐, 앉거라. 이건 그동안 네가 배운 논어니라. 그간의 공부를 점검해 볼 테니 이 대목을 새겨보아라."

"예, 스승께서 가라사대, 굳은 신념으로 학문을 좋아하며 죽기를 각오하고 도를 닦되, 기우뚱거리는 나라에는 들어가지 말며, 어지러운 나라에도 살지 말아야 하느니라. 나라 다스리는 질서가 서 있을 적에는 나서야 하고, 질서가 흐트러졌을 적에는 숨어야 할 것이니, 질서가 섰을 적에 굶주리고 천한 것도 수치요, 질서가 흐트러졌을 적에 부귀영화를 누림도 부끄러운 일이니라."

"흐흠, 허면 이번에는 이 경책을 한번 새겨보아라."

"예, 금이나 은이나 다른 보물을 손에 넣지 마라. 부처님 계실 적에는 모두 밥을 얻어먹었고, 밥을 짓지 아니하였으며, 옷과 집은 시주가 마련해 주었으며, 금은보물은 손에 대지도 말라고 하였으니 깨끗함은 말할 나위도 없느니라.

밭에서 김을 매다 금을 보고도 본체만체하는 것은 세속의 선비도 한 일이거늘, 하물며 빈도라 자칭하는 중이 재물을 모아서 무엇하랴.

다른 사람들의 가난한 형편을 생각하고 항상 보시를 행할 것이요, 재물을 벌려고 하지 말 것이며, 재물을 모아두지 말 것이며, 장사하지 말 것이며, 보물로 치장하지 말 것이니, 만일 그러하지 아니하면 죄를 받을 것이니 어찌 경계하지 아니할 것인가."

"으음, 그만하면 잘 새겼구나."

"하온데 스님, 어찌하여 유가의 책과 불가의 책을 다 공부하라 하십니까?"

"으음, 공부가 한쪽으로 치우치면 편협해질 것인즉, 이쪽도 보고 저쪽도 알아야 후일 큰일을 도모할 수 있을 것이다."

 견명이 일구월심 스님의 뜻에 따라 공부에 전념하는 사이 철이 바뀌고 해가 바뀌어 어느덧 견명의 나이 열네 살이 되었다.
 젊은 스님 한 분이 견명을 찾았다.
 "보살님, 보살님, 우리 스님께서 견명이를 찾으시는데 방에 없는데 여기 혹시 오지 않았나 해서요."
 "글쎄요. 방금 전에 텃밭에 왔다갔다하는 걸 봤는데 그새 어디로 갔을까요?"
 노보살이 텃밭 쪽을 내다보며 대답했다.
 "그런데 말이우, 보살님. 아무래도 우리 스님께서 견명일 내보내시려나 봐요."
 "예에, 견명일 내보내다니요?"
 "스님께서 견명일 데려오실 때 열네 살이 되면 집으로 돌려보내겠다고 약조하셨다지 뭡니까?"
 "아니, 그럼 견명일 돌려보내려고 찾으신단 말예요?"
 "글쎄요. 눈치가 그러신데 두고 봐야죠."
 "아이구, 이 일을 어쩌나. 그 아인 삭발출가해서 스님이 되었으면 하던데."
 "그러게 말입니다. 내가 보기에도 그 아이는 스님이 되어도 아주 큰스님이 될 것 같은데 말입니다요."
 두런두런 얘기를 하고 있는데 호랑이도 제 말을 하면 온다더니 마침 견명이가 두 사람 쪽을 향해 오고 있었다.

"얘, 견명아."
"예, 스님. 저를 찾으셨습니까?"
"그래. 우리 스님께서 너를 부르신다. 어서 가서 뵙도록 해라."
 견명은 스님을 찾아가 예를 갖추고 무릎을 꿇고 앉았다. 스님은 견명을 부드러운 미소로 살펴본 후 무겁게 입을 열었다.
"견명아, 이제 열네 살이 되었구나. 요맘때 왔으니 이제 고향으로 돌아가야겠다."
"아니옵니다, 스님. 스님 문하에서 공부를 더 하고 싶사오니 부디 허락해 주시옵소서."
"아니 될 말이다. 네 부모와의 약조도 있고……."
"스님, 그러면 제가 부모님께 허락을 받고 다시 오면 여기서 더 공부하도록 허락해 주실는지요?"
"그것도 아니 된다. 이제 더 이상 네게 가르쳐줄 것이 없느니라. 정 네가 공부를 하고 싶다면 부모의 허락을 받은 연후에 갈 곳을 정해 주겠다만……."
"스님, 공부가 더 하고 싶사옵니다."
"그러면 고향에 들른 연후에 강원도 설악산 동쪽 기슭에 있는 진전사로 가야 할 것이다."
"…… 설악산 동쪽 진전사요?"
"그래 그 진전사에는 장로스님이신 대웅스님이 계실 것이다. 그 분 문하에서는 배울 것이 많을 것이니라. 그 전에 반드시 고

향에 들러야 한다, 견명아."
 "하, 하오나 스님……"
 "어서 서둘러 짐을 챙겨라. 늦으면 부모님이 걱정하실 것이다."
 "예, 분부대로 따르겠습니다."

4
자갈밭을 농토로 일구어라

　열네 살 견명이 강원도 설악산 동쪽 기슭에 자리잡은 진전사에 당도한 것은 고려 고종 6년, 한창 무더운 7월이었다. 절 뒤로는 설악의 자락이 병풍처럼 둘러쳐져 있고 앞으로는 끝없이 푸른 바다가 한눈에 바라다보이는 아주 경관이 수려한 사찰이었다.
　무더운 여름이었지만 산사인지라 가끔씩은 바람이 찾아와 처마끝 풍경소리로 한낮의 침묵에 파문을 긋곤 했다.
　"말씀 좀 여쭙겠습니다요. 아무도 안 계십니까요?"
　견명이 조심스레 인기척을 내자 안에서 늙은 보살이 나왔다.
　"누가 오셨나. 아니, 누구를 찾으시는지?"
　"예, 저 이 절이 진전사인지요."
　"맞긴 맞는데……. 어려 보이는데 머리는 길렀으니 시님은 아니구, 대체 누굴 찾수?"

"이 절에 스님은 아니 계시옵니까?"
"시님을 만나뵈려구?"
"예."
견명이 다소곳하게 대답하자 늙은 보살이 안에다 대고 소리쳤다.
"이것 보시우, 시봉시님. 좀 나와 보시우."
그러자 안에서 젊은 스님이 고개를 내밀고는 옷깃을 여미며 나왔다.
"무슨 일로 그러시는지요, 보살님."
"아, 여기 웬 도령이 시님을 만나뵙겠다구 하는구랴."
"우리 스님을 만나뵙겠다구?"
견명이 앞으로 나서며 인사를 꾸벅했다.
"아 예, 인사 올리겠습니다요. 소인은 경상도 장산 태생이온데 성은 김가구, 이름은 견명이라 하옵니다."
"그런데 우리 스님을 무슨 일로 뵙겠다고 그러는가?"
"저 그건 대 자, 웅 자 노스님을 만나뵙고 직접 말씀을 올리고 싶습니다만, 지금 노스님은 안에 계시옵니까?"
견명이 머뭇거리면서도 또박또박 제 할 말은 다했다.
"출타중이시라 지금은 아니 계시는데, 스님 법명까지 알고 있는 것을 보니 무슨 심부름을 왔는가?"
"아, 아니옵니다. 심부름을 온 게 아니오라······."

견명은 더 이상 얘기는 하지 않고 스님이 언제나 오실지 다시 물었다.

"글쎄. 우리 스님은 하두 무심하신 분이시라 언제 오신다 언제 가신다 통 말씀이 없으신 분이니 오셔봐야 알겠네."

"하오면 소인 저 수각에 가서 땀 좀 씻어도 괜찮겠는지요."

"아이구 그거야 하염없이 산에서 흘러내리는 물이니 어서 가서 씻도록 하우."

노보살이 먼저 대답했다.

"고맙습니다, 보살님."

수각에 이르니 푸르도록 맑고 시린 물이 철철 넘치고 있었다. 설악산 맑은 물로 땀을 씻은 견명은 곧장 법당으로 들어가 부처님께 공손히 삼배를 올렸다. 비록 나이는 어려 보였지만 절에 와서 하는 행동거지가 범상치 아니한지라, 스님과 노보살은 서로 눈을 크게 뜨고 눈길을 맞추었다.

"이것 보시게."

시봉스님이 견명을 불러세웠다.

"예, 스님."

"만일 우리 스님께서 오늘 밤에 돌아오시지 않으면 어찌하겠는가?"

"저 스님, 말씀드리기 송구스럽사오나 소인도 노스님을 꼭 뵈어야겠기에 염치 불구하고…… 불원천리 찾아왔으니 꼭 뵙도록

허락하여 주십시오."
 "허허 이 사람, 딱하구먼. 글쎄 오늘 하룻밤은 재워주겠네만 그 이상은 장담 못 하네."
 헌데 천만다행스럽게도 노스님은 그날 저녁 무렵 진전사로 돌아왔다.
 견명이 대웅 노스님을 뵙고 인사를 올렸다.
 "그래. 네 이름이 견명이라고 했더냐?"
 "예, 스님. 볼 견 자, 밝을 명 자, 견명이라 하옵니다."
 "흠— 그래. 헌데 대체 이 진전사에 내가 있다는 걸 어찌 알고 찾아왔는고?"
 "예. 소인, 전라도 해양군 무등산에 있는 무량사에서 스님의 말씀을 들었사옵니다."
 견명이 공손히 머리 숙여 대답했다.
 "허면, 무슨 일로 나를 찾아왔는고?"
 "예, 소인 노스님 문하에서 삭발출가하여 수행자가 되고자 찾아뵈었습니다."
 "무엇이? 삭발출가를 하겠다?"
 "그러하옵니다, 스님."
 그런데 견명의 귀에 갑자기 천둥번개가 치듯 큰 소리가 들렸다.
 "아니 될 소리다."

노스님의 목청이 이토록 쩌렁쩌렁할 줄 누가 알았는가?
"내 몸 하나도 번거롭거늘 어찌 짐 하나를 더 떠맡겠느냐!"
"소인 결코 짐이 되지 않을 것이니 제발 허락해 주십시오."
"이녀석아, 이렇게 어거지를 쓰는 것부터가 짐이 아니고 무엇이냐!"
"스님, 소인 한 달도 넘게 근 2천 리 길을 달려왔습니다."
"2천 리라니?"
"예, 전라도 무등산에서 경산도 장산으로 거기에서 울진 삼척을 지나 여기까지 왔습지요."
"음흠, 2천 리 아니라 3천 리를 달려왔다 해도 소용이 없다. 오늘은 어두웠으니 여기서 자고 내일 날이 밝거든 고향으로 돌아가거라."
"아이구 스님, 아니 되옵니다. 소인은 기필코 스님 문하에서 삭발출가할 것이옵니다."
"네 이놈!"
"……"
"삭발출가가 뉘집 강아지 이름인 줄 알았더냐?"
"아, 아니옵니다요, 스님."
"듣기 싫다. 어서 객방에 가서 하룻밤 자고 떠나거라!"
그러나 견명이 그렇게 호락호락 물러설 사람이던가. 노스님이 돌아가란다고 해서 맥없이 돌아간다면 그게 어찌 견명이겠는가?

"이것 봐라."
"예, 스님. 부르셨습니까?"
"그래, 어제 온 아이는 돌아갔느냐?"
"아, 아니옵니다. 객실에 그냥 있사옵니다."
"떠나 보내도록 해라."
"꼼짝도 아니하는지라 난감합니다요."
"꼼짝도 아니해?"
"예, 어젯밤부터 아무것도 먹지 않은 채 가부좌를 틀고 앉아 있사옵니다."
"무엇이, 가부좌를? 대체 언제까지 그렇게 앉아 있겠다고 하더냐?"
"스님께서 삭발출가를 허락하실 때까지 그대로 앉아 있겠답니다요."
"어디 얼마나 견디나 보자꾸나. 제깐 녀석이 몇 끼 굶고 나면 생각이 달라질 것이니라."
그러나 그날 아침나절이 지나고 점심때가 지나고 저녁해가 서산마루에 걸릴 무렵까지도 견명은 방에 틀어박혀 가부좌를 틀고 앉은 채로 버티고 있었다.
노스님도 궁금한 듯 시봉에게 물어보았다.
"그 아이는 아직도 그렇게 앉아 있느냐?"
"예, 문을 열어도, 닫아도 알은체도 안합니다."

"그녀석 고집이 어지간한 모양이구나."
"어찌하면 좋겠습니까요, 스님. 들어낼까요?"
"돌려보내더라도 가부좌 풀고 나오거든 돌려보내라."
"예, 스님. 그리 하겠습니다."
 가부좌를 틀고 앉아 고집을 부리고 있는 어린아이를 차마 들어내어 쫓을 수는 없는지라, 대웅 노스님은 견명이가 지칠 때까지 기다리기로 했다. 그런데 견명은 밤이 깊도록 꼼짝도 하지 않고 있었다.
 그때 노보살이 황급히 노스님께 뵙기를 청했다.
"노스님, 노스님."
"보살께서 어인 일이시오, 이 밤중에."
"아이구, 저…… 저러다가 말씀입니다요. 쉰네가 참견할 바는 아니지만, 저 객실에 있는 도령 말씀입니다요."
"그래 그 애가 어쨌다는 말입니까?"
"저러다가 남의 집 귀한 자식 굶겨 죽이는 건 아닌지요."
"어젯밤부터 아무것도 입에 대지 않았던가요?"
"예, 스님. 물 한모금도……."
"배고프면 제발로 걸어나와 돌아갈 것인즉 크게 걱정하지 마시오."
"아이구, 그래두 그렇지요, 스님. 아직 나이두 어린 도령을 그냥 놔두란 말씀이십니까?"

"그러면 보살님이 요량껏 뭘 좀 먹이세요."
"굶어 죽으면 죽었지 노스님께서 삭발출가를 허락하시기 전에는 꼼짝도 하지 않겠다고 합니다요. 그러니 사람 하나 살리는 셈 치시고 저 도령 머리를 깎아주심이 어떠하올는지요?"
"모르시는 말씀, 차라리 굶어 죽기가 쉽지, 한평생 중노릇 제대로 하기는 더 어렵고 힘든 법."
"어이구, 그래도 저 도령을 좀 살려주셔야 할 텐데."
"에이그, 쯧쯧쯧!"
혀를 차던 노스님이 시자를 불렀다. 노스님은 묵묵히 염주알만 돌렸다.
잠시 후 시봉이 노스님 앞에 대령했다.
"스님, 부르셨사옵니까?"
"그래. 그 아이는 아직도 그렇게 가부좌를 틀고 앉아 있느냐?"
"예, 나이도 어린 녀석이 어찌 고집이 센지……."
"그거야 인석아, 고집이 센 녀석이니 2천 리를 마다 않고 온 게 아니겠느냐? 가서 그 아이를 데리고 오너라."
"아니, 하오시면 저 아이를……."
"데려 오라면 데려 올 것이지 웬 토를 달고 나서누."
"예, 스님. 잘못했습니다."
"다른 말은 할 것 없고 그냥 데려 오너라."
"예, 스님."

잠시 후 견명이 시자의 부축을 받으며 노스님 앞에 나타났다. 견명은 스님 앞에 무릎을 꿇었다.
"이것 보아라."
"예, 스님."
"올해 나이가 몇이라고 했더냐?"
"예, 소인 금년에 열네 살이옵니다."
"……열네 살이라."
"……예."
두 사람 사이에는 잠시 침묵이 흘렀다. 이윽고 노스님이 무겁게 입을 열었다.
"사내 나이 열네 살이면 꽃 피고 새 우는 춘삼월이거늘 어찌 하필 중이 될 생각을 한단 말이냐?"
"소인은 당초에 글공부를 할 때에는 벼슬을 하고자 하였습니다."
"그런데 어째서 생각이 바뀌었더냐?"
"예, 전라도 무량사에서 공부를 하다 보니 벼슬공부하기가 싫어졌습니다."
"그건 무슨 연유인고?"
"벼슬이 저 하나 잘 먹고 잘살자는 것 아닙니까? 제 식구만 잘 먹고 잘살자는 것이 싫어졌사옵니다."
견명은 노스님이 물을 때마다 제 생각을 또박또박 밝혔다. 저

 혼자 잘 먹고 잘사는 것은 어리석은 중생의 일이고, 이 세상 모든 중생을 다 잘 먹고 잘살게 하려 한다는 제뜻을 밝힌 것이다.
 노스님도 이것저것 물어보며 견명의 뜻이 얼마나 단단한가를 알아보았다. 삭발출가의 길이 얼마나 험난하고 어려운지를 일러주는 한편 견명의 사람됨됨이도 알아보려는 것이었다.
 "만약 네가 삭발출가하게 되면 평생 혼인하지 못하고 혼자 살아야 할 것이며, 김씨 가문의 대를 잇지도 못할 것이며, 잘 먹고 잘 입어서도 안 되며 자고 싶을 때 마음대로 잠을 잘 수도 없을 것이다."
 "예, 스님."
 "평생토록 세속의 벼슬을 살아서도 아니 될 것이며, 평생 벌레 한 마리 죽여서도 안 되며, 평생 술 한잔 입에 댈 수도 없느니라."
 "예, 스님."
 "출가수행자가 지켜야 할 계율은 실로 수백 가지라, 이는 마치 볏가마를 등에 지고 바늘 위를 걸어가는 것과 같다. 한평생 그럭저럭 살다 가는 데는 어리석은 범부 중생이 편한 것이니라."
 "알고 있사옵니다. 허나 스님, 소인 반드시 출가득도하여 수많은 고해 중생을 건지고자 하오니 제발 스님께서 저를 받아들여 주소서."
 견명은 뜻을 굽히지 않았다.

"넌 어찌 내 말귀를 그리도 알아듣지 못한단 말이냐!"
"아니옵니다, 스님."
"너 이놈, 오뉴월 땡볕에 나가 땀흘리고 일하기 싫어서 중이 되려는 것이렷다?"
"아이구, 아니옵니다, 스님!"
"너는 목탁이나 치면서 빈둥빈둥 놀고 먹는 것이 중이 하는 일인 줄 알고 있으렷다!"
"아닙니다, 스님."
"걸망만 메고 나가면 이집에서 곡식을 시주하고 저집에서는 밥을 주니 중이 되겠다는 게지?"
"절대 그런 것이 아니옵니다."
"그러면 다시 묻겠노라. 아무리 헐벗고 굶주려도 중이 되려느냐? 허구한 날 뼈빠지게 일만 시켜도 중이 되려느냐?"
"예, 스님."
"네 각오가 정녕 그러하다면 내가 머리를 깎아줄 것이니라."
"예? 정말, 정말이시옵니까? 고맙습니다, 정말 고맙습니다."
"허나 그전에 네가 할 일이 있느니라."
"…… 예, 스님 분부만 내려주십시오. 무슨 일이든 다하겠습니다."
"내일 아침 절 마당에 나가 보면 절 앞에 자갈밭이 있느니라. 그 자갈밭에는 자갈도 많으려니와 잡초와 잡목이 우거져 있는데

거기에 씨를 뿌리면 농사가 제대로 되겠느냐?"

"거기에는 아무리 씨를 뿌려도 농사가 안 될 것이옵니다."

"허면 그 땅에 농사를 제대로 지으려면 어찌 해야겠느냐?"

"예, 자갈을 파내고 잡초와 잡목을 뽑은 다음에야 비로소 농사가 가능할 것입니다."

"바로 보았느니라. 그러면 그 자갈밭을 네가 한번 농토로 바꿔 보아라. 50평을 네 손으로 만들어놓으면 그때 머리를 깎아주마."

잡초와 잡목이 우거질 대로 우거진 자갈밭 50평을 농토로 바꾸어놓으면 머리를 깎아주겠다는 노스님의 말에 견명은 선뜻 대답이 나오지 않았다.

"소인 힘으로 자갈밭 50평을 농토로 만들어야 한다는 말씀이시지요?"

"그렇느니라. 잡초와 잡목이 우거져 있고, 게다가 자갈까지 깔리고 묻혀 있는 땅에는 씨앗이 싹틀 수 없듯이, 온갖 번뇌와 망상이 가득 찬 몸과 마음에는 참다운 불심을 심을 수 없으니 어찌하겠느냐? 머리를 깎겠느냐, 고향으로 가겠느냐?"

"…… 알겠습니다. 소인 자갈을 파다가 그 자리에 쓰러져 죽는 한이 있어도 기어이 해내겠습니다."

"그러면 되었느니라. 열흘이 걸리건 한 달이 걸리건 머리를 깎는 날은 너 하기에 달렸느니라."

다음날부터 열네 살짜리 견명은 잡목을 베어내고 잡초를 뽑기 시작했다. 그 일은 결코 쉬운 일이 아니었다. 부모 밑에서 응석받이 노릇이나 할 나이에 스님 되는 것이 뭐가 좋아 저리 기를 쓰는지 노보살은 안타까워 발을 동동 굴렀다.
뻐꾹…… 뻐꾹.
"이것 봐요, 도령."
노보살이 물을 떠가지고 와서 견명을 불렀다.
"네, 보살님."
"에이그, 참 딱도 하지. 시원한 물이나 한 바가지 마시고 해."
"저를 위해서 일부러…… 이렇게 수고를 끼쳐 죄송합니다."
"에이구, 이 절에서 사는 게 무에 그리 좋다구 고생을 사서 하누."
"에이 참, 그거야 스님이 되고 싶으니까 그렇지요."
"나 같으면 고향에 돌아가서 예쁜 새악시 얻어 장가들구 살겠구먼."
"에이, 아닙니다. 무량사 스님께서 그러시는데 세상살이 부귀영화 그거 모두 뜬구름이라고 하셨어요."
"뜬구름이라니."
"생겼다가 없어지고, 없어졌다 생기는 저 뜬구름 말입니다요."
"난 잘 모르겠네."
"보살님께서도 부처님 말씀을 배워보시면 알게 될 거구먼요."

"에이구, 이 절에서 먹고 자고 한 지 벌써 5년이 넘었는데두 영감, 자식 함께 살던 때가 좋았다우."

"그러면 집에서 사시지 왜 절에서 기거하십니까?"

"아, 그야 오갈데없는 신세니까 그렇지. 영감하고 자식이 고기 잡이 나갔다가 영영 돌아오질 않아, 6년이나 됐는데두. 다행히 이 늙은 것 노스님이 거둬주셔서 이 절에서 살게 되었지…… 아, 그 낫 좀 이리 주우, 내가 좀 거들 테니."

"아이구, 그러지 마십시오."

"이래뵈도 낫질, 호미질은 내가 나을걸?"

"그게 아니구요. 제 손으로 일구어야 머리를 깎아주신다고 하셔서요."

"아이구, 이 자갈을 어느 세월에 캐내려 하누."

"두고 보십시오. 몇 달이 걸려도 해내고 말 테니까요."

노보살은 스님이 되는 게 뭐가 좋은지 모르겠다며 혀를 찼다.

진전사 대웅 노스님은 멀리서 견명이 땀흘려 일하는 품을 지켜보고 있었다.

노스님의 옆에 있던 시봉이 나지막이 대웅스님을 불렀다.

"스님."

"왜 그러느냐?"

"스님께서는 어찌하시려고 저 아이에게 그런 일을 시키시는지요?"

"더 두고 보면 알게 될 것이니라."
"제깐놈이 사나흘 하면 제풀에 지쳐 달아나겠지요?"
 시봉이 노스님의 동의를 구하듯 물었다.
"이녀석아, 네 눈에는 그리 뵈더냐. 저 아이 얼굴을 자세히 들여다보아라. 저 아이는 우행호시라 걸음걸이는 소처럼 느리나 그 눈빛은 호랑이를 닮았구나."
"예에? 우행호시요?"
"그래. 느리되 지치지 아니하고, 눈에 광채가 있으니 범상해 보이지는 않는다."
"하오시면 스님께서는 저 아이의 머리를 깎아주실 생각이십니까?"
"약조를 지키면 그렇게 해야지."
"중도에 달아나면요?"
 노스님이 한심하다는 듯 시봉을 쳐다보았다.
"멍청한 녀석. 중도에 그만두고 달아난다면 인연 없는 중생이거늘 내가 쫓아가서 머리를 깎아주랴?"
"그게 아니구요, 스님. 범상한 아이가 아니라 하시니 달아나기 전에 머리를 깎아주시면 어떨까 해서요."
"아니 될 소리."
"하오시면 소승이 일을 거들어주면 어떨는지요?"
 스님은 시봉을 흘긋 쳐다볼 뿐 말이 없었다.

"저 아이가 저러다 병들어 쓰러지면 어찌하시려구요, 스님?"
"이놈아, 나는 저 아이보다 한 살 어린 열세 살에 자갈밭 백 평을 일구어놓고 머리를 깎았느니라."

그렇게 사흘, 닷새, 열흘이 지났으니 나이 어린 견명은 쓰러질 지경이었다. 손가락 마디마디에는 상처투성이요, 손바닥은 온통 짓물러 터져 피범벅이 되었다. 그래도 견명은 쓰다 달다 불평 한 마디 없이 이를 악물고 괭이질을 계속했다. 밤이면 견명은 누가 업어가도 모를 정도로 녹초가 되어 잠에 곯아떨어졌다.

그런데 어느 날부터인가 이상한 일이 일어났다. 하루에 두 평을 파고 다음날 새벽에 나가 보면 네 평이 농토로 변했고, 세 평을 파놓고 다음날 보면 여섯 평이 농토로 변해 있는 것이다.

견명은 하도 이상하여 어느 날 밤에는 수풀 속에 숨어서 지키고 있었다. 그러다 그만 깜빡 잠이 들었다. 그새 견명은 꿈속을 헤맸다.

황소보다도 더 큰 호랑이가 자갈밭으로 달려오더니만 크게 울부짖으며 땅을 파헤치니 땅에 박혀 있던 그 많은 자갈들이 비오듯 사방으로 흩어져 날리는데, 아 그만 날아오는 돌에 맞아 견명이 놀라 깨어보니 꿈이었다.

견명이 정신을 가다듬고 자세히 보니 그 호랑이는 바로 대웅 노스님이었다. 스님은 깜깜한 한밤중에 자갈밭에 괭이질을 부지런히 하고 계셨다.
 견명은 울며 노스님에게 달려가 품을 파고들었다. 견명의 눈에서는 눈물이 그칠 줄을 몰랐다. 놀란 것은 견명뿐 아니라 노스님도 마찬가지였다. 노스님은 여전히 괭이자루를 쥐고 서 있었다. 견명이 눈물을 훔치며 땅바닥에 무릎을 꿇었다.
 "스님, 스님께선 어찌 한밤중에 땅을 파고 계시옵니까? 예, 스님?"
 "나는 땅을 파지 않았느니라."
 "소인의 눈으로 똑똑히 보았는뎁쇼."
 "아니래두. 그동안 네가 몇 평이나 농토로 만들었나 그것을 헤아려 보려 나온 것뿐이다."
 노스님은 시치미를 뚝 떼고 말씀하셨다.
 "그러잖아도 소인 그동안 이상한 생각이 들어 오늘은 꼭 그 연유를 밝혀내려고 하다가 잠이 들었는데, 다행히 꿈이 깨어 노스님께서 도와주셨다는 것을 알았으니 얼마나 다행스럽고 기쁜지 모르겠습니다요. 분명히 두 평을 일구었는데 다음날은 네 평이 되고 다섯 평이 되어 이상했는데 이제야 알게 되었으니……"
 "그런 일이 있었다면 그것은 아마도 관세음보살의 도우심이었을 것이니라."
 "아닙니다요. 노스님께서 밤마다 나오셔서 소인을 도와주셨다는 걸 다 압니다요. 그렇습지요, 스님?"

"허허, 그녀석 아니래두 자꾸 그러는구나."
"스님, 이젠 제발 땅을 파시지 마세요. 기어이 제 손으로 50평을 일궈놓고야 말겠습니다."
"견명아, 이제 그만 해도 되느니라."
"그만두라 하시면……."
"이녀석, 그동안 일군 것이 50평은 족히 되느니라."
"아닙니다, 제가 보기에는 40평 조금 넘는 것 같습니다."
"이녀석, 참으로 안 되겠군."
노스님이 짐짓 화를 내자 견명은 뜨끔했다.
"고집을 부릴 게 따로 있지. 어른이 그렇다고 하면 그런 줄 알고 순종을 해야지. 어찌 말끝마다 토를 다는고?"
"스님, 용서하여 주십시오."
"그래. 이제 그만 되었느니라. 그간 고생이 많았구나."
"아…… 아니옵니다. 스님께서 고생이 많으셨지요."
견명은 겨우 참았던 눈물이 다시 쏟아졌다.
"사내녀석이 울긴. 그만 들어가서 잠을 청하도록 해라."
"하오시면 스님께선 소인의 머리를 깎아주시겠사옵니까?"
"내 어찌 너와 약조한 바를 어기겠느냐. 길일을 택해 그리 할 것이니 그동안 푹 쉬도록 해라."
"고맙습니다, 참으로 고맙습니다요."

그런 일이 있은 지 사흘이 지난 후 스님은 시봉을 드는 지견 스님과 노보살을 불렀다.
"스님, 부르셨사옵니까?"
"쇤네도 부르셨습니까요, 노시님?"
"무슨 분부를 내리실 일이라도……"
"그래, 오늘 견명의 머리를 깎아주려 한다. 그러니……"
그때 노보살이 너무 기쁜 나머지 노스님이 말을 끝내기도 전에 끼여들었다.
"아이구, 노시님, 참으로 자비로우신 일이옵니다요."
"지견아, 그동안 삭도를 쓰지 아니했으니 숫돌에 잘 갈아와야 할 것이다."
"예, 스님."
"그리고 보살님은 물을 따끈하게 데워서 한 바가지 갖다놓도록 하시오."

진전사 대웅 노스님께서는 이날 견명의 머리를 손수 깎아주시고 사미십계를 내렸다.
십계는 산 것을 죽이지 마라, 남의 물건을 훔치지 마라, 음행하지 마라, 거짓말하지 마라, 술 마시지 마라, 꽃다발이나 향을 쓰지 마라, 노래하고 춤추거나 풍류를 잡히지 마라, 높고 넓은 평상에 앉지 마라, 먹을 때가 아닐 때에는 먹지 마라, 금이나 은

이나 보물을 지니지 말라는 것이었다. 그 다음 마지막으로 남겨 놓았던 머리칼 한 올을 마저 밀었다.

"견명아, 이제 고향에 계시는 부모님께 세속의 아들로서 올리는 마지막 삼배를 올리거라."

노스님의 말씀에 견명은 가슴이 먹먹해졌다.

"…… 예, 스님."

"첫번째 올리는 절은 나를 낳아주신 은혜에 감사드리는 절이요, 두 번째 올리는 절은 나를 키워주신 은혜에 감사드림이요, 마지막 절은 그동안 가르쳐주신 은혜에 감사드리는 절이니라."

"예, 스님."

견명은 아버지, 어머니가 계신 장산을 향해 마지막 절을 올렸다.

"자, 이제 너는 부처님의 제자가 되었으니 출가수행자의 본분을 한시도 잊어서는 아니 될 것이다."

"예, 스님. 명심하겠습니다."

"이것 보아라, 견명아."

"예, 스님."

"내 너를 출가시킨 후 볼 견 자, 밝은 명 자 견명이라 불렀으니 너의 법명은 견명이라 할 것이다."

견명이 무릎을 꿇고 앉아 깊숙이 허리를 굽혀 예를 표했다.

"네 속가에서는 밝은 빛을 보고 너를 낳았다 하여 견명이라 이름을 지었으렷다? 허나 오늘 네 법명을 다시 그 두 글자를 그대로 써서 견명이라 하는 데는 다른 뜻이 담겨 있으니 잘 듣고 명심해라."

"예, 스님."

"이 세상에서 가장 크고 밝은 빛은 바로 우리 부처님의 지혜 광명이니, 너는 바로 그 부처님의 지혜 광명을 제대로 보아야 할 것이요, 제대로 네 것으로 삼아야 할 것이요, 제대로 바로 깨우쳐야 할 것이다. 그래서 네 법명을 볼 견 자, 밝은 명 자 견명이라 한 것이야."

"예, 스님. 스님의 깊으신 뜻을 마음에 깊이 새겨 열심히 수행하겠습니다."

노스님과 견명 사이에는 깊은 믿음이 교감되면서 법당 안은 더욱 숙연해졌다.

"이제 오늘부터 이 절 식구가 되었으니 사찰 법도를 어김없이 지켜야 할 것이다. 내 시봉을 드는 지견상좌는 너의 사형이다. 속가의 형님보다도 더 극진히 잘 섬겨야 하느니라."

"예, 스님."

"그리고 노보살께서도 힘이 드실 게다. 오늘부터는 견명이 네가 공양주 보살님을 도와드려야 한다."

"예, 스님."

노스님은 이것저것 사찰의 법도와 할 일에 대해 일렀고, 그리

고 공부해야 할 불경과 공부하는 자세를 상세히 설명했다. 마치 속가의 할아버지 같은 따스함으로 꼼꼼하게 일러주는 것이었다.

"견명아, 처음 불문에 들어온 사람이 반드시 마음에 새겨야 할 〈계초심학인문〉은 단 한 구절, 한 글자도 잊어서는 아니 되며, 원효대사께서 출가수행자들에게 당부하신 〈발심수행장〉도 마음 속 깊이 새겨 수행의 등불로 삼아야 할 것이며, 내 이제 너에게 내리는 〈사미율의〉를 보고 이 중 어느 것 하나 어겨서도 아니 된다."

"예, 스님."

"단 한 가지 반드시 지켜야 할 일이 있으니, 무슨 일이 있어도 새벽예불, 저녁예불에는 반드시 참예해야 할 것이니 만일 이를 어기면 용서치 아니할 것이다."

"예, 스님. 스님 분부 받들어 모시겠습니다."

"이제 됐다. 그만 일어나 보아라. 뒤로 한 번 돌아보아라."

대웅 노스님은 머리 깎고 승복을 입은 견명 사미의 모습을 앞으로 보고 뒤로 보았다. 흐뭇한 미소가 입가를 떠날 줄 몰랐다.

"허허 녀석, 머리를 깎아놓고 보니 두상이 아주 잘생겼구나, 응!"

5
사미승의 목탁 소리

　파르라니 머리 깎고, 승복 입고 사미십계를 받고, 법명까지 받았으니 이제 어엿한 사미승이 되었다. 나이는 어리지만 제법 의젓해 보였다. 견명은 새벽 두 시면 어김없이 일어나 몸을 정갈하게 씻고 목탁을 두드리는 도량석을 시작했다.
　탁탁…… 탁탁탁.
　고요한 태백산맥 줄기에서 중생을 구제하려는 어린 스님의 목탁 소리는 깊은 잠의 수렁에 빠져 있는 중생의 귀에 언제나 이를 것인가?
　이른 아침마다 울려 퍼지는 이 도량석 소리야말로 깊이 잠들었던 산천초목을 흔들어 깨우고, 무명의 어둠에 빠져 있는 삼라만상을 일깨우며, 진리의 밭을 가는 성스러운 하루의 시작을 알리는 신호다. 견명스님은 맨 먼저 사형 지견스님으로부터 진전

사의 내력을 들었다.
 "그러니까 견명아……."
 "예, 말씀하십시오."
 "우리 절 진전사는 지금으로부터 4백 년 전에 도의선사께서 창건하신 유서 깊은 절이다."
 "창건하셨다 하면 새로 지으셨다는 말씀이지요?"
 "그렇지. 창건은 없던 절을 새로 짓는 것이고 중창이라 함은 다시 고쳐 지었다는 뜻이지. 그러면 지금부터 도의선사님께 얽힌 얘기를 해주마. 우리 절의 내력을 노스님께서 두세 번 캐물으실 것이니 제대로 들어두었다가 잘 대답해야 한다. 그렇지 않으면 노스님께 꾸중을 듣게 될 거야."
 "예, 명심해서 잘 배우겠습니다."
 "도의선사는 신라 선덕왕 때부터 헌덕왕 때까지 사셨던 스님이시다. 스님은 선덕왕 5년, 그러니까 430여 년 전에 중국으로 유학을 가셨어."
 "그래서요?"
 "유학을 가신 도의선사께서는 당시 중국에서 유명한 마조, 도일선사의 제자셨던 서당·지장(智藏)선사의 문하에서 공부하여 인가를 받으셨다."
 "인가가 무엇인데요?"
 "인가란 스승이 제자의 공부가 경지에 이르렀음을 인정하는

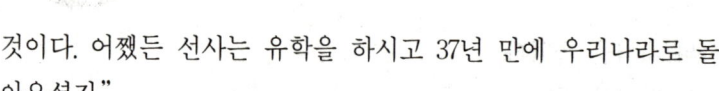

것이다. 어쨌든 선사는 유학을 하시고 37년 만에 우리나라로 돌아오셨지."
"그래서요?"
"그때만 해도 우리나라에서는 참선수행을 모르던 때였으니 누구 하나 알아주는 사람이 없었다고 하는구나."
이렇게 지견스님의 얘기는 계속되었다.
도의선사는 신라의 서울이었던 경주를 바로 떠나 이 설악산 동쪽 기슭 지금의 자리에 진전사를 창건했다. 이때 염거화상, 체징선사 등을 참선수행을 통해 배출하였고, 그후로도 계속 훌륭한 스님을 배출했는데, 이 절에서 수행한 스님 중에는 학일스님 같은 국사도 나왔다.
"아이구, 국사시라면 이 나라에서 가장 높으신 스님이 아니십니까요?"
"그렇지. 그러니까 이 절에서 공부하는 수행자는 모름지기 부끄러운 후손이 되지 않기 위해서라도 일구월심 열심히 수행을 해야 하느니라. 노스님께서도 그러시기에 그렇게 당부를 하시는 거구."
"그러니까 도의선사께서 창건…… 그후에 염거화상, 체징선사, 학일국사…… 그렇습지요?"
"아니, 너 그새 그 분들의 법명을 다 외웠더란 말이냐?"
"스님께서 자세히 가르쳐주신 덕분이지요. 정말 고맙습니다."

 한 가지를 가르치면 열 가지를 안다는 말이 참으로 이렇게 들어맞는 아이가 있을까? 나이 어린 사미승 견명은 한 번 들으면 결코 잊어버리는 일이 없었으니 총명하기 이를 데 없었다. 견명은 독경과 경책은 물론 틈만 나면 밭에 나가 채소까지 가꾸는 부지런함을 보였으니 어찌 그 모습이 기특하지 않겠는가?

 "이보시우, 견명시님. 어느새 이렇게 밭에 와 계십니까요."
 노보살이 채소밭에 있는 견명을 불렀다.
 "아이구 보살님두. 자꾸 스님, 스님 하지 마십시오. 듣기 심히 민망합니다."
 "아이구, 무슨 말씀이십니까? 이제 어엿하게 삭발을 하셨겠다, 승복을 입으셨겠다, 사미십계를 받았으니 틀림없는 시님이 아니십니까요?"
 "그래도 스님, 스님 하시니 듣기가 매우 거북하옵니다."
 "아이구 별 말씀, 어서 손 씻고 노시님께 가보십시오. 아까부터 찾고 계십니다요."
 "노스님께서 저를 찾으신다구요?"
 "예, 공부를 점검하실 모양이신지 지견시님도 함께 찾으시던데요."
 "지견스님과 함께요?"
 "예, 정신 바짝차리셔야 주장자를 맞지 아니할 것이니 그리 아십시오, 시님."
 견명의 눈이 휘둥그레졌다.
 "주장자요? 아니 노스님께서는 대답을 잘못하면 주장자로 때리신단 말씀이십니까?"
 "때려도 사정없이 막 때리십니다."
 "예?"

 견명 사미승이 노스님 방으로 들어가 예를 갖추고 지견스님과 나란히 무릎을 꿇었다.
 "내 오늘은 너희들 공부를 점검할 것이니라."
 "예."
 두 사람이 합창을 하듯 대답했다.
 "먼저 지견에게 물을 것인즉……."
 "예, 스님."
 "부처님께서 이르시기를 중생은 열 가지 나쁜 일로 제 몸을 망치고 제 집안을 망치고 나아가서는 이 세상을 망친다 하셨거늘, 그 열 가지 나쁜 짓이 과연 무엇이던고?"
 "예, 우선 몸으로 짓는 세 가지 나쁜 짓이 있으니 그 첫째는 산 목숨을 해치는 것이며, 그 둘째는 남의 물건을 훔치는 것이요, 그 셋째는 음란한 짓을 행하는 것이라 하셨습니다."
 "그 다음으로 또 뭐라고 이르셨던고?"

 "예, 입으로 짓는 네 가지 나쁜 짓이 있으니, 그 첫째는 이간 질이요, 그 둘째는 꾸미는 말이요……."
 딱, 딱, 딱.
 노스님이 주장자로 지견의 등허리를 후려쳤다.
 "다시 한 번 일러보아라."
 "예, 그 첫째는 이간질이요, 그 둘째는 거짓말이며……."
 딱.
 다시 주장자가 지견상좌의 어깨를 후려쳤다.
 "일에도 순서가 있듯이, 말씀에도 순서가 있었느니라."
 "예, 스님."
 "건성으로 공부를 하면 이는 밥이나 축내는 도둑과 같으니라."
 "예, 스님. 더욱더 정진토록 하겠습니다."
 "다음은 견명에게 묻겠노라. 너에게 사미가 익혀야 할 계율을 공부하라 일렀거늘, 한 가지 한 가지 모두 다 마음에 새겨넣었느냐? 만일 제대로 새겨두지 아니했으면 이 주장자로 30방을 맞아야 할 것이다."
 노스님은 주장자로 경상을 한 번 탁 내리쳤다. 견명은 공손하게 대답을 했다.
 제대로 대답을 못 해서 30방을 얻어맞는다면, 그것은 나이 어린 사미승 견명으로서는 견뎌내기 어려운 벌이었다.
 "너는 사미십계 열 가지가 무엇무엇인지 잊지 않았으렷다."

노스님의 추상 같은 목소리가 견명에게 떨어졌다.
"예, 스님. 잊지 않사옵니다."
"허면 그 첫번째가 무엇이더냐?"
"예, 첫번째 계율은 불살생이니 산 목숨을 죽이지 말라고 하셨 사옵니다."
"허면 다시 묻겠노라. 산 목숨을 죽이지 말라 하셨거늘 대체 무엇무엇을 죽이지 아니해야 하는고?"
"……예. 위로는 부처님, 조상님, 성인, 스님, 부모님으로부터 소, 돼지, 개, 닭 모든 짐승은 물론이요, 날아 다니는 새, 헤엄쳐 다니는 물고기, 아래로는 보잘것없는 벌레에 이르기까지 이 세상 목숨 있는 모든 중생을 죽여서는 아니 된다 하셨사옵니다."
"허면 너만 죽이지 않으면 된다더냐?"
"아니옵니다. 내 손으로 죽여서도 아니 될 것이며, 남을 시켜 죽이려 해서도 아니 되고, 남이 죽이는 것을 보고 좋아해도 아니 된다 하셨사옵니다."
견명이 약간 굳어 있는 중에도 또박또박 대답을 했다.
"그러면 겨울에 몸에 이가 생기면 어찌하라 이르셨던고?"
"……예, 비록 이가 피를 빨아 먹을지언정 잡아 죽여서는 아니 될 것이며, 몸이 가려워 수행에 어려움이 있다면 이를 잡아내되 대통에 넣어 솜으로 덮고 먹을 것을 주어야 한다고 이르셨사옵니다."

"어찌하여 대통에 넣고 솜과 먹을 것을 주라고 이르셨느냐?"

"비록 작은 생명이나 얼어죽고 굶어죽을까 염려하여 그리하라 이르신 줄로 아옵니다."

"흐흠, 허면 어찌하여 절에서는 고양이를 기르지 말라 이르셨는고?"

"예, 본디 고양이는 살생을 업으로 삼는 짐승인지라 자비도량에서 살생하게 할 수는 없는 일이오라 그래서 고양이를 기르지 못하게 한 줄 아옵니다."

"그러면 방에 불을 켰을 때 반드시 등피를 씌우라 하셨거늘 그 무슨 연유인고?"

"예, 날파리들이 불빛을 보고 제 몸이 타는 줄도 모르고 등불로 덤벼드는지라, 그 어리석은 벌레들의 목숨이 상하지 않도록 하기 위해 등피를 씌우라 이르셨사옵니다."

"사미십계는 본디 부처님께서 당신의 아들 라훌라를 삭발시키고 사리불을 시켜 일러주신 열 가지 계율이니라."

"예, 스님. 명심하겠습니다."

"불살생이란, 산 목숨을 죽이지 아니하는 것에만 그쳐서는 결코 불살생계를 제대로 잘 지켰다고 할 수 없을 것이니, 배고파 죽어가는 중생은 어찌해야 할꼬?"

"⋯⋯예, 배고파 죽어가는 중생을 보거든 먹을 것을 주어야 하며⋯⋯."

"병들어 죽어가는 중생을 만나면 어찌해야 하느냐?"
"예, 약을 구해다 먹여 목숨을 살려야 합니다."
견명이 제법 의젓하게 묻는 말에 막힘 없이 대답을 하고 있었다.
"그렇느니라. 삭발출가한 수행자들이나 속가에 살면서 부처의 제자가 된 사람들이나 불살생이라는 글자에만 매달려 내가 죽이지만 않으면 된다고 생각하는 것이 큰 잘못이니, 한걸음 나아가 곤경에 처한 중생을 살리고 보살펴야 비로소 산 목숨을 죽이지 말라는 부처님의 말씀을 제대로 지켰다 할 것이다.
견명이, 너. 때때로 공양간에 불을 지필 것이다. 불을 피울 적에는 오래된 고목이나 썩은 나무를 아궁이에 넣어서는 아니 될 것이니, 그 까닭이 어디에 있는고?"
"잘 모르겠습니다요."
딱, 딱.
주장자가 사정없이 견명에게 떨어졌다. 견명은 흠칫 놀랐다.
"밖에 나가 공양주 보살님께 자세히 배우도록 해라."
"예, 스님. 열심히 배우겠습니다."
"두 번째 계율, 세 번째 계율은 물론 열 가지 계율이 다 그러하니 무엇을 하지 마라, 무엇을 하지 마라, 글자만 알아서는 아니 될 일, 폭넓고 깊이 있게 잘 성찰해야 비로소 계율을 마음에 새겼다 할 것이다."

　견명은 다행히도 주장자를 크게 맞는 것은 피했으나 그리 안심할 일이 아니었다. 언제 또 노스님 앞에 불려나가 점검받아야 할지 알 수 없는 일이었다.
　"저, 지견스님."
　"왜?"
　"노스님께서는 늘 저렇게 주장자로 사람을 때리십니까?"
　"공부를 게을리하는 자는 밥도적이니 밥도적은 언제나 인정사정없이 후려치시는 게지."
　"하오면 스님께서는 몇 번이나 주장자를 맞으셨습니까?"
　"수없이 맞았지. 어찌나 많이 맞았는지 어깻죽지에 굳은살이 다 박히었네."
　"예예? 그렇게나 여러 번 맞으셨어요?"
　"자네도 아직 마음을 놓을 때가 아닐세. 공부는 할수록 어려워지는 법."
　"그런데 스님, 아궁이에 불을 지필 적에 어째서 고목이나 썩은 나무를 넣지 말라 하십니까?"
　"그것두 다 사미계의 첫 계율 불살생계를 제대로 지키기 위해서지. 공양주 보살님께 배우라 이르시지 않던가?"
　"에이 참, 스님께서 아시면 좀 가르쳐주시지요."
　"아니 될 소리. 바람에게서 배울 것은 바람한테 배우고, 물에게서 배울 것은 물한테 배우고, 그게 우리 노스님의 말씀이시니 견명이도 그 점 각별히 명심하게."
 "원 무슨 말씀이신지."
 "우리 노스님 말씀은 두두물물, 화화초초가 다 스승이니, 어느 것 하나 업신여기지 말라는 말씀이야."
 "그러니까 이 세상 모든 만물, 이 세상 모든 사람이 다 스승이다, 그런 말씀이십니까?"
 "그래 바로 그걸세. 공양주 보살도 스승으로 삼으라고 하신 말씀이야."
 지견스님이 견명에게 바람처럼 구름처럼 알 듯 말 듯한 얘기를 하고는 거처로 들어갔다. 견명도 노스님의 말씀을 다시 헤아리면서 공양주 보살을 찾았다. 노보살은 수각에서 나물을 씻고 있었다.
 "보살님, 제가 좀 거들겠습니다."
 "아이구 아닙니다요, 쉰네가 다 씻었구먼요. 잠시 들어가 쉬십시오."
 "보살님, 한 말씀 여쭙겠습니다."
 "제게요?"
 "예, 노스님께서 공양주 보살님께 배우라고 하셨거든요."
 "아이구, 저런…… 주장자는 몇 방이나 맞으셨어요?"
 "딱 한 번 맞긴 했지만요……."
 "어휴 용하셔라. 그래 쉰네한테 무얼 배우라고 하셨어요?"

"아궁이에 불을 지필 적에 고목이나 썩은 나무는 무슨 까닭으로 넣지 말라고 하시는지요?"

"아이구 난 또 무슨 말씀이라구요. 그러면 제가 묻는 말에 제대로 대답을 하셔야 해요."

"제게 물으시겠다구요?"

"쉰네가 묻는 말에 대답만 잘하시면 저절로 아시게 될 거예요."

 노보살의 말에 견명은 몸을 가다듬으며 약간 긴장된 표정을 지었다. 노보살도 지금은 스승이기에 예를 갖춘 것이다.

 절에서는 아궁이에 불을 지필 적에 왜 고목이나 썩은 나무를 못 쓰게 하는지 그 까닭을 자세히 아는 사람은 흔치 않을 것이다. 견명 사미도 그 이유가 궁금해 공양주 보살에게 바로 쫓아내려온 것이다.

"어서 물어보셔요, 보살님."

"사람은 대체 어디서 살지요?"

"어디서 사느냐니요?"

 노보살의 의외의 질문에 견명이 선뜻 말을 못 하고 눈을 동그랗게 떴다.

"길바닥에서 삽니까, 나무 위에서 삽니까?"

"아, 그야 사람은 집을 짓고 집 안에서 살지요."

"그러면 새들은 어디서 삽니까, 시님?"

"저 새들이야 산속 나무 위에다 둥지를 틀지요."
"그러면 조그만 벌레들은 어디서 살겠습니까요? 여기 마침 개미가 줄지어 지나가는군요. 어디루 가는지 한 번 따라가 보기루 할까요?"
"따라가 보자니요?"
"아, 쇤네가 아까 여쭈지 않았습니까요? 개미 같은 작은 벌레가 어디에 사느냐굽쇼?"
"아, 이제 알았습니다요. 그러니까 개미 같은 작은 벌레들이 고목나무 구멍이나 썩은 나무 구멍 속에 집을 짓는다는 말씀이군요."
"과연 총명하시기가 으뜸입니다."
"아, 그러니까 고목나무나 썩은 나무를 아궁이에 넣고 불을 피우게 되면……"
"아이구 큰일나지요. 어떨 때 모르고 불을 때다 보면 개미 떼가 새카맣게 불길 속에서 몸부림을 칩니다요, 살겠다구요."
"고맙습니다, 보살님. 덕분에 한 가지 배웠습니다."
"원 시님두. 처음엔 쇤네도 몰랐습지요. 고목나무 구멍 속에 그토록 많은 목숨이 살고 있을지 누가 알았겠습니까요? 그래서 땔나무가 없으면 무심코 집어넣곤 했지요."
"그러고 보면 절에서 스님들이 시키는 일은 참으로 합당한 까닭이 있으시구면요. 그렇지요, 보살님?"

"그러문요. 다 부처님의 자비심이지요. 말로는 살생을 안한다면서 무심코 고목나무 한 토막 아궁이에 던져넣으면 그거야 한꺼번에 수백, 수천의 목숨을 죽이는 게 아닙니까요."

"나무아미타불 관세음보살……."

"왜 그러세요, 시님."

"지금 생각해 보니 집에 있을 적에 무심코 고목나무 토막을 아궁이에 넣고 불을 지폈으니, 얼마나 많은 죄를 지었는지 모르겠구먼요, 보살님."

사미승 견명은 뒤통수를 얻어맞은 듯한 충격을 받았다. 불이 이글이글 타고 있는 아궁이 속에 무심코 던져넣은 고목나무 한 토막이 수많은 목숨의 안식처였다고 생각하니, 정말이지 무엇하나 함부로 할 수 없다는 생각이 뼛속까지 사무쳤다.

6
잘해도 매, 못해도 매

견명은 비록 나이가 어렸어도 전라도 무등산에서 글공부를 열심히 한 덕에 대웅 노스님의 경책 〈사미율의〉를 며칠 만에 다 외웠다. 그래서 견명은 노스님을 찾아뵙고 새로운 경책을 주십사 청했다. 그런데 난데없이 노스님은 주장자를 들어 견명을 후려치는 게 아닌가?

딱.

"이녀석아, 내가 그 책을 내릴 때에는 책 구경을 하라는 것이 아니었다."

"스님, 그 책은 다 외웠습니다요."

딱.

다시 그의 등으로 주장자가 떨어졌다.

"이놈아, 언제 너에게 경책을 줄줄 외라더냐? 부처님의 깊은

 뜻을 헤아리고, 마음 깊이 새기고 실천하라고 준 것이거늘, 글자만 외고는 경책을 뗐다는 게냐!"
 "잘못했습니다, 스님. 용서하십시오."
 "내 그러면 당장 네가 얼마나 잘 외고, 뜻을 헤아렸는지 점검할 것이로되, 제대로 대답을 못 하면 30방을 각오해라!"
 대응 노스님은 두 눈을 부릅뜨고 〈사미율의〉를 펴놓고 엄히 물으셨다.
 "부처님께서 네 번째로 이르신 계는 과연 무엇이던고?"
 "네, 네 번째 말씀이십니까?"
 "나이도 어린 녀석이 귀까지 어둡단 말이냐?"
 견명은 잔뜩 겁에 질려 더듬거렸다.
 "네 번째 이르신 계는 불…… 불망어이니 거짓말을 하지 말라는 것이옵니다."
 "그럼 대체 어떤 말이 거짓말이더냐?"
 "첫째는 허망한 말이니, 흰 것을 검다 하고 검은 것을 희다 하며, 옳은 것을 그르다 하고, 그른 것을 옳다 하는 말이 거짓말인 줄 아옵니다."
 "또 어떤 말이 거짓인고?"
 "감언이설이니, 달콤한 말로 남을 속이는 것, 그 다음에는 악담이나, 추악한 욕설을 퍼붓거나 저주하는 말이라 하셨사옵니다…… 한 입으로 두 말을 하고, 사람을 이간질하며, 앞에서는 칭찬하고 돌아서서 악담을 해서는 안 된다 하셨습니다."
 "허면 내가 한 가지 묻겠노라. 오랑캐에게 쫓겨 우리 백성이 도망쳐 와서 숨겨달라고 애걸을 했느니라. 사정이 급박한지라 네가 절 안에 숨겨주었다. 헌데 곧바로 뒤쫓아온 오랑캐가 그 백성의 행방을 묻는다면 너는 뭐라고 대답하겠느냐?"
 "……"
 견명은 대답을 할 수 없었다.
 "어서 말해라. 산 속으로 달아났다고 하면 거짓이요, 이 절에 숨겼다고 하면 백성이 죽게 된다. 어찌 대답하겠는고?"
 "어찌해야 할지 모르겠사옵니다."
 딱.
 주장자가 사정없이 어깨 위로 떨어졌다.
 "견명아, 글자에만 매달려 글자만 줄줄 외우면 삼 년, 백 년이 지나도 의미를 알 수 없다. 너는 오늘 30방을 맞아야겠다."
 이날 견명은 어김없이 양쪽 어깻죽지에 30방을 맞아야 했다.
 문밖에서 듣고 있는 노보살의 마음은 찢어질 듯 아팠다. 지견 스님에게 들어가 말려보라고 해도, 스님은 자신까지 화를 입을까 두려워 숨을 죽이고 있었다.
 "아이구, 저러다 저 애기시님 어깻죽지 부러지겠구먼요."
 "노스님께서 숨이 차신 모양입니다. 스물일곱 방을 때리셨으니 세 방만 때리시면 끝날 텐데."

딱. 딱. 딱.

꼼짝없이 30방을 다 맞은 견명이 노스님께 인사를 올리고 물러났다.

"에이그, 쯧쯧쯧. 제가 좀 부축해 드릴께요, 시님."

노보살이 안타까워했다.

"아, 아니옵니다, 보살님."

노보살이 부축을 하며 어깨를 주물러 주려 했지만 견명은 극구 사양했다. 지견스님도 찬물 찜질을 권했지만 견명은 괜찮다고 말할 뿐이었다.

"아이구, 시님. 수각으로 가십시다요. 그런데 무슨 일로 그리 매를 맞으셨습니까요?"

"다 제 잘못이지요. 공부를 제대로 못 했으니 30방을 맞아도 싸지요."

"진심으로 그렇게 생각하느냐?"

시봉스님이 견명에게 물었다.

"스님께도 죄송합니다. 앞으로는 이런 일이 없도록 조심하겠습니다요."

달이 몹시도 밝은 어느 날 밤, 노스님은 사미 견명을 불러앉혔다.

"그동안 곰곰이 생각해 보았느냐?"

"······ 무······ 무슨 말씀이시온지?"

견명은 거두절미하고 불쑥 물어오는 노스님의 물음에 얼떨떨해졌다.

"일전에 내가 묻지 아니하였느냐? 오랑캐에 쫓긴 백성을 절에 숨겨주었을 때 오랑캐가 뒤쫓아와서 백성의 행방을 물으면 어찌하겠느냐는 것 말이다."

"예, 제 생각에는······ 오랑캐에게 정직한 말을 해서 그 백성의 행방을 얘기하면 그땐 그 백성이 죽을 것이니, 이는 산 목숨을 죽이지 말라는 부처님의 첫번째 계율을 어기게 되는 일이지요, 스님?"

"그야······ 불살생계를 어기는 셈이지."

"이래도 저래도 계를 어기게 되는 셈이오니 차라리 소승 같으면······."

"그래 너 같으면······."

노스님이 견명의 말을 받으며 재촉하는 눈빛이었다.

"예, 거짓말하지 말라는 계를 어길지언정 그 백성이 죽게 할 수는 없사옵니다, 스님."

"그럼 부처님께서 거짓말을 하지 말라 하신 계를 어기는 데도 말이냐. 거짓말을 한 죄는 어찌하려구."

"벌은 나중에 받더라도 우선은 백성을 살리고 봐야 할 것입니다."

"하하…… 하하하."

노스님의 호탕한 웃음이 견명의 귓가에 쩌렁쩌렁 울렸다.

"30방을 맞고서야 그 생각이 났구나. 하하하―. 부처님께서 거짓말을 하지 말라고 하셨다고 해서 그 글자에만 얽매여서는 안 된다. 그 뜻을 헤아리고 터득해야 하느니라."

"예, 스님."

"부처님께서는 대체 어떤 뜻으로 거짓말을 하지 말라 이르셨겠느냐?"

"…… 오, 오늘도 대답이 틀리면 30방을 맞아야 합니까?"

"이녀석, 겁부터 먹고 있구나. 오늘은 틀린 말을 해도 30방은 치지 않을 것이니 안심하고 얘기해 보아라."

"노스님의 약조를 믿고 감히 한 말씀 올리겠습니다요. 부처님 말씀은…… 남을 해치는 거짓말, 남의 것을 속여먹는 거짓말, 남에게 손해를 주는 거짓말을 하지 말라는 뜻인 줄 아옵니다."

"허면 남을 해치지 아니하고 남의 것을 속여먹지 않고, 손해를 입히지 않는 거짓말은 해도 괜찮다 하셨더냐?"

"경에는 그런 말씀이 없으셨지만, 소승의 생각에 남을 도와주는 거짓말, 살려주는 거짓말, 이롭게 하는 거짓말은 부처님도 허락하실 줄 아옵니다."

딱.

자라 보고 놀란 가슴 솥뚜껑 보고 놀란다고 견명은 어깨에 주장자가 떨어지자 깜짝 놀랐다.
"맞았느니라. 허허허."
"예? 하오시면, 어찌……."
"이건 벌이 아니라 상이니라."
기분이 좋은 노스님이 주장자로 견명의 어깨를 다시 한 번 가볍게 내리쳤다. 상으로 주장자를 맞은 견명은 용기를 얻어 더욱 더 공부에 정진할 수 있었다.
"견명시님."
"예, 보살님."
"시봉시님한테 듣자니, 시님께서 또 몇 대 맞으셨다면서요?"
"하하, 예. 맞긴 맞았습니다만 즐거운 매였습니다."
"아니, 매면 매지 즐거운 매라니, 그건 또 무슨 말씀이우?"
"에이 참, 보살님두. 우리 노스님께서는요, 심기가 불편하셔두 딱, 심기가 썩 좋으실 때도 딱! 벌을 주실 때뿐 아니라 상을 내리실 때도 한 방망이 주신단 말씀입니다."
견명이 신나서 노보살에게 너스레를 떨었다.
"아이구, 그러다가 노시님 제자들은 이래저래 골병들기 십상이겠수."
노보살도 즐거운 듯 목소리가 높았다.
문밖을 보니 견명이 머리를 깎으려고 죽을 힘을 다해 가꾼 채소밭에 손님이 찾아왔다. 그 손님은 다름 아닌 노루였다. 노루는

한가롭게 채소를 뜯어먹고 있었다.
"아이구, 저놈의 노루가 우리 채소를 다 먹네요."
"우리 밭 채소가 맛있나 보죠."
"아이구, 후여. 아, 가만히 보고만 계시지 말고 돌팔매질이라도 해서 쫓아요."
보살이 손으로 노루를 쫓는 시늉을 하며 견명을 돌아보았다.
"내버려두세요, 보살님. 노루도 먹고 살아야지요. 보살님도 아침 공양을 먹을 적에 누가 와서 공양 그릇을 채뜨리면 좋겠습니까?"

그해 가을 어느 날 이른 아침이었다. 노스님께서 외출을 하시려는 듯 걸망과 주장자를 가져오라고 시봉을 불렀다.
"스님, 어디 다녀오시게요?"
"그래. 오늘은 낙산사엘 좀 다녀올까 하는데 지견이 너두 가고 싶으면 따라 나서거라."
"예, 그런데 견명이는 데리고 가지 않으시렵니까, 스님?"
지견스님은 견명이 아직 낙산사에 가보지 못했으니 함께 데려감이 어떤지 노스님께 여쭈었다. 노스님도 흔쾌히 허락을 하여 세 사람은 낙산사로 떠나게 되었다.
견명은 참으로 오랜만에 노스님을 모시고 사형과 나들이에 나서니, 여간 기쁘지 않았다.

"보살님, 다녀오겠습니다."

"아이구, 그렇게 좋아하시다가 돌부리에 걸려 넘어지겠습니다요. 그리고 낙산사에 가시면 쇤네 몫까지 관세음보살님께 절을 올려주셔야 합니다."

"관세음보살께요?"

"예. 낙산사에는 관세음보살님이 계시는데, 그리 영험하시답니다요. 가시면서 노시님께 여쭤보세요. 재미있는 옛날이야기가 아주 많답니다. 의상대사, 원효대사 그리고 누구라고 하셨더라…… 옳지, 조신시님 얘기도 빼놓을 수 없구요."

"예, 알겠습니다. 노스님께 말씀드려 다 듣고 오겠습니다."

진전사에서 낙산사까지는 그리 먼길이 아니라 한나절도 되기 전에 당도하였다. 낙산사 법당에 들러 부처님께 참배하고 나와서 이곳저곳 보는데, 아슬아슬한 바위 벼랑 위에 암자 한 채가 올라앉아 있고, 그 암자 밑으로는 시퍼런 바닷물이 출렁이고 있었다.

"견명아, 어찌 그리 떨고 있는 게냐?"

"무, 무서워서요. 스님."

"원 녀석, 겁은 많아서."

노스님은 견명에게 벼랑밑의 굴을 보여주면서 의상대사가 관세음보살을 친견한 곳이라고 일러주었다. 견명이 신기해하며 굴

속에 관세음보살이 계시냐고 묻자, 노스님은 알 듯 말 듯한 미소로 이곳 처처에 늘 관세음보살이 계신다고 대답했다.

"자자, 미끄러지지 않게 조심하구. 여기서 인사 올리고 올라가자꾸나."

견명은 노스님이 하는 대로 관음굴을 향해 합장 배례를 한 후 바위 벼랑 위로 올라왔다.

노스님이 땀을 식힐 겸 좀 앉았다가 가자고 청했다. 제자와 스승이 나란히 앉아 도란도란 얘기를 나누는 모습은 평화롭고도 다정스런 모습이었다.

지견스님이 노스님께 여쭈었다.

"옛날에 의상대사께서도 이 자리에 앉으셔서 바다를 바라보시며 기도를 올리셨다지요, 스님?"

"어디 이 자리뿐이겠느냐? 이 근방 곳곳에 그 분의 손길발길 안 닿은 곳이 있겠느냐?"

견명도 한마디 끼여들었다.

"하오면 스님, 의상대사는 어떤 분이셨습니까?"

"음, 그 분은 신라때 스님이신데, 멀리 중국 당나라에까지 유학을 하셨었지. 그 분은 우리나라 동쪽 바닷가 어느 굴에 관세음보살님이 계신다는 말을 듣고 만나뵈려고 예까지 오셨느니라."

노스님이 의상대사를 생각하는 듯 잠시 말을 멈추었다가 제자들에게 말했다.

"하오면 정말로 저 굴 속에서 관세음보살님을 만나뵈었는지요?"

견명이 궁금한 듯 노스님께 여쭈었다.

"의상대사께서 저 아래 굴속에서 두 이레 동안 지극정성으로 기도한 기도문을 무엇이라고 했던고?"

"저는 처음 듣는 얘긴지라 통 모르……"

"예끼 이놈, 지견이에게 물었지, 네게 물었느냐!"

노스님이 견명을 나무라는 척하더니 지견스님에게 눈길을 주었다.

"예, 스님. 그때 외우신 기도문은 '백화도량 발원문'이라 하옵니다.

지견상좌가 또박또박 말을 했다.

"그래. 그 발원문을 한 번 외워보아라."

"…… 예, 바라옵건대 제자는 세세생생 관세음보살님을 스승으로 삼겠습니다. 관세음보살께서 아미타불을 떠받들고 공경하듯이 저도 관세음보살님을 공경하겠사옵니다.

열 가지 서원과 여섯 가지 나아갈 바, 그리고 천 개의 손과 천 개의 눈, 대자대비를 모두 함께 하겠나이다. 몸을 버리거나 몸을 받거나, 이 세상에서나 다른 세상에서나 임이 계신 곳을 그림자처럼 따라다니며 항상 가르침을 듣고 진리의 교화를 돕겠습니다.

　그리하여 온누리 모든 중생들로 하여금 대비주를 읊으며 관세음보살님의 명호를 생각하게 하며 다같이 관세음보살님의 원통삼매에 들게 하겠나이다."
　"그래. 그 간절한 발원문을 주야로 외우시기를 두 이레, 어찌 관세음보살께서 나투시지 아니하셨겠느냐."
　"아니, 그럼 관세음보살님을 만나뵈셨단 말씀이십니까?"
　견명의 눈이 휘둥그레졌다.
　"백의 관음께서 친히 나투시어 이렇게 말씀하셨다. '산마루에 올라가면 한 쌍의 대나무가 솟아오를 것이니, 바로 그 자리에 불전을 짓도록 해라.'"
　"그, 그래서요, 스님."
　견명이 재촉하듯 노스님께 물었다.
　"이녀석아, 숨 좀 돌리자. 의상대사께서 곧바로 산마루에 올라가셨는데 자세히 살펴보니 거기엔 과연 한 쌍의 대나무가 있었지. 그 자리에 절을 짓고 관세음보살상을 모셔 지금에 이르는 것이 아니겠느냐!"
　노스님의 얘기를 들은 견명이 고개를 끄덕였다. 그리고 궁금한 것이 많은 듯 노스님에게 바짝 다가앉았다.
　"하오면 이 이야기가 어느 경책에 적혀 있는지요?"
　"이 이야기는 입에서 입으로 전해올 뿐 어느 경책에도 기록된 바 없느니라."

"글로 적어놓은 것이 없다구요?"
견명은 고개를 갸우뚱거렸다. 정말 이상한 일이라고 생각했다. 이렇게 유명한 의상대사의 일이 적혀 있는 책이 없다는 것이 납득이 가지 않았던 것이다.
사미승 견명은 낙산사와 의상대사 이야기, 낙산사와 원효대사 이야기 그리고 돌아오는 길에 들은 범일스님의 이야기, 조신스님의 꿈이야기까지 마음 깊이 새겼다.

어느 날 지견스님이 노스님을 찾아가서 견명의 일을 상의하게 되었다.
"스님, 여쭐 말씀이 있사옵니다. 견명이 낙산사에 다녀온 후로 글을 짓고 있습니다."
지견스님이 나직이 노스님에게 얘기했다.
"글을 짓다니, 그건 또 무슨 소리냐?"
"제게도 꼬치꼬치 묻고 보살님께도 이것저것 묻더니 옛날 이야기를 글로 짓고 있사옵니다."
"허허, 그녀석, 엉뚱한 짓을 하는구먼. 냉큼 불러오너라."
노스님이 급하게 견명을 찾았다.
"그리구 그동안 쓴 글도 함께 가져오라 일러라."
견명은 노스님이 급히 찾는다는 얘기에 그간 적은 종이를 찾아들고 노스님 앞에 단정히 무릎을 꿇었다.

"그간 옛날 이야기를 글로 지었다는 게 사실이렷다."
"예, 스님. 그러하옵니다."
 노스님이 종이뭉치를 잡아채듯 가져가서 넘겨보았다. 그 종이에는 낙산이대성, 관음…… 정취…… 조신 등의 글씨가 언뜻언뜻 비쳤다.
"글로써 남겨놓지 아니하면 아까운 이야기가 사라지게 될 것이라 소승 몇 자 적어보았습니다, 스님."
"견명아, 너는 아직 승적에도 오르지 못했으니 승과시험을 치러 급제한 연후에 이런 글을 지어도 늦지 않다. 차후로는 이런 글장난을 하지 말고 불경공부에만 전념하여라."
 어린 견명의 글솜씨는 대웅 노스님의 눈에도 뛰어나 보였다. 스님은 견명이 장차 글로써 이름을 드날릴 것임을 예견할 수 있었다. 그러나 너무 일찍 글재주에만 빠져 큰 인물이 채 피지 못할까 염려하여 짐짓 일침을 놓은 것이다. 노스님은 농부의 본분을 예로 들어 견명에게 얘기했다.
"한 농부가 모내기 철에 논에 모를 심으러 나갔느니라. 그런데 이 농부가 모를 심다 보니 논에 미꾸라지가 여러 마리 보였다. 이 농부는 미꾸라지 잡는 재미에 빠져 모를 내지 않고 허송세월을 하다가 모내기 철을 놓치고 말았다. 이 농부는 과연 가을에 무엇을 수확할 수 있었겠느냐?"
"예, 아무것도 거둬들일 것이 없었을 것이옵니다."

딱.

주장자가 견명의 어깨를 내리쳤다.

"견명이 너도 이런 농부처럼 되고 싶으냐. 과연 농부의 본분은 무엇이냐?"

"예, 농부의 본분은 제철에 씨뿌리고 가꾸는 일이옵니다."

"허면 사미승의 본분은 또 무엇이던고?"

"예, 일구월심 불가의 법도를 익히고 공부하며 도를 닦는 것이옵니다."

"이 세상 많은 중생이 자기가 마땅히 전념해야 할 본분을 잊고 엉뚱한 일에 한눈을 팔다가 제 일생과 집안까지 망치고 세상을 망치느니라. 내가 보기에 너는 〈사미율의〉도 제대로 익히지 못했으니, 오늘부터 백 번을 더 읽고 마음에 깊이 새겨라."

견명은 그렇게 하겠노라고 대답은 했지만 한편으로는 스님이 야속했다. 이미 눈을 감고도 줄줄이 외고 있거늘 노스님은 자꾸 백독을 더하라시니 말이다.

견명은 의기소침해져서 시간이 나면 나무밑에 앉아 이 생각 저 생각에 사로잡혀 있었다.

그때 노보살이 견명을 보고 반갑게 불렀다.

"아이구 시님, 여기 계셨구먼요."

"예, 노스님께서 소승을 찾으시던가요?"

견명이 시무룩하게 대답했다.

"아닙니다요. 그런데 요즘 우리 시님 뭔가 속상하신 일이 있나 봐요. 쉰네야 잘 모르겠지만 시님 얼굴에 수심이 가득합니다요."

"그럴 리가 없습니다…… 소승이 생각컨대 우리 노스님께서는 제가 마음에 안 드시나봅니다."

"에이그, 당치도 않은 말씀입니다요. 노시님께서 견명시님을 얼마나 마음 든든해 하시는데. 겉으로 내색을 안 하시는 분이라 그렇지, 얼마나 끔찍이 생각하신다구요."

"그건 보살님이 모르셔서 하시는 말씀이십니다요. 이래도 호통, 저래도 야단, 도무지 소승을 어여뻐 여기시는 기색이 없습니다요."

"아이구, 시님. 그거야 우리 노시님 성품이 이른 초봄 개울물 같으신 분이라 그렇습죠."

"이른 초봄 개울물이라니요?"

"아, 이른 초봄 개울에 가보슈. 겉에는 아직 쌩하니 얼음이 얼어 있습지요. 그러나 가만히 들여다보면 그 얼음장 밑으로 봄물이 졸졸졸 흐르지 않던가요?"

노보살이 견명의 마음을 누그러뜨리고 있을 때 지견스님이 두 사람 곁으로 다가왔다.

"스님!"

"견명이 너 여기 있었구나. 어서 행장을 꾸려라."

"예, 행장을 꾸리라니요?"

"노스님의 분부시니 걸망 짊어지고 스님께 가보도록 해."
"아니 시님, 그러면 견명시님을 어디 딴 데로 보내시는 겁니까?"
"그건 잘 모르겠습니다."
견명은 전갈을 받은 즉시 걸망을 짊어진 채 노스님 앞으로 나아갔다.
"스님, 부르셨사옵니까? 분부 내리십시오."
"견명이 너 요즘 공부가 잘 잡히지 않으렸다."
"예, 스님. 그러하옵니다."
"견명이 너, 읍내 가는 길은 알고 있느냐! 읍내 좀 다녀와야겠다."
"예, 하오시면."
"저기 저 연장들을 걸망에 챙겨 담도록 해라."
"연장들을요?"
견명이 얼떨떨해서 서 있었다.
"농사짓는 연장들이 날이 무뎌졌으니 대장간에 가서 벼리어 달라고 해라. 가거든 그냥 집어던져 놓지만 말고 저 연장들이 어떻게 벼리어지는지 자세히 지켜보고 오너라. 어째서 무쇠를 불 속에 넣고, 단금질하며, 망치질을 하는지 소상히 보고듣고, 배워와야 하느니라."
"예, 스님."

 "견명아, 거죽에 달린 눈으로만 보아서는 제대로 보지 못할 것이요, 거죽에 달린 귀로만 들어서는 소용이 없느니라. 마음의 눈으로 보고 마음의 귀로 들어야 할 것이다."

 노스님은 어린 견명에게 무엇인가를 깨닫게 하려고 낫, 호미, 괭이 등 날이 무뎌진 연장들을 지워 읍내로 보냈다.

 대장간에서는 망치질 소리가 요란했다. 견명은 난생 처음 구경하는 대장간이 신기했다. 한쪽에서는 시뻘건 불덩이가 어른거리고, 그 시뻘건 불덩이 속에서 벌겋게 달궈진 쇳덩이를 꺼내다가 위통을 벗어젖힌 두 장정이 번갈아 망치질을 한 후에 그 쇳덩이를 물에 넣어 식히고, 다시 또 불구덩이에 집어넣고…… 몇 번이고 이런 단금질이 되풀이되는 것이었다.

 견명은 대장장이에게서 무쇠를 달구고, 두들기고, 단금질하는 연유를 상세히 듣게 되었다. 그리고 그 끝없는 과정을 지켜보면서 비로소 대웅 노스님의 당부를 떠올렸다.

 그는 노스님의 말씀을 새기며 왜 자신을 대장간에 보냈는지 깨달았다.

 그런데 이날 밤, 밤이 늦도록 견명이 돌아오지 않았다. 진전사 식구들은 모두 걱정을 하고 있었다.

 "아이구 시님, 아무래도 견명 사미는 오늘 밤 돌아오지 못할 모양입니다요."

 "그러게 말씀입니다요. 오고가는 데 60리 길, 대장간에서 한나

절 기다리고……."

"게다가 무거운 연장을 한짐 잔뜩 짊어졌으니 해떨어지기 전에 대장간을 나설 수 있었겠습니까?"

"아직 나이 어려 어디 시주님 댁에 찾아들어갈 줄도 모를 테고……."

지견스님도 은근히 걱정이 되었다.

"그러게요. 차라리 읍내에서 하룻밤을 지내고 밝은 낮에 오면 나을 텐데. 그 고집에 밤길을 걸어올 테니 걱정이에요."

밤길이 걱정이라는 둥 늑대가 나온다는 둥 두 사람은 이런 저런 상상을 하며 견명을 생각했다. 그러다가 노보살이 어렵게 입을 떼었다.

"사실은요, 시님. 그런 것보다 더 큰 걱정이 있습니다요. 요즘 노시님이 자기를 싫어한다고 시무룩하니 풀이 죽어 있었습니다요."

"그러게요, 보살님. 내려간 김에 모두 팽개치고 고향으로 가는 건 아닐는지요."

이렇게 두 사람이 심란해하고 있을때, 갑자기 산 아래에서부터 때 아닌 징소리가 들려오는 게 아닌가.

징— 징—.

지견스님이 벌떡 일어서며 아래쪽으로 고개를 돌렸다.

"아니 저건 대체 무슨 소립니까요."

"무슨 소리라니요."
"가만히 들어보십시오. 분명히 이상한 소리가 들렸습니다."
징─징─징.
아까보다 점점 더 크게 징소리가 들렸다.
"얼핏 들으니 징소리 같지요?"
"예, 그렇군요. 영락없는 징소린데요. 그런데 그 소리가 점점 절 쪽으로 가까워지는데요. 어디 가보십시다, 보살님."
지견스님은 약간은 겁을 먹은 목소리로 소리나는 데에다 대고 소리쳤다.
"여보시오. 게 뉘시오."
보살은 지견스님보다 더 겁에 질려 있었다.
"귀, 귀신이면 썩 물러가고, 사, 사람이면 대답을 하시우."
그러자 어둠 속에서 불쑥 나타난 건 견명이었다.
"스님, 보살님, 접니다. 견명입니다요."
"아이구, 놀래라."
"네가 징소리를 냈더란 말이냐?"
눈이 휘둥그레진 지견스님이 견명을 잡으며 물었다.
"예, 오늘밤에 기어이 절로 돌아가야 한다고 하니까 대장간 주인 어른이 이 징을 빌려주었습니다요. 산짐승들은 횃불을 보거나 쇳소리를 들으면 범접을 안 한답니다요. 그래서 징을 치고 왔지요."

"원 녀석두. 좌우간 어서 가서 노스님께 인사부터 여쭤라. 아까부터 걱정하고 계셨다."

 견명은 노스님께 인사를 올렸다. 노스님은 기름등잔에 불을 밝히고 견명을 방으로 들게 했다. 멀리서 두견새의 울음소리가 다시 조용해진 산사의 적막을 가볍게 흔들고 있었다.

"오늘 노고가 많았느니라!"

"아니옵니다, 스님."

"해가 떨어졌으면 읍내에서 하룻밤 묵고 올 것이지, 밤중에 산길을 걸어오는 녀석이 어디 있누?"

"징을 치면서 왔더니 무섭지 아니했습니다요, 스님."

"이녀석아, 그건 잘한 짓이 아니다. 그렇게 아닌 밤중에 징을 울려대니 산천초목인들 편안히 잠을 이룰 수 있었으며, 연약한 짐승들은 또 얼마나 놀랐겠느냐?"

"하오나 산짐승들이 가까이 오지……"

"그래. 호랑이나 늑대, 멧돼지를 쫓기에는 적합할지 모르나 다른 중생들에게 해가 되는 짓이니 앞으로 다시는 그런 별난짓을 해서는 아니 될 것이다. 그건 그렇고 대장간 일은 잘 보았더냐?"

"예, 스님."

"무쇠를 어찌하여 불구덩이에 달군다고 하더냐?"

"예, 무쇠는 불에 달군 뒤라야 망치질로 모양새를 바로잡을 수 있고 날을 세울 수 있다 하였습니다."

"불에 달구지 아니하고 망치질을 하면 어찌 된다 하던고?"
"예, 부러지거나 깨진다고 하였사옵니다."
"그러면 단금질은?"
"무쇠가 더욱 단단해지라고 한다 하옵니다."
"호미 하나 만들고 날을 세우는 데 대체 몇 번이나 같은 일을 되풀이하더냐?"
"예, 예닐곱 번. 심하면 십여 차례 되풀이하는 것을 보았습니다요, 스님."
"견명아, 그걸 보고 어찌 생각했느냐?"
 노스님이 견명에게 물었다.
"무슨…… 말씀이시온지요, 스님."
 딱.
 주장자가 견명의 등허리를 쳤다.
"무쇠가 호미가 되자면 불구덩이에 들어가기 몇 번이며, 망치질이 몇 번이며, 단금질이 몇 번이거늘, 하물며 무명중생이 부처님의 깨달음을 얻고자 한다면 어찌해야 하느냐는 말이다."
 견명은 그제서야 스님의 뜻을 알아차렸다.
"온갖 어려움을 견디고 일구월심 공부하여 도를 닦아야 할 것이옵니다."
 밤은 깊어 삼경이 넘었는데 노스님은 견명에게 엄히 당부를 하셨다. 연장을 하나 만드는 대장장이의 수고로움이 그리 크거늘, 깨달음의 도를 얻고자 하는 데 그 어려움이 얼마나 크겠는 가. 굶어 죽기를 각오하고, 얼어 죽기를 결심하고, 맞아 죽기를 결심하지 않으면 결코 도를 이룰 수 없으니 그런 비장함이 없다면 차라리 일찍 환속하여 부모를 봉양하는 것만도 못하다는 말씀이셨다.
 노스님의 말씀에 견명은 불구덩이의 뜨거움도 무수한 망치질도 견뎌내겠다고 마음을 단단히 먹었다.

7
마음은 소, 몸은 수레

　견명이 떼를 쓰다시피 해서 진전사에 머물며 공부를 한 지 어언 8년이란 세월이 흘렀다. 열네 살 어린 소년은 이제 스물두 살의 어엿한 청년이 된 것이다.
　산사의 정취는 여러 가지가 있다. 새벽의 예불소리, 목탁소리, 낮게 울려퍼지는 독경소리 그리고 스치는 바람에 화답을 하는 풍경소리 등 등…… 지금은 풍경소리가 귀를 즐겁게 해주는 시간이었다.
　청년 견명은 노스님의 부름을 받았다.
　"불러 계시옵니까, 스님."
　"그래, 들어오너라."
　견명이 삼배를 하려 하자 노스님이 제지하며 한 번만 하고 앉으라고 권했다.

"견명아, 오늘이 대체 며칠인고?"

"예, 시월 초여드레이옵니다."

"흠흠, 그러면 날짜가 그리 많이 남지 않았구나. 차비를 서둘러야겠구나."

"차비를 서두르라시면……"

"승과시험이 동짓달 초열흘날 있다고 했느니라. 여기서 개경이 열흘은 걸릴 것인즉, 보름이 지나면 길을 떠나도록 해라."

그당시 승과시험은 3년에 한 번씩 있었다. 한 번 낙방을 하면 다음번 시험 때는 견명의 나이 스물 다섯이 되니, 시험을 보기에는 좀 늦은 나이가 될 것이라 견명은 이번에 꼭 급제를 해야만 했다.

승과시험의 경우는 사마시 과거시험과는 달랐다. 벼슬을 하려는 사람들이 치르는 사마시의 경우, 제목이 있고 거기에 알맞게 글을 지으면 되지만 승과시험은 구두시험이었다. 시험관이 여럿이 앉아서 차례로 하문을 하면 대답을 하는 방식이다. 이 시험관이 이걸 묻고 저 시험관은 저걸 묻고 하는데 한 번 헷갈리면 답을 그르치기 십상인지라, 여간 조심하지 않으면 안 되는 것이다.

견명은 이것저것 마음이 바빴다. 노스님이 점검하는 공부도 준비를 해서 체계적으로 마음에 새기는 것은 물론이요, 짚신도 넉넉히 삼아야 했고, 걸망에 담아가지고 갈 물건들도 챙겨두어야 했다.

 덩달아 바빠진 것은 진전사 식구들이었다. 노보살은 두 스님을 위해 부지런히 맷돌을 돌렸다.
 "아니, 보살님. 맷돌질은 왜 하셔요. 무엇을 갈고 계시는 겁니까?"
 "알아맞춰 보슈?"
 "노스님께 두부를 만들어 드리려구요?"
 "아휴, 두부를 만들려면 콩을 갈지 보리를 갈겠습니까?"
 "그러고 보니 볶은 보리가 아닙니까요?"
 "맞습죠. 노시님께서 미숫가루를 만들어 드리라구 해서요. 두 분 시님 개경 가시는 길에 허기지실까봐 노시님이 기어이 만들어주라고 하십니다요."
 "아이구, 이러실 일이 아닙니다요. 소승이야 걸식을 하면서 가면 될 터인데."
 "에그그, 다른 일이면 몰라두 과거 보러 가시는데 굶고 가시면 안 된다고 하셨습니다요."
 견명은 자신 때문에 노보살에게 수고를 끼치는 것이 미안해서 맷돌질을 하겠다고 나섰다. 그러나 노보살은 완강하게 거절했다. 승과시험은 참으로 어려운 시험이었다. 백 명이 치면 많을 때에는 예닐곱 명, 적을 때에는 서너 명 정도가 급제를 했다. 그러니 맷돌 갈 시간에 글줄 한 자라도 더 보라는 것이었다. 낙방하여 진전사로 돌아온 스님이 하나도 없다고 엄포까지 놓았다. 사실

그렇다. 8년 동안 먹여주고 입혀주고 공부를 시켰는데 낙방을 한 대서야 어찌 스승 앞에 고개를 들고 나타날 것인가? 견명은 재삼 각오를 다졌다. 촌시를 아껴 공부에 매달린 것이다.
 "여보게, 견명이. 잠을 자는 겐가?"
 지견스님이 문밖에서 견명을 찾았다.
 "들어오시지요, 스님."
 "아니, 들어갈 게 아니고 어서 노스님께 가보게. 오늘부터 승과시험이 시작된 셈이니 정신 똑바로 차리게나."
 "무슨 말씀이십니까, 스님?"
 "스님께서는 당신께서 시험관이 되셔서 점검을 철저히 하신다네. 여기서 떨어지면 시험에 떨어질 게 뻔하다며 아예 개경까지 보내시지도 않는다네."
 "하오면 우리 노스님 시험에 통과해야 개경엘 보내주신단 말씀입니까?"
 견명이 놀라 되물었다.
 "아니, 이 사람아, 난 십삼 년이 되었지만 아직도 승과 시험에 보내주지를 않으셨다네."
 "이번에는 스님도 가셔야지요."
 "스님께서 가타부타 말씀이 없으셔. 스님의 추천장 없이는 시험을 볼 수도 없구……"
 "하오면 소승이 한 번 말씀드려 볼까요?"

 "쓸데없는 소리는 입밖에도 내지 말고 마지막 점검이나 잘 받게. 자네도 보낼지 말지니까 말일세."

 이것저것을 물어도 막힘이 없는 견명의 공부에 대응 노스님은 몹시 기뻤다. 허나 개경에 가서 경거망동하여 낙방할까 우려한 나머지 다시 붙잡아놓고 점검을 계속하는 것이었다.
 "시험장에서 경거망동하면 주장자만 호되게 맞고 쫓겨날 것이니 언행을 신중히 해야 할 것이다."
 "예, 스님."
 "시험관이 단하소불(丹霞燒佛)은 무엇을 이름이더냐고 물으면 어찌 답할 것이냐?"
 "예, 단하소불은 중국 당나라 때 단하스님이 나무로 깎은 불상을 불에 태운 이야기옵니다."
 "그 이야기는 대체 어디에 쓰여 있는고?"
 "예,〈전등록(傳燈錄)〉열네 권째에 실려 있사옵니다."
 견명의 말대로 단하소불이란 당나라 때 등주에 있던 단하스님의 이야기다. 그 스님이 어느 날 낙동에 있는 혜림사에 당도했는데, 때는 엄동설한인지라 몹시 추웠다. 단하스님이 법당에 들어가 보니 나무로 깎은 부처님이 한 분 모셔져 있었다. 단하스님은 나무로 깎은 불상을 들고 나와 도끼로 쪼개어 아궁이에 넣고 불을 피웠다. 이를 본 혜림사 원주스님이 단하스님을 크게 꾸짖었다. 부처님의 제자라는 자가 어찌 성스러운 불상을 쪼개 불을 피울 수 있느냐는 호통이었다. 이때 단하스님의 대답이 걸작이었다.

"듣자 하니, 석가모니 부처불의 육신을 다비하여 수많은 사리를 얻었다기에 나도 이 불상을 태워 사리를 얻을까 하오."

그러자 원주스님은 기가 막혀 이렇게 힐난하였다.

"여보시오. 세상에 목불에서 어떻게 사리가 나온단 말입니까?"

그러니까 단하스님이 기다렸다는 듯이 한마디 했다.

"사리가 나오지 않는다면 이건 정말 나무토막이지 무슨 부처님이란 말이오? 나머지 불상마저 태워버릴까부다."

〈전등록〉엔 단하스님의 꾸지람을 들은 원주스님의 두 눈썹이 저절로 빠졌다고 전해진다.

견명은 이 이야기를 조리 있게 마무리지어 끝냈다.

"또 다른 시험관이 물을 것이니라. 남악 회양스님은 어느 스님의 제자였느냐?"

"예, 육조 혜능대사의 제자십니다."

"허면 회양스님은 육조 혜능대사를 몇 년이나 모셨는고?"

"15년 동안 시자로서 정성을 다하였사옵니다."

"다시 물을 것이니라. 남악 회양스님의 제자로는 누가 있던고?"

"예, 마조 도일스님이 계시옵니다."

　남악 회양스님이 제자 마조 도일스님을 가르친 데에는 일화가 있다.
　회양스님이 보아하니 마조 도일이 허구한 날 좌선만 하고 있었다. 어느 날 하루는 회양스님이 제자에게 물었다.
　"너는 어찌하여 좌선만 하고 있느냐?"
　그랬더니 마조가 대답하였다.
　"부처가 되려고 그럽니다."
　그러자 스승은 제자에게 깨달음을 주기 위해 기왓장을 숫돌에 계속 갈았다.
　마조 도일이 생각해도 이상한지라 스승에게 여쭈었다.
　"스승님, 무얼 하시려고 기왓장을 숫돌에 갈고 계십니까?"
　"나는 기왓장을 갈아 거울을 만들려고 하네."
　회양스님이 시치미를 떼고 대답을 하였다.

　견명이 여기까지 얘기를 했을 때 대웅 노스님이 질문을 하였다.
　"그래, 마조는 무엇이라 했던고?"
　견명은 얘기를 잘하다가 갑자기 스님께서 물어보시니 더듬거리게 되었다.
　딱.
　노스님이 주장자를 내리치더니 "더듬거리면 낙방이니라." 하며 무서운 얼굴을 하였다.

"예, 생각났습니다 스님. '기왓장을 아무리 갈아도 어찌 거울이 되겠습니까' 였지요?"

"그래 맞았다. '좌선만 해가지고 부처가 된다는데 기왓장인들 어찌 거울이 되지 않겠는가?' 그제야 마조가 잘못을 깨닫고 스승에게 무릎을 꿇고 빌었느니라."

"예, 스님. 잘 알았습니다."

그때 회양스님은 마조에게 소와 수레의 비유로서 가르침을 내렸다. 소가 끄는 수레를 앞으로 나아가게 하려면 소를 때려야 하거늘 수레를 때린다면 수레가 과연 앞으로 나갈 수 있겠는가? 그후 마조스님은 크게 깨달아 훌륭한 스님이 된 것이다.

"견명아, 수레는 소가 끌고 가거니와 네 몸뚱이는 무엇이 끄는고?"

"예, 마음이 곧 소요, 몸은 수레인 줄 아옵니다."

8
제대로 된 뗏목을 만들거라

진전산사에는 눈바람이 거세게 몰아치고 있었다. 개경에 갔던 두 사람이 돌아올 때가 되었는데도 소식이 없자 노보살은 먼길 바라기로 짧은 해를 보내곤 했다.

그러던 어느 날, 산 모퉁이를 돌아오는 견명을 보고 노보살이 뛰어가서 맞이하였다.

"아이구, 시님. 이 눈속을 어찌 오셨습니까요. 어서 들어가 시님을 뵈어야지요. 그런데 어째 혼자서……."

"예, 보살님. 차차 말씀드리지요."

"스님, 개경에 다녀왔습니다. 문안드리옵니다."

견명이 노스님께 고했다. 견명 혼자 서 있는 모습을 본 노스님의 얼굴이 어두워졌다.

"너 혼자 온 게로구나. 돌아왔으면 부처님께 인사부터 여쭈어야지, 어찌 나를 먼저 찾는단 말이더냐?"

"잘못했습니다, 스님. 용서하십시오."

걸망을 벗어놓고 법당에 들어가 부처님께 인사를 올린 뒤 견명은 다시 노스님을 찾아 문안인사를 올렸다.

"스님, 이것은 지견스님이 전하라는 서찰이옵니다."

어리석고 부끄러운 제자 멀리 개경에서 엎드려 스님께 잘못을 비옵니다. 3년 후 기필코 승과에 급제하여 다시 스님을 찾아뵈올 것이오니 용서하여 주십시오.

"사형께서는 이것만 남기고 종적을 감추셨습니다."

"엄동설한에 얼어 죽지나 않을지 걱정이구나……"

13년 동안 수발을 들던 제자가 사라지자 노스님은 몹시도 쓸쓸해 하셨다.

"제자, 지견스님 몫까지 하겠습니다."

"수고했느니라. 가서 쉬도록 해라."

고요한 산사에는 계속해서 함박눈이 퍼붓고 있었다. 적막한 겨울의 산사에 스승과 제자가 찻상을 앞에 두고 마주 앉았다. 차의 향처럼 은은한 정이 방안을 감돌았다.

"견명아, 차가 어지간히 우러났을 것이니 따라 보아라."

"예, 여기 있사옵니다, 스님."
"그래, 어디 보자. 으흠, 좋구나. 너도 한잔 마시도록 해라."
"아니옵니다, 스님."
"허허, 어른이 허락을 했으면 따라야지, 웬 사양이냐?"
견명스님도 차를 한잔 따라 천천히 음미하며 마셨다. 견명스님은 스물두 살에 승과시험에 급제하여 이제 나라가 인정하는 승려의 직에 오르게 되었다. 처음에 급제하면 대덕이라는 호칭이 붙고 그 위로 대사, 중대사, 삼중대사, 선사 또 그 위로 대선사, 왕사가 있고 가장 높이 국사가 있었다. 견명스님은 이제 그 출발점에 서 있는 것이다.
"애야, 부처님께서 이 세상살이를 가리켜 무엇이라 이르셨더냐?"
"경에는 괴로움의 바다라고 적혀 있습니다."
과연 인간의 생애는 그러하다. 태어남도 괴로움이요, 늙고 병들고, 죽는 것 모두가 괴로움이다. 구하는 것을 얻지 못해도 괴롭고, 보고픈 사람 만나지 못해 괴롭고, 보기 싫은 사람 만나서 괴롭고 오감의 움직임 모두가 괴로움이라 하였다. 이 세상 모든 중생들은 모두가 여덟 가지 괴로움에 허덕이고 있으니 부처님은 이 세상 모든 중생을 고해중생이라 일컬었다.
"고해중생이라."
노스님이 화두를 던졌다.

"견명아, 괴로움의 바다, 근심걱정의 바다에서 허우적거리며 살려달라 외치는 저 불쌍한 모습들이 눈에 보이느냐?"
"예, 보고 있사옵니다."
조금은 가라앉은 분위기에서 대화가 오갔다.
"끝없이 펼쳐진 괴로움의 바다에 빠져 허우적거리다가 요행히 나무토막 하나 만나 겨우 목숨을 부지하고 있는 중생들이 있느니라. 다름 아닌 부처님의 법을 만난 중생이니라. 만일 네가 그 나무토막을 만난 중생이라면 과연 어찌해야 옳은고?"
"다른 중생을 구해야 옳은 줄로 아옵니다."
"허나 그 나무토막은 겨우 네 몸 하나 부지하기도 어렵지 않으냐? 그것으로 어찌 중생을 구한다 하느냐?"
"하오면 어찌해야 하는지요, 스님. 자비로운 가르침을 내려주십시오."
"허허, 너는 승과에 급제하여 대덕이 되었거늘 그 답을 내게서 구하려 하느냐!"
"잘못했습니다, 스님. 오늘 밤 참구토록 하겠습니다."
"오늘 밤 그 답을 반드시 구해야 할 것이니라."
노스님의 엄명이 떨어졌다.
견명스님은 그날 밤 가부좌를 틀고 앉아 밤새도록 참구하고 참구하였다. 끝없이 펼쳐진 괴로움의 바다에서 허우적대는 저 무수한 중생들을 위해, 작은 나무토막에 겨우 몸을 의지한 자신

이 무엇을 할 수 있으랴!

삭풍은 더욱 거세게 울어댔다. 초조하게 답을 구하려 하면 할수록 머리가 오히려 마비되기라도 하는 듯 아무 생각도 나지 않았다. 견명은 밤새 좌선을 하며 살려달라는 중생들의 환청에 시달리고 있었다.

"시님, 시님, 주무십니까?"

"예에?"

"어서 나오십시오. 노시님께서 찾아계시옵니다."

견명은 여전히 해답을 구하지 못한 채 노스님 앞에 나가 무릎을 꿇었다.

"한시가 급하거늘 아직 답을 못 구했더냐?"

"죄송하옵니다, 스님. 아직……"

딱.

노스님의 주장자가 견명의 어깻죽지에 떨어졌다.

"남들은 허우적거리며 죽어가는데 너는 작은 토막 하나 만난 것을 다행으로 여기고 물결치는 대로, 바람 부는 대로 떠밀려가고 있더란 말이냐?"

그 순간, 견명스님의 머리에 번갯불처럼 스치는 것이 있었다.

"스님, 이제야 답을 구했습니다. 이렇게 나무토막만 타고 있다간 남도 구하지 못하고 결국은 자신도 괴로움의 바다에 빠져 죽을 것이옵니다. 그 나무토막을 만난 것을 발판으로 삼아 죽을 힘을 다해 헤엄쳐 뭍으로 나가야 할 것이옵니다. 제가 다행히 부처님의 말씀을 만나 삭발출가하였으니, 어서 득도하여 중생을 괴로움의 바다에서 끌어내야 할 것이옵니다. 그러자면 나무를 구하고 끈을 구하여 튼튼한 뗏목을 마련해야 하옵니다."

"허면 과연 그 뗏목은 생각만 가지고 만들 수 있겠느냐? 바다에서 허우적거리다가 뭍으로 올라왔다고 해서 출가수행자의 본분사를 마친 것이 아니니라."

"예, 잠시도 방만하지 말고 힘써 수행해야 할 것이옵니다."

"촌시가 급하다고 얼렁뚱땅 뗏목을 만들 생각 말고 제대로 된 뗏목을 빠른 시일내에 만들도록 해라."

견명스님은 그해 겨울을 설악산 진전사에서 보내며 〈전등록〉을 다시 보고 〈선문염송〉을 다시 읽으면서 장차 부처님의 말씀을 깨닫고 널리 중생을 제도할 기틀을 다져가고 있었다.

그러던 어느 날 노스님이 견명스님을 찾았다.

"스님, 찾아계시옵니까? 소승 견명이옵니다."

"오냐, 어서 들어 오너라."

노스님은 견명 앞에 종이뭉치를 펼쳐 보였다.

"이 글이 생각나느냐?"

"예, 소승이 오래 전에 쓴 글이옵니다, 스님."

"그랬지. 7, 8년 전에 낙산사에 다녀온 후에 적어둔 글이다."

"그땐 아직 철이 없던 때라 글줄이 서툴 것이옵니다."

"내 그간 몇 번 보았다마는…… 의상대사가 관세음보살을 만나신 얘기, 낙산사 창건 이야기, 원효대사께서 빨래하는 여인을 만나고도 관세음보살인 줄 알아보지 못하고 지나친 이야기, 이 두 이야기는 소상히 잘 기록을 했다만, 굴산 조사 범일스님이 당나라에 건너가 공부하실 적에 정취보살을 만난 이야기는 자초지종이 제대로 없어서…… 틈날 적에 정취보살 이야기를 자세히 듣고 누구라도 알기 쉽게 소상히 적어두도록 해라."

"그리고 네가 조신스님의 이야기를 간략히 기록했다만……"

"예, 이야기가 너무 재미있어서 몇 줄 적어놓았습니다."

"재미에 빠져서 그 이야기에 담겨 있는 가르침을 놓쳤더구나. 조신스님의 이야기는 사랑방 얘기로 그칠 것이 아니니라."

"하오시면 스님, 그 조신스님의 이야기에도 큰 가르침이 담겨 있다는 말씀이십니까?"

"그래, 네가 이 이야기를 기록했을 적에는 아직 어려서 덩굴만 따라갔지 그 덩굴 밑에 있는 열매를 보지 못한 것이야. 조신스님의 꿈이야기에는 바로 부처님께서 이 세상 모든 중생들에게 들려주고자 하신 큰 가르침이 있느니라. 여러 사람에게 자세히 듣고, 버릴 것은 버리고 보탤 것은 보태어 그 가르침을 소상히 드러내야 할 것이니라."

견명스님은 한 가지 궁금한 게 있었다. 전날에는 이야기를 기록하는 것을 금하셨는데 이제는 그것을 독려하는 분위기니 참으로 이상하다는 생각이 들었다. 그래서 노스님께 여쭈어보았다.

"너도 알다시피 여러 대사님들 이야기가 어찌 소홀히 흘릴 것들이냐. 이제 네 글공부가 익을 만큼 익었기에 소상히 살펴 세세히 기록해 두면 반드시 훗날에 보람이 있겠다 싶어서다."

그날부터 견명스님은 대웅 노스님의 분부를 받들어 수행을 하는 틈틈이 낙산사와 의상대사 이야기, 원효대사와 관세음보살 이야기, 범일스님과 정취보살의 이야기를 묻고 다시 들어 소상히 정리하여 글로 쓰기 시작했다. 이 글이 훗날 〈삼국유사〉가 될 줄이야, 그 누가 짐작이나 했으랴.

견명스님은 특히 조신스님 이야기에 관심이 있어 노보살을 붙들고는 조신스님 이야기를 하라고 졸라댔다.

"아니 시님, 그러니까 쇤네더러 그 조신시님 얘기를 소상하게 혀달라는 거구면요?"

"그렇다니까요. 소상하게 해주셔야 글로 지어 남기는데 정확할 게 아닙니까요?"

"아이구, 참말로. 쇤네가 하는 이야기를 글로 적으실 거라니 쑥쓰러워서 얘기가 안 나올라고 하네요."

노보살은 너스레를 떨면서도 한편으로 이야기 보따리를 술술 풀기 시작했다.

그러니까 옛날옛적 신라 때였다. 진전사 근방의 바닷가 농토가 세달사의 사전(寺田)이었는데, 절에서는 젊은 스님 한 분을 보내어 전답을 관리하게 하였다. 그 젊은 스님이 이야기의 주인공 조신스님이었다. 조신스님이 전답을 돌보며 살고 있었는데, 어느 날 탑돌이를 하는 고을 태수의 딸을 보고 홀딱 빠져버렸다. 태수의 딸은 이 근동 어디에서도 볼 수 없는 절세가인이었던 것이다. 삭발출가한 스님의 처지에 여자를 짝사랑하게 되었으니 이 노릇을 어쩌란 말인가.

이러지도 저러지도 못 하다가 조신스님은 낙산사 관세음보살에게 가서 빌었다. 빌고 또 빌었다. 부디 그 김낭자와 부부의 연을 맺어 한평생 살도록 해달라는 소원이었다. 현생에서 부부의 연을 맺어주면 다음 생부터는 세세생생 삭발출가하여 계율을 엄히 지키고 관세음보살께 귀의하겠다고 약속도 했다.

이렇게 날이면 날마다 남모르게 낙산사 관세음보살께 빌기를 몇 년, 그러나 기름불을 밝혀놓고 빌던 보람도 없이 태수는 과년한 딸의 배필을 정해 시집을 보내고 말았다.

그러자 크게 낙담한 조신스님은 관세음보살을 찾아가서 원망도 하고 넋두리도 하며 울었다.

"관세음보살님, 관세음보살님, 정말 너무하십니다요. 소승 비록 머리를 깎았다 하나 중생이거늘, 이 세상 모든 중생의 천 가지 소원은 다 들어주시면서 제 소원은 들어주시지 않으십니까? 저는 그 낭자 없이는 단 하루도 못 살겠습니다. 이제라도 좋으니 소원을 들어주십시오."

조신스님은 이렇게 애원을 하다가 울다 지쳐 깜박 잠이 들었다.

헌데 얼마나 지났을까. 관세음보살상 앞에 홀연히 나타난 여인이 있었으니 바로 태수의 딸이었다.

"이것 보셔요, 스님. 스님, 제발 정신차리십시오. 스님, 스님."

"아니, 그대는……."

"소녀는 태수의 딸이옵니다. 일찍이 스님을 뵈온 후로 늘 스님을 마음속으로 흠모하며 잠시도 잊은 적이 없사옵니다."

"아, 아니. 그게 사실이오."

"소녀, 스님을 마음속으로 흠모하고 있음을 차마 부모님께 여쭙지 못하여 부모님의 명에 따라 할 수 없이 출가는 했사오나 …… 그와는 인연이 아닌지라 이렇게 스님을 찾아왔사오니 부디 더러운 계집이라고 내치지 마시고 받아주옵소서."

"잘 왔소. 잘 오구말구. 관세음보살님…… 이제라도 제 소원을 들어주시니 참으로 감사하옵니다. 정말 감사합니다. 자, 낭자. 어서 여기를 떠납시다."

둘은 멀리멀리 달아나 부부의 연을 맺고 조신스님의 옛 고향으로 돌아가서 살았다.

금실이 좋아 아들딸 오남매를 두었으나 살림형편은 말이 아니

었다. 하루에 세 끼는커녕 한 끼조차 입에 풀칠하기 힘들었고, 집이라고는 하나 벽만 있을 뿐 다 쓰러질 지경인데다, 밭 한 뙈기 없었으니 정말 사는 꼴이 말이 아니었다.

그래서 조신은 이 고을 저 고을로 지친 마누라와 자식들을 끌고 다니면서 날품팔이를 해 겨우겨우 연명을 했다. 집도 절도 없이 떠돌아 다니니 옷이나 변변히 있겠는가. 여기저기 맨살이 삐져나올 지경이었다. 설상가상, 엎친 데 덮친다고 어느 해에는 명주 해현령을 넘다가 열다섯 살 먹은 큰아들이 그 고개에서 그만 굶어 죽어버렸다. 생때 같은 자식을 죽인 어버이의 심정이 오죽했으랴.

그래도 질긴 게 사람의 목숨인지라 조신은 늙고 병든 마누라에 네 자식을 데리고 진전사에서도 보이는 익곡현 어느 길가에 풀로 움막을 짓고 살았는데 이때 조신마저 병을 얻어 열 살 먹은 막내딸이 밥을 빌어다가 먹게 되었으니 생각할수록 기가 막힌 노릇이었다.

하루는 부부가 신세한탄을 하며 하염없이 울었다.

"여보, 내가 처음 당신을 보았을 때는 젊고 미남이었는데……"

"…… 그때야 그랬지."

"이젠 늙고 병들어 기운도 없는데다 큰아들은 굶어 죽이고 어린 자식 넷은 문전걸식을 시키고 있으니 이게 어디 사람 사는 꼴이우?"
　"당신을 들쳐업고 낙산사를 빠져 달아난 지가 바로 엊그제 같거늘…… 어느새 세월이 이렇게 흘렀구려. 세월 빠른 게 참으로 원망스럽구려."
　"우리…… 여기서 이러다가 동지섣달 엄동설한에 다 죽지 말고 차라리 헤어집시다. 나는 아이들 둘과 친정으로 갈 테니 당신은 둘을 데리고 따뜻한 남쪽으로 가서 사세요."
　"이제 와서 헤어지자니, 그게 대체…… 당신 뜻이 정 그렇다면 나야 별수 없지만……."
　"여보—."
　"여보—."
　여인이 울면서 떠나갔다.
　젊음도 풀잎 위에 이슬이고
　미모도 기도도 물위에 거품이구나.
　"여보, 부디 잘 사세요."
　"여보— 여보."
　조신은 야속하게 떠나는 아내를 서럽게 부르다가 그 소리에 놀라 깨었다. 꿈이었다. 정신을 차리고 보니 낙산사 관세음보살이 빙그레 웃으며 자신을 내려다보고 있었다.

　노보살의 이야기는 여기서 끝이 났다. 세상만사 일장춘몽, 한

평생이 한토막 꿈인 줄을 그제서야 알게 되었던 것이다.

견명스님은 공양주 보살의 얘기를 듣고 그 꿈을 꾼 후의 조신스님 이야기가 궁금했다.

"가만있자, 뭐였더라. 음, 그러니까 조신시님은 꿈을 깬 후 관세음보살님 뵙기가 부끄럽고 죄송해서 떠나셨지요. 그러다 꿈에 큰아이가 굶어 죽었던 해현령 고개를 지나게 되었는데, 하두 이상한 꿈인지라 그 자리를 파보았답니다. 그랬더니……"

"정말 아이의 시신이 묻혀 있기라도 했나요?"

"웬걸요. 그 자리를 파보니 글쎄 아이처럼 생긴 돌미륵부처님이 나오더라지 뭡니까?"

"돌로 깎은 미륵부처님이요?"

"예, 옛날 이야기니까 그렇겠습죠만, 그 부처님을 조신시님이 깨끗이 씻어서 근처에 있던 절에 모시게 하고 그 길로 세달사로 돌아가 전답관리하는 자리를 내놓으시고 개경으로 가셨다고 합니다. 그후 정토사라는 절을 지어 좋은 일, 착한 일 많이 하시다가 세상을 뜨셨다는데 언제인지는 잘 모르겠습니다요."

견명스님은 조신스님의 꿈이야기를 잘 정리한 후 스승에게 보였다. 스승은 한 장 한 장 펴보고는, 몇 사람에게 들었느냐, 각각 어찌 다르더냐, 꼬치꼬치 물었다.

옛일을 후세에 전하는 데 있어 입에서 입으로 전해지면 전설로 끝나지만, 바르게 써서 전하면 역사가 되기 때문에 객관적으로 사실의 가감없이 썼는지 궁금했던 것이다.

노스님이 견명스님에게 물었다.

"너는 이 조신스님의 이야기를 듣고 무엇을 느꼈더냐?"

"예, 조신스님은 우리가 육십 평생을 살면서 부딪히고 겪어야 할 인생의 희로애락을 단 하룻밤 꿈속에서 다 겪으셨으니, 이는 어리석은 중생들에게 제법무아 제행무상(諸法無我 諸行無常)을 몸소 보여주셨나이다."

"제법무아 제행무상이라 하였더냐? 견명아, 너는 아직도 몸이 뜨거운 독신수행자니라. 그러니 계를 받을 때 한 서약을 잊지 말아야 한다. 음행을 행하지 말며, 음심을 품지도 말고, 어여쁜 여자를 보아도 어여쁘다는 생각조차 하지 말아라. 음심의 과보가 얼마나 비참하고 처참하며, 추하고 허망한 것인지 마음 깊이 새겨야 할 것이니라."

노스님이 재삼 당부에 당부를 했다.

"예, 스님. 명심하겠습니다."

"부처님이 말씀하신 한 구절을 들려주겠노라. 사람의 한평생, 풀잎 위의 이슬 같고 부귀영화는 물위의 거품과 같아서 허망하기 그지없는 것. 그럼에도 어리석은 중생들은 천년만년 갈 것처럼 기뻐하고 즐거워하고, 물불을 가리지 아니 하고 날뛰는가 하면 저 허망한 부귀영화를 손아귀에 넣으려고 아귀다툼을 하고

속이고 중상모략하고, 심지어는 죽이기까지 하나니, 이것들이 깨고 보면 한 토막 덧없는 꿈. 인생살이 한평생이 한 토막 덧없는 꿈인 줄 안다면 무엇이 그리 소중하고 아깝다고 울고불고 아우성치며 안달복달 애간장을 태울 것인가. 꿈인 줄 모르는 사람은 어리석은 이요, 꿈인 줄 아는 이가 지혜로운 사람이라."

9
이제 그만 떠나거라

　이때부터 견명스님은 낙산사와 오대산 일대에 전해오는 불교 이야기를 채집하여 기록하였다.
　낙산사와 의상대사, 관세음보살과 원효대사, 정취보살과 범일스님, 오대산 월정사와 자장율사, 오대산 5만진신 이야기, 월정사 창건 이야기 등 이루 헤아릴 수 없이 많은 이야기가 이 무렵 정리되었다.
　또 원효대사, 의상대사, 자장율사의 일대기를 엮기도 했는데, 이렇게 역사의 뒤안길로 사라질 뻔한 것들이 견명스님의 손끝에서 다시 살아난 것이다.
　산속의 물은 늦게 풀린다. 그러나 어느덧 설악산 자락에도 봄이 찾아와 냇물이 맑은 소리를 내며 흘렀고 이 산 저 산에서는 뻐꾸기소리도 흥겨웠다.

"이봐라, 견명아!"

"예, 스님."

"이 물이 흘러가는 것을 보고 있었더냐? 이 물이 저기서 흘러 내려와서 다시 저 아래로 흘러내려가는 걸 보고 있으렷다?"

"예, 스님. 보고 있사옵니다."

그러자 노스님이 화두를 던졌다.

"대체 이 물은 어디서 오는고?"

이 물은 저 높은 산에서 흘러오고 있다. 그러나 그 전에는 산 속 바위 밑이나 땅속에 있었을 테고, 그전에는 허공 중에 떠있는 구름이었을 것이고, 그 구름이 되기 전에는 허공 중에 물기나 습기로 있었을 것이다. 허면 허공 중에 습기로 떠돌기 전에 이 물은 과연 어디에 무엇으로 있었는가?

견명은 여기까지는 생각해 냈지만 더 이상 앞으로 나갈 수 없었다.

"견명아, 허공 중의 습기로 떠돌기 전에는 과연 이 물이 어디에 있었던고?"

스승은 견명이 막히는 곳을 꼭 짚어 질문했다.

"잘 모르겠사옵니다."

딱.

주장자가 견명의 어깨로 떨어졌다.

"아직도 눈이 활짝 뜨이지 않았구나! 이 물이 습기가 되어 허공을 떠돌기 전에는 바다에 있었을 것이요, 강, 풀잎 위, 우물에 있었을 것이다. 지금 이렇게 흘러내리듯이 냇물로 있었을 것이요, 우리 몸속에, 항아리 속에 있었을 것이다. 눈을 바로 뜨고 바로 보면 한눈에 훤히 다 보이는 법, 다시 한 가지 물을 것인즉 바로 일러라."

"예…… 예, 스님."

"이 냇물은 흘러흘러 어디로 가는고?"

"이 물은 아래로 내려가 강을 이루고, 바닷물이 될 것이옵니다. 뜨거운 햇볕을 받아 습기가 되어 허공을 떠돌다가 이슬이 되고, 구름이 되었다가 다시 빗물로 떨어질 것이옵니다."

"물은 그러면 어디서 와서 어디로 간다고 하겠느냐?"

"어디서 와서 어디로 간다고 말할 수 없을 것이옵니다. 물은 끊임없이 모습을 바꾸어 돌고 돌 뿐 시작과 끝이 없으니 어디서 왔다고도 할 수 없고, 어디로 간다고도 할 수 없습니다."

노스님이 다시 물었다.

"허면 중생은 대체 어디서 와서 어디로 가던고?"

"중생도 물과 같아서 어디서 왔다고도 어디로 간다고도 할 수 없습니다."

"생계불감 불계부증(生界不減 佛界不增)이라고 이르셨으니 중생의 세계는 줄어들지 아니하고 부처의 세계는 늘어나지 아니하니라."

 "예, 스님. 생계불감 불계부증, 이 여덟 글자를 참구토록 하겠나이다."
 견명은 이 여덟 글자의 의문을 풀기 위해 일구월심 이 한 구절에 매달리기 시작했다. 참선에 들어가 하루 종일 아무것도 안 먹고 안 자고 화두만 붙들고 늘어진 것이다.
 그러던 어느 날 노스님이 부르신다는 전갈을 전하러 노보살이 왔다.
 "견명스님, 나무 밑에 앉아서 주무십니까요?"
 "아, 보살님께서 오신 것도 모르고 있었구먼요."
 "아이구, 그러고 보니 견명스님께서도 노스님처럼 오매불망 참선을 하고 계셨군요. 어서 노스님께 가보셔요. 그렇게 꼬고 앉아 계시면 눈에 부처님이 보이나요?"
 "가부좌를 틀고 수행은 하고 있사오나 이 생각 저 생각 번뇌가 많습니다. 마음이 영 편칠 못합니다요."
 견명은 노스님 앞에 예를 갖추고 앉았다.
 "견명아, 네가 진전사에 온 후 겨울이 몇 번이나 지나갔던고?"
 "아홉 번입니다. 한 해가 더 지나면 10년입니다."
 "너는 그동안 경을 많이 보았거니와 승과시험에도 합격했으니 어엿한 대덕이 되었느니라."
 "아, 아니옵니다, 스님. 승과에는 합격했다 하나 아직 공부가 모자라고 더욱이 수행은 이제부터 시작인 줄 아옵니다."

"그래, 네 말이 맞다. 너는 한쪽 팔은 길고 한쪽 팔은 짧으며, 한쪽 다리는 길고, 한쪽 다리는 짧으니라."

"예에?"

"너는 비록 경학에는 밝다 하나 아직 선지가 막혀 있으니 한쪽 팔다리는 길고, 한쪽 팔다리는 짧다는 것이다. 견명아, 이제 이 진전사를 떠날 때가 되었으니 걸망을 챙겨야 할 것이다."

"예에? 소승더러 이 절을 떠나라는 말씀이십니까요, 스님!"

걸망을 챙기라 함은 진전사를 떠나라는 것을 의미했으니 견명의 귀에는 청천벽력과도 같은 얘기였다.

견명의 마음을 아는 듯 모르는 듯 무심한 풍경소리만 그 적막을 깨고 있었다.

"스님, 소인에게 이 진전사를 떠나라는 말씀은 말아 주십시오."

"무슨 소리냐? 허면 너는 이 진전사에서 살 작정이냐! 네 입으로 괴로움의 바다에서 허덕이다 요행히 부처님의 법을 만나 헤엄쳐 뭍에 올라왔으니 중생을 건져올릴 뗏목을 만들어야 한다고 하지 않았더냐! 대체 풀잎으로 뗏목을 만들 작정이냐!"

"아, 아니옵니다, 스님. 재목으로 뗏목을 만들어야 할 것이옵니다."

견명이 말을 더듬거리며 대답을 했다.

"그러면 그 재목은 어디서 구할 것인고?"

"소승 스님의 문하에서 열심히 도를 닦아 튼튼한 뗏목을 만들……"

"아니 될 소리."

견명의 말이 채 끝나기도 전에 노기 띤 노스님의 음성이 쩌렁쩌렁 울렸다.

"네가 내 문하에 있다간 뗏목은커녕 삿대 하나 만들기도 힘들다. 배고픈 자가 밥을 찾아나서고 목마른 자가 물을 찾아나서야지, 어찌 치마폭 맴도는 아이처럼 구느냐.

산에 사는 뻐꾸기 새끼도 날개가 돋으면 둥지를 떠나 날아가거늘 출가 대장부가 어찌 떠나지 않겠다는 거냐!"

"예, 잘 알았사옵니다. 허면 소승이 어디로 가면 좋겠습니까?"

"이 나라 동서남북 어디든 다 좋다만 경상도 포산이 산도 크고 골도 깊으니 수행하기에 좋을 것이니라."

견명스님은 노스님의 분부를 받들어 다음날 일찍 길을 떠날 요량으로 걸망을 꾸렸다. 견명스님과의 이별을 슬퍼하는 사람은 누구보다 노보살이었다.

노보살은 9년간 정이 들 대로 든 견명스님을 보내는 것이 너무나 안타까웠다. 언제 오느냐, 하루만 더 묵으면 떡이라도 할 텐데, 공부에는 어찌 끝도 한도 없느냐며 두서없이 이 얘기, 저 얘기를 꺼냈다. 섭섭함이야 견명스님도 보살 못지않았건만 내색을 할 수 없었다.
 견명스님은 걸망을 꾸려놓고 잠을 청했다. 그러나 쉽게 잠이 올 것 같지 않았다. 철없는 나이 열네 살에 진전사에 와서 9년, 어찌 감회가 새롭지 않겠는가.

 다음날 이른 아침, 견명스님은 법당에 올라가 부처님을 뵙고 하직인사를 올리고 대웅 노스님과 작별을 하기 위해 노스님 방에 들었다.
 노스님은 말없이 염주를 돌리고 눈을 감고 있다가 잠시 후 입을 열었다.
 "부처님께 하직 인사는 올렸느냐?"
 "예, 스님."
 "기왕에 가야 할 길, 서두르도록 해라."
 담담한 목소리로 노스님이 말했다.
 "…… 예, 스님. 철부지 어린애였던 소승을 이렇게 거두어주셨으니 백골난망이옵니다. 소승 반드시 스님의 은혜를 갚도록 하겠습니다."
 "우리는 사바세계에서 아주 좋은 인연으로 만났느니라. 그 은혜 나한테 갚을 생각 말고 부처님 은혜, 시주님네 은혜나 제대로 갚아야 할 것이다. 아무쪼록 크고 튼튼한 뗏목을 잘 만들어 고해 중생을 건지도록 해야 할 것이다. 그 본분사를 잊지 않으면 되느

니라."
　노스님의 마음은 견명스님의 마음과 조금도 다를 바가 없었다. 노스님은 엽전 꾸러미를 견명스님에게 주었고, 노보살은 일부러 밥을 태워 만든 누룽지를 걸망에 넣어주었다. 노스님은 마지막으로 한마디 하셨으니, 권세 근처에는 가까이 가지 말라는 당부였다. 노보살은 견명스님의 손을 붙잡고 작별을 아쉬워했다. 견명스님은 조금전 노스님에게서 받은 엽전 꾸러미를 노스님 편찮으시면 약이라도 지어드리라는 간곡한 부탁의 말과 함께 노보살에게 전했다.

　설악산 진전사를 떠난 견명스님은 걷고 걷고 또 걸어 남쪽으로 남쪽으로 발길을 재촉했다. 민가에서 끼니를 얻어먹기도 하고 길가의 암자에서 하룻밤 신세를 지면서 천 리도 넘는 장도에 오른 것이다.
　견명스님은 진전사를 떠난 지 한 달여 만에 경상도 포산에 당도하였다. 포산은 지금의 현풍땅인데, 여기에는 삼천 개의 암자가 있을 정도로 크고 골깊은 산이었다.
　개울물 소리가 졸졸졸 흐르는 산길을 지나다가 스님은 손을 닦고 목도 축였다. 고개를 들어보니 조그마한 초옥 한 채가 눈에 띄었다.
　"말씀 좀 여쭙겠습니다. 주인, 계시옵니까?"

견명스님이 주인을 불렀다.
"이 깊은 산중에 뉘시우?"
노파가 고개를 빼물고 보다가 스님임을 알고 방문을 열고 나왔다.
견명스님은 노파에게 근처에 도를 닦을 만한 암자가 있는지를 물었다.
"절의 크기는 상관 없습니까요? 옳거니, 꼭 하나가 있긴 있는데…… 때를 잘 맞춘 것 같기도 하고……."
"암자가 있긴 있습니까?"
"아니, 스님. 남산에는 삼천불이요, 포산에는 삼천 암자란 얘기도 못 들으셨수? 저 고개를 넘으면 말이우, 아담한 암자가 나오는데 보당암이라 하우."
"보당암이오?"
"헌데, 보당암에서 도를 닦던 스님이 암자를 버리고 떠난 지 한 닷새 됐수."
"아니 그러면 지금은 비어 있다는 말씀이신가요?"
"스님 한 분이 도 닦다가 떠났으니 부처님만 한 분 덩그러니 앉아 계시더라구요. 쇤네가 매일 새벽 불공을 드리러 가는데 스님 떠난 뒤로는 으시시한 게 어째, 그래서 갈까 말까 하던 참인데 스님께서 계신다면 얼마나 좋겠습니까요."
견명스님은 노파의 얘기를 듣고 마음이 동하는지라 자세히 물

었다.

"그러시면 노보살님께서는 혼자 이렇게 산속에다 움막을 짓고 불공을 드리고 계십니까요?"

"혼자는 아니구요. 열두 살짜리 손자 녀석을 데리고 와서 백일 불공을 올리고 있습죠. 집에 우환이 그칠 새가 없어서요."

"아, 예. 그러면 소승이 보당암으로 가보겠습니다요."

"웬만하면 그 암자에서 지내십시오. 쉰네도 오며가며 심심치나 않게요."

견명스님은 노보살에게 목례를 한 후 보당암으로 향했다.

할머니가 일러준 대로 고개 하나를 넘으니 크지도 작지도 않은 암자가 하나 있었다. 큰 바위산 아래 납작하게 엎드려 있는 모습이었다. 가까이 다가가 보니 보당암이라는 오래된 현판이 걸려 있고 법당에는 부처님만 앉아 계실 뿐 암자에는 아무도 없었다.

견명스님은 걸망을 벗어놓고 법당에 들어가 부처님께 인사부터 여쭙고 나서 암자를 한바퀴 휘 둘러보았다. 법당 앞마당 끝에 서서 내려다 보니 천야만야한 낭떠러지 밑에 푸른 숲이 펼쳐져 있고 저 멀리 마을과 들판이 바라다보였다.

견명스님은 비어 있던 암자 구석구석을 쓸어내고 닦아냈다. 법당에 들어가 가부좌를 틀고 앉으니 스승의 당부가 귓가에 쟁쟁거렸다.

'견명아, 부처님께서 일찍이 이르시길 생계불감이요, 불계부증이라 하셨다. 너는 이 여덟 글자를 화두로 삼아 일구월심 참구하고 참구해야 할 것이다.

과연 부처님께서는 어찌하여 생계불감 불계부증, 중생세계는 줄어들지도 아니하고 부처의 세계는 늘어나지도 않는다 하셨는고?'

혼자 사념에 빠져 있는 스님에게 누군가가 말을 걸었다.
"어어, 정말로 스님이 오셨네. 저기요, 스님."
"으음, 아니 너는 대체 어디 사는 아이냐?"
"아, 예. 소인은 저 아래 움막에서 할머니를 모시고 사는 마당바우라고 하는구먼요!"
"음, 노보살이 너의 할머니시로구나!"
"예, 보당암에 새 스님이 오셨다고 그러시기에 정말인가 싶어 와봤습니다. 그동안 절이 비어서 불공을 드리자니 무서웠거든요. 정말 잘되었습니다요."

소년은 신이 나서 춤을 추듯 내려가며 소리쳤다.
"스님이 오셔서 정말 좋습니다."

스님은 소년의 뒷모습을 보며 미소를 지었다.

10
보당암에서의 새출발

　보당암에서 하룻밤을 보낸 스님은 그 다음날 첫새벽 목탁을 두드리며 도량석을 돌았다.
　어둠이 채 가시기도 전, 첫새벽의 청아한 목탁소리가 온 산에 울려퍼지니 곤한 잠에 취해 있던 산천초목도 기지개를 켜고 일어났다.
　"스님, 오랜만에 목탁소리가 울리니 기운이 저절로 솟아나는 것 같습니다요."
　이른 아침 어둠을 뚫고 노보살이 손자와 함께 어느새 올라와 반갑게 인사를 했다.
　"어서 오십시오. 아니, 이건 무엇인지요, 보살님?"
　"애가 마을에 갔다가 얻어온 곡식인데 부처님께 좀 올리려구요."

양식 보따리는 두 개였다. 하나는 부처님께 올리는 것이고 다른 하나는 스님을 위한 것이었다. 견명스님은 미안해서 어쩔 줄 몰랐다.

세 사람은 법당에 올라 정성을 다하여 새벽예불을 올렸다. 백일불공을 드리는 노보살과 소년은 스님이 와서 신이 난 모양이었다. 지극정성으로 거푸거푸 부처님께 절을 올렸다.

"아이구, 스님. 참으로 고맙습니다요. 오늘 아침 스님의 독경소리를 들으니 부처님께서도 이 늙은 것의 소원을 다 들어주실 것만 같습니다요."

불공을 마치고 난 보살은 그저 싱글벙글 입을 다물지 못했다. 소년 또한 이제 그만 내려가자는 노보살의 말에도 아랑곳없이 견명스님에게 말을 붙여왔다.

"스님, 독경하시는 것 어디서 배우셨어요?"
"설악산 진전사에서 배웠지."
"몇 년이나 배우셨는데요?"
"아이구, 뭘 그리 꼬치꼬치 캐묻고 그러는 게냐? 스님 귀찮으시겠다."

노보살이 소년에게 넌지시 주의를 주었다.

"아닙니다. 괜찮습니다. 내가 독경을 배우기 시작한 것이 열네 살부터니까 십 년이 되어가는구나. 그런데 그건 왜 묻지?"
"사실은 저도 멋들어지게 독경하는 법을 배우고 싶거든요."

소년이 천진하게 대답했다.

"아이구, 이 망할 녀석아, 독경이야 스님들이나 배우시는 거지, 아무나 배운다더냐?"

노보살이 황망히 손짓을 하며 손자를 잡아끌었다.

"에이, 할머닌, 괜히 난리셔. 나두 목탁을 치고 싶단 말이에요."

"그래. 그러면 틈틈이 배우도록 해라. 내가 가르쳐줄 테니."

"정말이시지요, 스님? 야, 신난다."

소년이 좋아라고 손뼉을 쳤다.

"아이구, 이녀석. 아, 이렇게 얼굴이 둥글넓적해 가지고 비윗장이 좋답니다요."

"스님, 공양미 있잖습니까요, 법당에 두시지 마세요."

소년이 단단히 못을 박았다.

"아니, 왜 부처님께 놓아드린 것을 치우라는 거냐?"

"아이구, 스님은 새로 오셔서 잘 모르시는 모양인데요. 이 산에는…… 나쁜 스님이 한 사람 있다구요. 머리도 깎지 않고 이렇게 산발을 하구요, 수염도 기르고 있답니다."

"무엇이? 머리도 깎지 않고 수염도 기른다구?"

견명스님은 무슨 얘기인지 몰라 어안이벙벙했다.

"술도 마시고 우악스럽게 생겼는데 아마 나쁜 스님인 모양이어요."

"아이구 이녀석아, '공양미 간수 잘하십시오' 하면 될 걸 웬 사설이 그리도 기냐?"

"그렇지, 참. 그 나쁜 스님이 몽둥이를 들고 다니면서 이 암자 저 암자 찾아다니면서 양식을 다 빼앗아간답니다요."

견명스님은 점점 알 수 없는 소리를 하는 두 사람을 번갈아 쳐다보았다.

"양식을 빼앗아간다니?"

"아이구, 스님. 머리는 산발했지요, 수염은 길렀지요, 술냄새까지 풍기니 어느 누가 그 스님한테 공양미를 갖다바치겠습니까요. 그러니 이 절 저 절 찾아다니면서 양식을 가져가는 거지요."

"아니, 그럼 그 스님은 어느 암자에 계시는데?"

"아이구, 암자는 무슨 암잡니까요. 부처님도 모시지 않은 굴 속에서 살고 있습지요."

할머니가 혀를 차며 대답했다.

"그러니 공양미를 잘 감춰놓고 계십시오."

"그래 알았다. 네 이름이 마당바우라고 했느냐? 그러면 넓을 광에 바위 암 자 광암이로구나. 광암아, 너 머리 기른 스님이 어느 굴 속에 있는지 아느냐?"

"예, 가봤지요. 저기 저 산등성이 너머 왼쪽에 굴이 있습니다요. 그러니 거기는 가지 마세요."

포산에는 암자가 삼천 개라 했다. 대체 어찌 된 스님이기에 머리를 산발하고 수염까지 기르고 술냄새까지 풍기고 다닌다는 말

인가. 견명스님은 그를 한 번 찾아보리라 마음먹었다.

한데 견명스님이 아침 공양을 마치고 나서 막 참선을 수행하려는 참이었다. 그때 뒤에서 누군가가 주장자로 법당마루를 세게 쳤다. 견명스님이 돌아보자 이게 웬일인가, 머리는 산발에 수염을 기르고 다 찢어진 옷을 걸친 괴상한 스님이 떡 버티고 서 있는 것이 아닌가!

"허허허, 보당암에서는 부처님이 손수 목탁을 치시는가 했더니 새 중이 왔구먼그래. 응? 하하하……."

견명스님은 차분한 목소리로 얘기했다.

"대체 뉘시온데 주장자로 법당을 치시는지요?"

"나? 하하 나로 말할 것 같으면 얻어먹고 사는 중이니 걸승이요, 빼앗아먹고 사는 중이니 탈승이요, 머리를 길렀으니 유발승이니라."

"그뿐만이 아닌데요. 술냄새를 풍기고 있질 않습니까?"

"으음, 그래. 한 가지 빼먹었군. 술까지 마시니 잡승이라 할 것이다, 왜?"

어찌 보면 산도적 같기도 하고, 어찌 보면 미친 사람 같기도 한 사람이 지팡이에 몸을 기대고 서 있었다.

험한 분위기였다. 그러나 견명은 침착했다.

"무슨 일로 이 암자에 오셨는지 말씀해 보시지요."

"배가 고파 밥 한술 얻어먹으러 왔다면?"

"허면 탁발을 이르심입니까?"
"그거야 뭐, 그런 셈이지."
"이것 보십시오, 스님. 출가수행자가 탁발에 나설 적에는 의발을 제대로 갖춰야 한다고 배웠습니다."
"난 못 배워서 그런다, 왜?"
"세상에 그런 억지가 어디 있단 말입니까? 머리도 깎지 아니하시고 수염도 깎지 않으신 채 어찌 감히 출가수행자라 하신단 말씀이십니까?"
"허허, 밥 한 그릇 달라는데 제법 피곤하게 구는구먼. 말장난을 하는구나. 내 그럼 한 가지 물을 것이야. 내가 보기에 너는 머리에 삭둣물도 마르지 않은 풋내기 같은데, 절밥은 몇 그릇이나 퍼먹었는고?"
"소승 비록 나이는 어리다 하나 불문에 귀의한 지가 십 년은 넘었습니다."
"십 년이라. 그러면 한 가지 더 물어야겠다. 머리를 깎으면 도를 저절로 깨달을 수 있다더냐?"
견명스님은 가부좌를 틀고 앉은 그대로 꼼짝도 아니 한 채 두 눈을 똑바로 뜨고 괴승을 바라보았다.
"하하하, 넌 어찌 대답을 못 하느냐! 머리를 이렇게 기르고 다니면 도를 얻지 못하고, 너처럼 머리를 빡빡 깎고 있으면 저절로 도가 터지느냔 말이닷!"

 "하오면 이번에는 소승이 한 가지 여쭙겠습니다. 스님께선 출가득도할 적에도 그렇게 머리를 기르셨습니까?"
 "그땐 깎았었다, 왜?"
 "그러면 지금은 어찌하여 머리를 기르고 계십니까?"
 "멍청한 놈. 내 토굴에는 가위도 삭도도 없다."
 "허면 이 마루 위에 앉으십시오. 소승이 머리를 깎아드리겠소이다. 삭발염의하는 것이 출가수행자의 법도에 맞는 것이오니 그런 다음에야 탁발을 할 수 있을 것이옵니다. 그 전에는 밥도, 뭐도 아무것도 줄 수 없사옵니다."
 "뭣이. 아무것도 줄 수 없어?"
 "삭발염의한 출가수행자가 밥이나 양식을 얻는 것은 탁발이라 할 것이나 그 행색으로 밥이나 양식을 얻는 것은 거렁뱅이의 비럭질이라 할 것이니, 소승 어찌 스님께 비럭질을 시킬 수 있겠습니까?"
 "이놈, 귀밑에 삭둣물도 마르지 않은 녀석이 감히 내 머리를 깎겠다는 말이냐?"
 "아무리 칠십 노스님이라 할지라도 스스로 머리를 깎지는 못하시니, 나이로 따진다면 손자 같은 소승을 시켜 깎으시거늘 어느 누가 흉을 보겠습니까?"
 "아주, 요놈이 제법이로구나. 너 도대체 어느 절 누구 밑에서 배우다 왔는고?"

"소승 진전사 대웅 노스님 문하에서 살다 왔사옵니다."
괴승이 멈칫 놀라는 듯했다.
"아니 그 지독한 늙은 중 밑에서 몇 년이나 견뎠는고?"
"겨울을 아홉 번 지냈습지요."
"아휴, 이녀석 앉은 자리에 풀도 안 돋을 녀석이구나. 야, 이녀석아. 나는 5년을 견디다 쫓겨났다, 그 진전사에서."
"하오시면, 사형이 아니십니까?"
"난 너 같은 아우를 둔 적이 없어."
"아, 아니옵니다, 스님. 어찌 한 절 한 스승 밑에서 배운 인연인데 모른다 하십니까? 큰 결례를 범했사오니 용서하시고 절 받으십시오."

견명스님은 자리에서 일어나 괴승에게 사형의 예를 갖췄다. 참으로 기이한 인연이라고 할 수밖에 없었다.

그렇게 해서 괴승은 머리를 자르고 수염을 깎았다. 승복 한 벌을 새로 입히니 두 눈에 광채가 나면서 스님의 위엄을 되찾았다.

두 스님은 두런두런 이야기를 나누었다. 원래 이 괴승의 법명은 지명이었다. 부처님의 지혜를 바로 보라고 스승이 지어준 것이다. 그러나 지명은 대웅스님의 엄격함을 견디지 못하고 절을 뛰쳐나온 것이다.

"나는 경을 외워 점검받고, 30방을 얻어맞는 것이 지겨워 뛰쳐나왔단다. 그래서 불립문자 직지인심(不立文字 直指人心)에 매

달렸지."

"그러면 불립문자 직지인심으로 확실히 깨달으셨습니까?"

대답 대신 선문답처럼 지명은 자신을 미친 놈이라고 했다.

지명은 잠을 자지 않고 깨달음을 얻으려고도 하고, 밥도 먹지 않아도 보고 술도 퍼마셨지만 자신만 황폐해졌을 뿐 아직 깨달음에 이르지 못했다는 대답이었다. 지명스님은 잘 얻어먹었다는 인사를 하고는 다시 굴속으로 돌아갔다.

그리고 사흘이 지난 후였다. 할머니와 함께 왔던 소년이 헐레벌떡 뛰어왔다.

"아이구, 스님. 저 굴속에 살던 머리를 산발한 스님 말씀입니다요. 그 스님이 굴에 없습니다. 웬 다른 스님이 오셨습니다요."

"머리 기른 나쁜 스님이 없어졌다구?"

"예, 그 주정뱅이 스님은 안 계시구 다른 스님이 나오는 걸 두 눈으로 똑똑히 봤습니다요."

"허허 그래. 그 스님이 다른 스님으로 둔갑하신 것 같지는 않더냐?"

견명스님은 호쾌하게 웃으며 물었다.

"아니, 스님. 그러면 스님도 둔갑을 하실 수가 있습니까요?"

소년이 눈을 동그랗게 뜨며 물었다.

"허허, 스님은 둔갑을 못 한다더냐?"

"할머니가 말씀하시는 걸 보면 백 년 묵은 여우가 둔갑을 하는 건 있어두 스님이 한다는 건 못 들었는데요. 그죠, 할머니?"
 어느새 소년의 할머니가 뒤따라와 있었다.
 "아, 그거야 인석아, 옛날 이야기니까 그렇지! 하긴 할미두 못 듣긴 했다만."
 "그러니까 그 토굴에서 살던 머리 기른 스님이 없어지구 어느새 새 스님이 오셨더란 말이지?"
 견명스님이 물었다.
 "아, 그렇다니까요."
 견명스님은 그간의 일을 사실대로 얘기해 주었다. 그러나 소년은 처음에는 믿으려 하지 않았다.
 "어어, 무슨 말씀이세요, 스님?"
 "그래, 네 말대로 스님이 산발을 한 채 몽둥이를 들고 왔더구나. 그래서 내가 이 보당암에서 머리를 깎고 수염도 깎아주고 새 승복도 입혀드렸지."
 "아니, 몽둥이질도 아니 하시고, 양식도 뺏아가지 않고, 머리를 깎으셨다구요? 어이구 세상에, 천지가 개벽을 했네요. 아무도 그 미친 스님을 당할 사람이 없었는데, 용하시네요."
 소년과 할머니가 혀를 내두르며 놀라워했다. 덧붙여 견명은 그 스님이 이제는 더 이상 양식을 뺏거나 패악을 떨지는 않을 것이라고 안심시켰다. 그렇게 두 사람을 내려보내고는 양식을 들고 지명스님을 찾았다.

　그런데 토굴 앞에서 아무리 지명스님을 불러도 대답이 없었다. 견명스님은 몸을 낮추어 굴 안으로 들어갔다. 지명스님은 큰 대자로 누워 세상 모르고 자고 있었다. 견명스님이 흔들어 깨우자 침을 옷소매로 한 번 쓱 닦고는 일어나 앉았다.
　"아니, 이게 누구냐? 내 머리를 깎아주신 은사 스님이시구먼 그래."
　"하 참, 스님두, 무슨 말씀을 그리 하십니까요."
　"왜 내가 틀린 말 했나? 나는 머리를 다시 깎았으니 덧깎이요, 그대가 내 머리를 깎았은즉, 두 번째 은사가 아니신가? 하하—!"
　"또 곡차 한잔 하셨군요, 스님."
　"모르는 소리. 이 산속에 곡차는 무슨 곡찬가. 저 단지에 담궈둔 송엽차 한잔 했지. 그것두 마시면 취하니 술이라면 술이지만."
　"스님, 늘 이렇게 살고 계십니까? 아무때나 주무시고?"
　"이 사람, 잔소리를 하려구 왔는가? 거기 있는 물그릇이나 이리 주게."
　술에 취해 한참 늘어지게 잤으니 목이 마르기도 할 것이다. 물을 한잔 맛있게 먹는 데다가 대고 또 견명스님의 말이 시작되었다. 그러나 지명스님은 다 듣기 싫다는 듯 견명스님의 입을 가로막았다.
　"자꾸, 스님 스님 부르지 마. 나도 할 짓은 다해 봤어. 앉은 채로 대엿새, 아니 열흘 넘게 눕지도 않고 잠도 안 자고, 미쳤지. 그렇게 하면 행여 도를 확 깨칠까 하고 말씀이야. 그리구 열흘, 열사흘 물만 마셔가며 굶는 공부도 했어. 도를 통하던지 아니면 차라리 죽어버리기라도 하려구. 그랬는데 결국은 아무것도 없었어."

지명스님은 자포자기한 듯한 말투로 자신의 과거를 내뱉았다.

"스님께선 부처님의 거문고 법문을 모르십니까?"

견명이 조용히 물었다.

"거문고 법문이라니?"

"스님께서도 아시다시피 부처님께서 설산에 들어가 6년 고행하신 것은 알고 계시죠? 부처님께서는 6년 고행을 마치신 뒤 육신을 괴롭히는 수행이 아무 도움이 되지 않음을 아셨지요."

"육신을 괴롭히는 수행이 아무 도움이 안 된다? 그러면 어찌해야 도를 깨친단 말이냐?"

"굶거나, 잠을 안 자고 얻는 것이 깨달음이 아니라 하셨습니다. 거문고에 깨달음을 비유하셨지요. 거문고는 줄을 너무 팽팽하게 조여도 제소리가 아니 날 것이며, 반대로 줄을 너무 느슨하게 매어도 제소리가 아니 난다 하셨지요. 알맞게 조이고 알맞게 매어야 한다고 말씀하셨습니다. 수행도 거문고를 타는 것과 같으니……."

"같으니?"

 "예, 거문고 줄을 팽팽히 조이듯이 육신을 너무 학대하고 괴롭히면 결코 도를 얻지 못할 것이며, 줄을 너무 늘어지게 매듯이 게으르고 방심하면 역시 도를 얻지 못한다 하셨습니다."
 "하하―하하하―. 그런 말씀을 부처님께서 하셨단 말이지. 허면 견명스님께선 직접 들으셨는가?"
 "경에 있었사옵니다."
 "경? 경소리 내 앞에서 하려거든 냉큼 나가게. 나는 그놈의 경 공부 지겨워하다 쫓겨난 놈이야."
 그러나 견명은 황소고집을 가진 사람답게 이에 조금도 위축되지 않고 꿋꿋하게 얘기를 계속했다.
 "이것 봐, 난 말이야, 산더미 같은 경 읽고 만리장성 같은 그 구절 외우는 건 딱 질색이야."
 "하오면 대체 무엇에 의지하여 수행을 할 것이며 무엇에 의지하여 도를 깨치실 작정이십니까, 스님?"
 "나? 불립문자 직지인심, 확철대오 견성성불을 좇을 것이야."
 "감히 한 말씀 여쭙겠습니다. 방금 불립문자 직지인심, 확철대오 견성성불이라 하셨습니까?"
 "그래, 내 분명 그렇게 말했지."
 견명스님은 용케도 지명스님을 반격할 호기를 잡았다. 내친 김에 그는 지명스님을 몰아붙였다.
 "불립문자라는 그 말은 결국은 글귀가 아니고 무엇이며 직지인심 또한 글귀가 아닌지요, 스님?"
 지명스님은 말문이 막혀 더듬거리다가 대답했다.
 "그, 그렇다면 결국 그게 그거란 말인가?"
 "소승이 배우기로는 불립문자 직지인심, 확철대오 견성성불이라 함은 문자에 의존하지 않고 사람의 마음을 바로 가리켜 성품을 바로보고 부처를 이룬다는 뜻인 줄 아옵니다만, 그렇다고 글이 모조리 소용 없다는 말씀은 아닌 줄 아옵니다. 부처님의 제자로 자처하면서 부처님의 말씀을 듣지 않고 조사님들의 후손이라 자처하면서 조사님들의 가르침을 외면한다면 대체 무엇을 등불로 삼아 도를 구할 수 있겠습니까?"
 반론을 가할 틈도 없이 견명스님이 자신의 견해를 펼쳤다.
 "경전을 배우는 것은 부처님의 말씀을 배우는 것이요, 참선수행은 부처님의 마음을 닦는 공부라 하셨으니, 부처님의 가르침이 무언지 모르면서 어찌 부처님의 마음을 닦아나갈 수 있겠습니까?"
 지명스님은 약간 허황된 성격의 사람이었다. 기초적인 공부에는 관심이 없고 축지법, 둔갑술 등을 꿈꾸는 어리석은 중이었던 것이다. 견명은 이 지명스님에게 어떻게 부처님의 마음을 전할지 난감해하면서도 뜻을 굽히지 않고 설복하려 했다.
 견명스님은 봄에 씨를 뿌리지 않고 여름에 땀을 흘리지 않은 자가 가을에 과연 무엇을 거둘 수 있는지 생각해 보라는 말을

남기고 일단 토굴을 물러났다.
 지명스님과 그렇게 헤어진 후 견명스님은 며칠 스님의 소식이 없자 은근히 불안해졌다. 끼니때가 되어도 밥을 얻으러 오지도 않고 양식이 떨어졌을 텐데도 통 연락이 없는 것이다.
 그렇게 궁금해하던 차에 마당바우와 할머니가 양식과 반찬을 가지고 왔다.
 "아이구, 이거 번번이 이렇게 신세를 져서 어쩌지요. 양식은 아직 있는데……"
 "별말씀을 다하십니다요. 그런데 스님, 토굴 속의 스님은 요새는 통 양식 얻으러 안 오시던데요."
 마당바우가 고개를 갸웃거리며 얘기했다.
 "글쎄. 나도 통 뵙질 못했구나."
 "아이구, 그 스님이 참말로 이제 작심하시구 착실하게 도만 닦으신답니까요?"
 할머니가 궁금한 듯 호기심 어린 눈으로 견명스님에게 물었다.
 "아마도 그러신 모양입니다."
 "어어…… 그럼 그 스님은 뭘 먹고 살지요. 그 굴 속까지 누가 공양미를 갖다 드리지도 않을 텐데 말이에요."
 세 사람은 모두 은근히 지명스님이 걱정되었다. 열흘 정도나 눈에 보이지 않았으니, 혹여 병이 난 건 아닌지 궁금했다.
 견명이 마당바우에게 당부를 했다.

"광암아, 기왕에 올라왔으니 공양미하고 반찬 좀 스님에게 전해 드리려무나."

"스님께요? 알았어요. 그리고 스님, 저는 광암보다 마당바우가 좋단 말이에요. 그런데 그 스님께 가려니 조금 무섭긴 한데."

"아니, 무섭긴 뭐가 무서워. 이제 소리 지르고 욕하고 하는 일 없을 테니 다녀오렴."

"알았습니다. 그럼 저는 다녀올 것이니 할머니는 여기 계십시오."

마당바우는 날쌘 아이인지라 어느새 토굴 쪽으로 달려가고 있었다. 그 뒤통수에다 대고 할머니가 잔소리를 늘어놓았다.

"얘, 바우야, 그 스님 뵙거든 그전처럼 슬슬 피히지 말고 인사 잘 여쭤."

11
신선처럼 살고지고

 마침내 할머니는 백일기도를 마쳤다. 새벽 예불을 마치고 나서 견명스님에게 합장으로 하직인사를 하고 손자를 데리고 산을 내려갔다.
 한편 온다간다 말 한마디 없이 사라졌던 지명스님은 포산 삼천암자를 두루 돌며, 옛 도인들의 신선 같은 삶에 대한 이야기도 듣고 승려들의 비리도 직접 보고 들었다. 그러다 깊이 느끼는 바가 있는지라, 보당암으로 찾아들어 견명스님과 함께 불법도 논하고, 학문도 논하며 생활하고 있었다.
 그해 겨울이었다.
 "스님, 사람 좀 살려주십쇼."
 한 사람도 아닌 두 사람이 애원하는 소리가 바람결에 들려왔다.

견명, 지명스님은 얼굴을 마주 보았다. 그 목소리의 주인공을 알 것 같다는 무언의 일치였다.
　문을 열고 보니 생각했던 대로 마당바우와 할머니였다.
　철 이른 눈까지 내려 눈을 덮어쓴 모습이었다.
　"아니, 보살님. 이 눈보라 속에 어찌 오셨습니까요?"
　"어머나, 스님은 전혀 모르시는군요. 지금 세상이 온통 발칵 뒤집혔으니 이렇게 난을 피해 왔지요."
　"아니 난을 피하시다니요."
　"북쪽에 사는 오랑캐 떼가 엄청나게 내려와서 세상이 온통 쑥대밭이 되었습죠."
　처음 들어보는 소식에 두 스님은 눈만 멀뚱멀뚱 뜨고 있었다.
　"마을 사람들도 많이 죽었구요, 집도 불탔어요."
　마당바우가 몸이 조금 녹았는지 할머니의 설명에 끼여들었다.
　"아니, 마당바우야, 그럼 여기 경상도까지 오랑캐가 왔다는 게냐?"
　지명스님이 마당바우에게 물었다.
　"스님, 전라도, 경상도 가릴 것 없이 안 간 데가 없답니다요."
　"그러면 보살님 댁도 불에 탔다는 겁니까?"
　"에그그, 스님. 불에 타기만 했으면 무슨 걱정입니까요. 이애 애비, 에미두 죽었습니다요."
　마당바우와 할머니가 울기 시작했다. 견명스님은 두 손을 불끈

쥐었다.

"아니 이 지경이 되도록 관군은 어디서 무엇을 했더란 말입니까?"

"아이구, 관군인들 무슨 뾰족한 수가 있겠습니까? 관군의 몇 백 몇 천 배의 오랑캐가 쳐들어왔는데요."

27년에 걸쳐 자행된 몽고의 침략이 처음 시작된 것은 1231년 8월이었다. 고종 18년 함신진을 통해 몽고군이 물밀듯이 내려온 것이다. 몽고의 장수 살례탑은 수십만 군사를 이끌고 고려의 강토를 유린했다. 고종 19년에는 조정이 강화도로 옮겨야 할 정도로 열세에 있었는데 몽고군의 악행은 이루 헤아릴 수가 없었다. 무고한 백성을 죽이고, 재물은 약탈했고, 부녀자 겁탈, 방화, 그 야말로 이 땅을 초토화시키고 있었다.

산사에까지 해가 아직 미치지는 않았다고 하나 그래도 두 스님은 손을 놓고 있을 수 없었다. 서로 내려가 보고 사태를 알아 보고 오겠다고 하다가 지명스님의 고집에 견명스님이 양보하고 말았다.

그런데 금방 다녀오겠다는 스님이 닷새, 엿새가 지나도 소식이 없는 것이 아닌가? 남아 있는 세 사람은 지명스님의 소식이 궁금해서 애가 탔다.

"산짐승한테나 오랑캐한테 변을 당하신 건 아닐까요?"

마당바우가 불쑥 내뱉았다.

두 사람은 걱정을 하고 있는 터였기에 그 말을 듣고 보니 불안감은 더했다.

"에끼, 이녀석. 불길한 소릴랑은 하지도 마라. 말이 씨가 되느니라."

할머니가 눈을 하얗게 흘기며 나무랬다.

"너무 나무라지 마십시오. 제딴에는 걱정이 돼서 한 말인데요."

"걱정이 돼도 할 말이 있구 안할 말이 있지. 어찌 그런 흉칙한 소리를 하는가 말예요, 스님."

"할머니, 할머니도 그 오랑캐들이 사람을 쳐죽이는 걸 보셨잖아요."

"에이구, 듣기 싫다는데두. 그놈들 얘긴 꺼내지도 마. 인간가죽을 쓴 짐승들이여."

마당바우는 할머니의 제지에도 자꾸 얘기가 하고 싶었다.

"스님, 왜 사람들은 난리를 일으키고 사람을 죽이고 그럴까요?"

"그게 모두 탐심 때문이고, 진심, 치심 때문이니라."

"탐심은 무엇인데요, 스님?"

"아이구, 인석아. 캐묻는 버릇 또 나왔구나."

할머니가 가볍게 눈을 흘겼다.

"내버려두십시오. 세상이 하두 기가 막히니 저도 그러는 게지요. 탐심이 무엇이냐 물었겄다. 탐심(貪心)이란 욕심과 같은 말이다."

"아니, 그러면 욕심 때문에 전쟁이 일어난단 말이에요?"

"그런 셈이지. 더 많은 땅을 차지하려 하고, 더 많은 곡식을 탐하고, 더 많은 금은보화를 탐하다 보니 이웃에 쳐들어가고, 심지어 다른 나라에까지 쳐들어가 난리를 일으키는 것이 아니겠느냐?"

"그러면 진심은 무엇인데요."

진심(瞋心)은 무엇이던가. 그것은 곧 화내는 마음이니, 미워하고 죽이려 들고 치고 짓밟는 것이 다 화내는 마음에서 온다고 하였다. 그러면 치심은 무엇인가? 치심(痴心)은 곧 어리석음이다. 사람들이 내것이다, 내 집이다, 내 보물이다 하면서 욕심을 내고 그것이 채워지지 않으면 싸우고 죽이게까지 되는 것이다. 인간들이 부처님의 가르침을 따르지 않고 탐심, 진심, 치심에 얽매여 사니 이렇게 세상이 혼란한 것이다.

마당바우가 꼬치꼬치 캐묻는 것을 본 견명스님은 자신의 어린 시절을 떠올렸다. 무등산에서 이 사람, 저 사람에게 묻던 일, 진전사에서 지견스님, 노보살을 귀찮게 하던 일들이 주마등처럼 스쳤다. 스님이 보기에 마당바우는 매우 총기가 있는 아이였다.

"저 나쁜 오랑캐들은 어떻게 될까요?"

"마당바우야, 인과응보가 있느니라. 그것이 세상의 이치이니 그들도 반드시 천벌을 받게 될 것이다."

할머니는 밤이 깊은지라 졸렸다. 건넌방으로 먼저 건너가고 이제 두 사람만 남게 되자, 마당바우는 더욱 바짝 견명에게 다가앉았다.

"스님, 인과응보가 뭔지 자세히 얘기 좀 해주세요."

"인과는 인연과 과보라는 말이요, 응보는 갚음을 받는다는 말이니, 인연과 과보에 따라 마땅히 그 갚음을 받게 된다는 말이다."

"좋은 씨앗을 심으면 좋은 열매가 열리고 나쁜 씨앗을 심으면 나쁜 열매가 열리듯이 좋은 일을 하면 좋은 결과가 있을 것이고, 나쁜 짓을 많이 하면 그만큼 재앙이 뒤따른다는 것이지요."

"그래. 마당바우야, 내가 물어볼 테니 네가 대답해 보렴."

"예, 하문하십시오, 스님."

"너 텃밭에 콩을 심으면 무엇이 나더냐?"

"에이, 그거야 콩 심으면 콩 나죠."

"그러면 가시나무 씨앗을 심으면 무엇이 나겠느냐?"

"그러면 가시나무가 나겠지요."

"세상 모든 일도 이와 같으니라. 그러니 좋은 일을 많이 해야 나중에 좋은 복을 받게 되는 법이지."

"스님, 그러니까 사람 많이 죽이고 집을 불태운 저 오랑캐들은 틀림없이 재앙을 받겠지요?"

또 하루가 지났으나 지명스님은 아무 소식이 없어 사람들의 애를 태웠다.

그날은 눈보라마저 거세게 쳐서 모두들 걱정을 하며 모여 있는데, 밖에서 인기척 소리가 들렸다. 견명스님은 문을 벌컥 열었다.

"아니, 스님. 어서 오십시오. 저런 몸이 다 젖었군요."

"야, 오셨어요, 토굴 스님께서!"

"허허, 괜찮다. 다들 걱정했구먼. 죽은 줄 알았군그래. 자, 이 걸망 좀 받아주게. 법당부터 다녀와야겠네."

지명스님은 선 채로 법당으로 향했다. 걸망은 굉장히 묵직했다. 겨우내 먹을 양식이 걱정이었는데 이 난리통에도 시주를 주는 이가 있었나보다.

지명스님은 묵묵히 앉아 있었다.

모두들 지명스님의 얘기를 기다리다가 할머니가 먼저 말을 꺼냈다.

"그동안 그래 얼마나 고생이 많으셨습니까요, 스님?"

"…… 나 거기 있는 물 한사발 주게."

"스님."

견명스님이 지명스님을 불렀다.
"아무 말도 마시게. 나라가 아주 결딴이 났네. 이 나라 팔도강산 오랑캐에게 짓밟히지 않은 곳이 없네그려."
"아니 대체 조정에서는 무엇을 하고 있답니까요?"
"조정? 말도 마시게. 임금은 강화도로 피난을 가셨다네. 권력을 좌지우지하던 최우, 문무백관도 모두 따라갔으니……."
"오랑캐들이 우리 땅을 다 차지했다구요, 스님?"
"거리마다 즐비한 게 우리 백성의 시신이요, 마을마다 잿더미, 통곡소리뿐일세."
"아니, 그러면 백성은 누굴 믿어야 한답니까, 아이고 예?"
할머니가 탄식을 했다.
"믿기는 누굴 믿겠습니까, 다 끝난 셈입니다. 들어보시게, 견명스님. 몽고 오랑캐들 때문에 성안에 양식은 떨어졌고, 오랑캐들이 아이들을 죽이고 부녀자들까지 겁탈을 하니 판관 이희적이 부녀자와 아이들을 창고에 몰아넣고 차라리 스스로 목숨을 끊자며 창고에 불을 지른 뒤 장정들과 자신도 목숨을 끊었다는 게야."
"아이구, 세상에."
할머니도 너무 기가 질렸는지 같은 말만 되풀이하고 있었다.
"그렇다면 스님, 군신은 강화도에 피신한 채 꼼짝않고 있단 말입니까?"

"여기저기서 관군들이 적을 맞아 싸우고 있고, 충주에서는 작지만 승전보도 있네. 그러나 저 오랑캐들은 우리 조정을 계속 핍박하며 항복을 요구하고 있어. 내 원참, 기가 막혀서. 글쎄 임금께 협박하는 글을 보냈는데 말 2만 두, 처녀 총각 각 수천 명, 비단 옷감 1만 필, 수달피 가죽 1만 장, 게다가 군사들 옷까지 만들어 바치라고 으름장을 놓았다니 이런 분통 터질 일이 어디 있나."

모두들 분을 삭이지 못해 씩씩거리며 밤을 지샜다. 노비 같은 삶을 강요하는 오랑캐들에게 머리를 숙이고 생명을 부지하느니 차라리 도성 밖으로 몸을 날려 죽는 게 낫다는 지명스님의 울분에 찬 탄식이 온 산사를 물들이고 있었다.

이제 곳곳 오랑캐들의 발걸음이 미치지 않은 곳이 없으니 과연 보당암은 안전할 것인가.

지명스님은 견명스님에게 보당암도 안전한 곳이 못된다며 더 깊이 들어가야겠다고 했다. 견명스님은 믿기지 않았다. 이 첩첩산중을 그들이 어찌 알아서 위험하다는 것일까?

"아니, 스님 이 깊은 산속까지 오랑캐의 화가 미칠 것 같습니까?"

"당분간이야 모르지만 이 포산에 삼천 개의 암자가 있다는 걸 알아보게. 가만둘 리 있겠어?"

"하오면 스님이 보시기에 저들 오랑캐가 대체 얼마나 더 머무를 것 같은지요?"
"누가 알겠나. 글쎄 몇 달 새에 물러갈 것 같진 않으이."
"그렇다면 저들의 살육에 살아남을 백성이 과연 얼마나 되겠습니까?"
"훗날 원수를 갚을 것이라 하여 어린아이들까지 도륙하는 판이니 이러다가는 백성의 씨도 남지 않을 것 같으이."
너무나도 참혹했다. 몽고군은 닥치는 대로 빼앗고, 죽이고, 겁탈을 하였으니 몽고군에 끌려간 백성만 해도 1년에 26만6천8백여 명이 되었고 들판이나 길가나 할 것 없이 백성들의 시신이 쌓였다 하니 견명스님의 속마음이 어떠했겠는가.
그런저런 시름으로 속앓이를 하며 하루하루를 지내고 있을 때, 할머니가 은밀히 견명스님을 불렀다. 부모를 잃고 의지할 데라곤 늙은 자신뿐인 손자에 대한 걱정이 마음을 무겁게 누르고 있어, 그일을 상의하고자 한 것이다.
"스님, 듣자하니 저 오랑캐놈들이 어린아이까지 잡아 죽인다잖습니까? 그래서 말인데요, 기왕지사 이렇게 자비를 베푸신 김에…… 저, 우리 아이 머리를 좀 깎아주십시오."
"예? 아니 허면 출가를 시키겠다는 말씀이십니까?"
"아, 머리 깎구 승복 입혀놓으면 아무리 오랑캐라도 스님이야 건드리겠습니까? 나중 일이야 그때 가서 생각하고, 우선 9대독자

우리 손자 목숨은 부지해야겠기에……."

견명스님은 일단 마당바우를 불러달라고 했다. 나이 어린 마당바우지만 현명한 아이인지라 제 의견도 있을 법했기 때문이었다.

"스님, 제게 머리를 깎겠는지 어떤지 물으시는 겁니까? 그럼 제가 한 가지 여쭙겠습니다. 머리를 한 번 깎았다가 다시 기를 수도 있는지요?"

"그야 우리 불가에서는 일단 머리를 깎고 사미계를 받으면 평생 머리를 기르지 아니하는 법이다마는, 너는 머리를 깎고 승복만 입혀서 신분만 감출 뿐이니 계를 받지 아니 하면 훗날 다시 머리를 길러도 흉이 아니다."

"하오면 스님, 한 번 계를 받으면 머리를 다시는 기르지 못하겠군요."

마당바우가 두 눈을 총명하게 반짝이며 견명스님을 뚫어져라 바라보았다.

"소인 기왕 머리를 깎을 바에는 사미계까지 받고 싶습니다요, 스님."

"사미계까지?"

"예, 하오나 한 가지 청이 있사옵니다. 할머니께는 그냥 머리만 깎아준다고 말씀해 주십시오."

"그건 또 왜?"

"할머니께는 가문의 대를 잇는 것이 가장 큰일이니까요. 만일 제가 삭발출가한 걸 아시면……"
 마당바우는 할머니의 심정을 헤아릴 수 있을 것 같았다.
 "허나 사미계를 받고 삭발출가하면 지켜야 할 것이 그것뿐만이 아니다."
 "그러면 또 뭐가 있는지요?"
 "출가수행자는 평생토록 산 목숨을 죽여서는 아니 되느니라."
 "그리구요?"
 "도둑질도 안 되며, 음행을 저질러도 안 되며, 지켜야 할 계율이 250가지나 되거늘 과연 삭발출가를 원하느냐?"
 "하오면 그 250가지를 모두 해서는 아니 되는 것이옵니까?"
 "그렇느니라."
 "대체 뭐가 250가지가 됩니까요, 스님."
 "그 250가지 계율은 지금 너한테는 무리인 것 같구나, 마당바우야!"
 "하오면 늦잠을 자도 아니 되옵니까?"
 "물론. 결코 안 되지. 때가 아닐 적에 음식을 먹어도 아니 되며, 비단옷을 입어도 아니 되며, 금은보화나 재물을……"
 견명이 여러 계율을 나열하자 처음에는 입을 딱 벌리고 듣던 마당바우가 한마디 했다.
 "스님, 해서는 안 되는 일이 아무리 많아도 소인, 스님과 똑같

이 행동하고 시키는 대로만 하면 되지 않습니까?"
 당돌한 말이었다. 기어이 출가수행자가 되겠다는 소년의 옹골찬 결심이 견명스님의 눈에도 보였다.

12
눈을 감고 있어도 눈앞이 환하구나

며칠 후 견명스님은 마당바우의 머리를 깎아주고 사미계도 주었다. 그리고 법명을 지어주었으니 이제 마당바우는 어엿한 출가수행자가 된 것이다.

법명은 고요할 선 자에다, 기린 린, 선린(禪麟)이었다.

"오늘부터 너는 속가의 마당바우가 아니라 이 보당암의 사미 선린이니 불가의 법도를 마땅히 익혀 지켜야 할 것이다."

견명이 엄한 목소리로 당부를 했다.

"어허 요녀석, 이거 머리를 깎아놓고 보니 두상이 아주 잘생겼구먼그래. 응, 허허……."

상좌를 들인 지명스님도 싱글벙글이었다.

"어이구, 이렇게 승복까지 입혀놓고 보니 영락없는 동자스님이네요, 헤헤헤."

할머니도 선린의 머리통을 앞뒤로 쓸어보며 만족스러워했다.
"이것 보십시오, 노보살님."
견명이 할머니를 불렀다.
"예, 스님."
"이제부터는 보살님께서도 마당바우라 부르시면 안 됩니다. 꼭 선린상좌라고 부르십시오."
"여부가 있겠습니까? 어디서든 누가 있든 이제부터는 선린상좌라 부릅지요."
할머니는 선린이 계를 받은 것은 까맣게 모르고 있었으므로 사람들의 이목만 조심하면 된다고 생각한 것이다.
그후 견명스님은 선린에게 경책을 내렸고 선린은 열심히 독경을 했다.
그러던 어느 날 할머니가 선린을 찾았다.
"이것 봐, 선린상좌. 나 좀 봐."
"예? 왜 그러세요, 할머니?"
"에이그, 내가 선린상좌라 부르면 거기에 맞게 대답을 해야지 할머니가 뭔가. 다른 스님들이 하는 소리 듣지도 못했어? 노보살님이라구 불러. 그래야 누가 봐도 진짜배기 스님으로 알 게 아녀!"
"알았어요, 할머니. 아니 노보살님. 그런데 어디 가시게요?"
"목소리 좀 낮춰, 스님 들으실라."

노보살은 공양간에서 밥을 짓다 보니 양식이 떨어져 가는 걸 제일 먼저 알았다. 양식은 떨어져 가는데 군식구 둘이 와서 양식을 축내고 있으니 그냥 있을 수가 없어서 마을에 다녀오려고 선린을 부른 것이다. 그러나 효성이 지극한 선린은 이 눈 속에 할머니 혼자 어딜 가시며, 더욱이 오랑캐가 판을 치는 판국이라 더욱이 가실 수 없다고 말렸다. 손자는 말리고 할머니는 가겠다며 고집을 피우다가 언성이 높아져 견명스님이 밖으로 나왔다.

"무슨 일이냐, 선린상좌?"

"우리 할머니, 아니 노보살님께서 산 아래로 내려가셔서 양식을 구해 오시겠다구 하셔서 말리는 중입니다요."

선린이 울먹이며 대답했다.

"아니, 노보살님. 무슨 말씀이십니까?"

"아이구, 아 그저 마을에 좀 다녀오려는데 쓰잘 데 없이 말려 쌌구 있구먼요."

"노보살님, 양식 걱정은 안 하셔도 됩니다. 지난 가을 우리도 신선처럼 살아볼까 해서 도토리 몇 말 주워다 두었습죠. 그리고 눈 녹으면 칡뿌리 캐먹고 견디죠."

"스님, 전 오늘부터 한 끼를 덜 먹을 테니 할머니 좀 붙잡아주세요."

할머니는 가슴이 미어지듯 아팠다. 세상을 잘못 만나 사랑하는

자식을 잃고 이제 손자녀석 밥까지 굶기게 되었으니 어찌 마음이 편할 것인가?

　이러구러 세월이 흘렀다.
　견명스님은 정진에 정진을 거듭했다. 마음붙일 데라곤 부처님밖에 없었던 것이다. 견명스님은 문수보살의 감응을 받고자 보당암에서 문수오자 주문을 열심히 외웠다. 문수오자는 아, 라, 바, 자, 나를 말한다.
　어느새 봄이 되어 숲에서 두견새 소리가 정겹게 들어왔다.
　"아, 라, 바, 자, 나, 아, 라, 바, 자, 나, 아, 라, 바, 자, 나, 아라바자나— 아라바자나."
　이렇게 일념을 가지고 문수오자 주문을 외던 어느 날이었다. 그날도 문수오자 주문을 열심히 외고 있는데 비몽사몽간에 문수보살의 목소리가 울려온 것이다.
　"그대는 무주에 거처하라. 그대는 무주에 거처하라. 그대는 무주에 거처하라."
　견명스님은 자신도 모르게 문수보살께 되물었다.
　"무주에 거처하라시니, 대체 무주가 어디란 말씀입니까?"
　그러나 그의 귀에는 무주에 거처하라는 문수보살의 목소리만이 쟁쟁히 울릴 뿐이었다.
　"문수보살님, 문수보살님."

견명스님은 문수보살을 애타게 부르다 꿈에서 깨어났다.
"무주에 거처하라셨어, 무주에."
견명스님은 무주가 어딘지 도저히 알 수가 없었다. 이른 아침 스님은 꿈이야기를 하며 지명스님에게 무주를 아느냐고 물었다.
"그러니까 간밤에 문수보살님의 감응이 있으셨다는 말인가?"
"비몽사몽간이었습니다마는, 소승 분명히 문수보살님을 뵈었고, 말씀을 들었습니다."
"그래, 무주라……. 내 어지간히 산속을 헤매고 다녔지만 무주라는 지명은 들어보지 못했네. 그곳이 대체 어디쯤이란 말인가?"
"글쎄요. 무주에 거처하라고만 하셨으니…… 그곳이 산 이름인지 고을 이름인지도……."
"그러나, 여보게. 문수오자 주문을 일념으로 염한 공덕으로 문수보살의 감응이 있었다면 일단 여기를 피하라는 것은 확실한 것일세. 그렇지 않은가?"
"하오나 무주가 어디인지도 모르면서 무작정 어디로 간단 말입니까?"
"허허, 무주를 찾는 건 그 다음의 일일세. 어서 걸망이나 챙겨 떠나세."
지명스님의 얘기를 듣고 보니 그도 옳은 것 같았다. 여기 보당암은 산의 초입에 자리잡고 있으므로 안전하지 못하니 이곳을 떠나 무주에 기거하라는 뜻 같았다.

　선린상좌도 어느새 나이가 약관인 스물에 접어들 무렵이었다. 보당암 네 식구는 짐을 꾸려 20여 리 더 들어간 묘문암에 일단 자리를 잡게 되었다.
　묘문암은 불행인지 다행인지 텅 비어 있는 암자였다. 선린상좌가 먼저 들어가 사위를 살펴보니 아주 가관이었다. 산속 깊이 있어서 워낙 인적이 드문데다가 난리통에 완전히 외부와 두절되어 곳곳에 먼지와 거미줄이 켜켜이 쌓여 있었다.
　"선린상좌, 이 절에 기거하려면 먼저 우물이 마르지 않았는지 보아야겠는걸."
　노보살이 선린상좌에게 말했다.
　"소승이 찾아보겠습니다. 우선 세 분은 이 나무그늘에서 쉬고 계시지요."
　선린이 암자 오른쪽으로 돌아가 보니 바위구멍에서 맑은 물이 철철 흘러 넘쳐 수각으로 떨어지고 있었다. 선린은 맑은 물을 떠가지고 세 사람의 목을 축이게 했다.
　"아주 잘되었구먼. 빈 암자에, 방도 넉넉하겠다, 석간수까지 철철 넘쳐 흐르니 이곳이 바로 무릉도원이로구먼."
　지명스님이 만족해하며 웃었다.
　"스님 마음에 드시니 다행이군요."
　견명스님도 미소로 답했다.
　"아이구 선린상좌, 뭐하슈? 빨리 법당부터 청소하고 거미줄도 걷고 해야지. 경치구경하다 하루 해가 다 가겠수."
 할머니가 호들갑스럽게 선린을 독촉했다.
 과연 묘문암의 경치는 보당암에 비길 바가 아니었다. 세속과는 완전히 떨어져 있어 더욱 깊은 운치가 느껴졌다. 맑은 석간수로 법당을 말끔히 닦고 촛불을 밝히고 향을 피우니 잠을 자고 있던 암자가 꿈틀꿈틀 살아나는 것 같았다. 부처님께 예불을 올리니 인자하신 부처님도 웃고 있었다.
 한데 이 묘문암으로 옮긴 지 얼마 안 된 어느 날, 공양간을 책임지는 노보살은 살림살이가 너무 궁핍한지라 불편하기 짝이 없었다. 보당암의 오지그릇하며 소금그릇이 너무나 아쉬웠다.
 "나 좀 봐, 선린상좌. 아무리 가난한 절 살림이라지만 여기는 그릇하며 모든 게 변변치 않아. 보당암에 가서 그릇하고 소금하고 좀 챙겨갖구 와."
 "예, 노보살님. 기왕 가는 길에 쓸 만한 건 다 챙겨오겠습니다요."
 "그리고 말여. 세상 사정도 좀 눈치껏 알아보구 말여?"
 "아니, 무슨 말씀이십니까요?"
 "아, 인석아. 언제까지 이렇게 스님 흉내를 낼라고 그랴. 세상 조용해졌고, 오랑캐놈들 다 물러갔거든 우리도 마을로 내려가야지. 그래야 너두 장가들고 농사도 짓구 말여."
 "예, 알았습니다. 저 그러면 얼른 다녀오겠습니다."

그런데 그날 저녁 보당암에 다니러 갔던 선린상좌가 빈손으로 사색이 된 채 허겁지겁 달려왔다.

"아이구, 스님, 스님—"

"허허 웬 소란이냐. 무엇 때문에 숨이 넘어간단 말이냐?"

견명스님이 가볍게 나무랐다.

"아이구, 스님 큰일날 뻔했습니다요."

"아니, 가져오라는 건 하나도 안 가지구 와서는 무슨 소리야?"

노보살이 궁금해서 끼여들었다.

"아이구, 지금 그게 문제가 아닙니다요. 보당암, 보당암이 홀랑 불타 버렸습니다요."

"무엇이 보당암이 불타다니?"

견명스님이 놀라서 물었다.

"망할 놈의 오랑캐들이 보당암까지 왔다갔습니다요."

보당암을 떠난 지 며칠도 안 되어 그런 일이 일어났으니 얼마나 놀랄 일인가. 평소에 그리 침착하던 견명스님도 약간 목소리를 높였다.

"아니, 그래. 보당암이 분명 불탔더란 말이냐?"

"예, 스님. 소승도 처음에는 길을 잘못 들었나 했습죠. 아무리 둘러봐도 보당암이 보이지 않았으니까요. 그런데 마침 산에서 더덕을 캐던 사람을 만나 물어보니, 며칠 전 오랑캐들하고 싸우던 관군이 중과부적으로 이곳까지 쫓기다가 보당암으로 피신했는데 여기까지 쫓아온 오랑캐들이 관군을 못 찾자 홧김에 암자에 불을 지른 것 같다는 겁니다요."
"아이구 세상에! 우리가 거기 있었으면 영락없이 죽을 뻔했구면요?"
"스님, 법당이구 요사채구 남아 있는 게 없었습니다요."
"견명스님 아니었으면 우리 모두 개죽음을 당할 뻔했구면"
지명스님이 잠자코 듣고 있다가 나섰다.
"아이구 그러게 말씀입니다요."
노보살도 덩달아 맞장구를 쳤다.
"아, 그거야 지명스님께서 어서 보당암을 떠나야 한다고 서두르신 덕분이지요. 다 스님 덕분입니다."
"아이구 참, 견명스님이 문수보살의 감응을 받지 못했다면 될 법이나 한 소린가? 그러니 우리는 문수보살님 가피력으로 살아남은 게 분명하군."
지명스님이 모든 은덕을 문수보살에게로 돌렸다.
"그런데 스님, 어쩌죠? 아직 무주가 어딘지 찾아내지 못했잖습니까?"
견명스님이 약간 어두운 표정을 지었다.
"무주라…… 무주라…… 어서 그곳을 찾아야 할 텐데."
세 스님의 독경소리가 맑은 물소리와 어우러져 너무도 청아하게 들렸다.

그날 저녁예불은 더욱 정성을 기울였다. 보당암에 있었다면 이미 큰일을 당했을텐데 문수보살의 자비로 이렇게 살아났으니 그 어찌 지극정성을 들이지 않을 수 있겠는가.

그런 대로 며칠이 흘렀다. 어느 날 궁색한 살림도 살림이려니와 머리도 식힐 겸 더덕이나 몇 뿌리 캐오겠다던 지명스님이 희색이 만면하여 돌아왔다.

"견명스님, 견명스님, 어디 계신가? 이리 좀 나와 보게."

"예, 스님. 어느새 다녀오셨습니까? 얼굴에 웃음이 가득하신 걸 뵈오니 더덕밭을 만나셨나보군요."

"에끼, 이 사람. 내가 더덕이나 몇 뿌리 캤다고 이리 호들갑을 떨겠는가? 산삼횡재보다 더 큰 횡재를 했네그려."

"예에? 산삼횡재보다 더 큰 횡재라 하오시면?"

"잘 듣게. 그대가 요 며칠 오매불망 찾던 것이 무엇인가?"

"소승이 찾던 것이라면…… 그러면 무주가 어디인지 알아내셨단 말씀이십니까?"

"알았지, 알았구말구."

지명스님의 웃음소리가 드높았다.

"아니, 스님. 무얼 알아내셨다구요?"

"예, 노보살님께서는 짐을 또 꾸리셔야겠습니다. 금년에는 이 삿수가 끼셨나봅니다."

"스님, 정말이시군요. 대체 그 무주가 어딥니까요?"

견명스님도 자못 흥분된 얼굴로 물었다.
"허허, 이 사람. 서두르긴······. 하룻밤만 참으시게. 내일 아침에는 그곳에 당도할 텐데."
다음날 일찍 네 사람은 걸망을 챙겨 길을 나섰다. 시오 리를 더 들어가니 아슬아슬한 벼랑길을 돌고돌아 큰 바위 밑에 한 암자가 있었다.
"아니, 길도 없는 이 끝이 무주라는 겁니까?"
"에이, 조금 더 가보게. 암자가 하나 있잖은가. 그 앞에 탁 서 보면 알게 될 게야. 조심하게."
견명은 고개를 갸웃거리면서 조심조심 돌아들어갔다. 벼랑길을 돌아내리니 암자가 하나 있었다.
"여기가 무주라는 말씀이십니까, 스님?"
"여보게 견명스님, 바로 저 현판을 읽어보게."
"예에? 무, 무, 무주암이 아니옵니까?"
"그래. 이곳이 바로 없을 무, 머무를 주 머무름이 없이 거처해야 할 곳 무주암 아닌가?"
"그렇군요. 문수보살께서 거처하라 일러주신 곳이 바로 여기군요. 바로 여기에 머무르라 이르셨군요."
"이제 아무 걱정 말고 그대는 도나 열심히 닦으면 돼."
견명스님은 이 무주암에서 다시 1년여 동안 생계불감 불계부증, 중생의 세계는 줄어들지도 아니하고, 부처의 세계는 늘어나

지도 아니한다는 한 구절을 화두로 삼아 일구월심 참구하고 또 참구했다.

그러던 어느 날 견명스님은 눈을 감고 있는데도 세상이 환하게 보이는 것을 느꼈다. 육안이 아니라 심안이 떠진 것이다.

견명스님은 대오한 것이다.

"오늘에야 비로소 삼계(三界)가 헛된 꿈과 같고 대지가 티끌만큼의 장애도 없음을 환히 보았네."

"여, 여보시게, 견명스님. 그대가 기어이 한소식 하셨네그려. 음, 그대가 기어이."

지명스님도 너무나 감격스러워 어쩔줄을 몰랐다.

설악산 진전사를 떠나 경상도 포산에 들어온 지 실로 10년 만에 견명스님은 드디어 한줌의 의문도 남김없이 털어버리고 삼계가 헛된 꿈과 같음을 알았고, 대지가 티끌만큼의 장애도 없음을 확연히 보았으니 이때 견명스님의 세속 나이 서른둘이요, 때는 고려 고종 24년이었다.

견명스님은 이 해에 삼중대사의 승계에 오르고 삼천 암자가 있던 포산에서 장장 10년의 법문을 펼쳤으니 포산에 머문 세월이 20년에 이른다.

그뒤 고종 33년에는 선사의 승계에 오르고 포산 일대에 선종을 드날리니 운수납자들이 끊임없이 몰려들어 스님의 가르침을 받았다.

13
다시 만드는 팔만대장경

 마흔네 살이 되던 초여름. 여느때와 다름없이 견명스님은 참선에 열중하고 있었다.
 뻐꾸기는 울어대는데 스님의 마음에는 한 점의 동요도 없었다.
 그때 선린상좌가 스님을 찾았다.
 "스님, 스님."
 "왜, 그러는고?"
 "웬 선비께서 스님을 만나뵙고자 오셨다 하옵니다."
 "웬 선비라니? 그 분의 함자도 살피지 아니 했느냐?"
 "성은 정씨라 하옵고 함자는 늦을 안(晏) 자, 외자라 하셨사옵니다."
 "정안이시라구?"
 "그러하옵니다, 스님."

"이것 보시게. 정안이시라면 저 유명한 참지정사 정안이 아니시던가?"
 지명스님의 눈이 휘둥그레졌다.
 "참지정사라니요."
 견명스님이 뜨악하게 물었다.
 "허허, 조정의 실권을 쥐고 있는 최우의 처남이신 참지정사 정안을 모른단 말이신가?"
 "아니, 그렇다면 그토록 지체 높으신 분이 어찌 이 궁벽한 산속까지 찾아오셨단 말인고?"
 "스님을 친히 만나뵙고 드릴 말씀이 있다 하셨사옵니다."
 선린이 고개를 숙이며 아뢰었다.
 "그러면 어서 모셔라."

 첩첩산중 포산의 암자에까지 조정의 높은 벼슬아치가 찾아왔다니 예삿일은 아니었다. 견명스님은 자못 궁금해졌다.
 "소인 정안, 대사님께 인사 여쭙겠사옵니다."
 "소승, 견명이라 하옵니다."
 견명스님도 마주 인사를 했다.
 "소인 대사님의 존명은 이미 익히 들어 알고 있었사오나 이제서야 찾아뵙게 된 것을 송구스럽게 생각합니다."
 "원, 무슨 그런 말씀을요. 소승 아는 것도 없고 하는 일 없이

산속에만 들어앉아 있었는데 과분한 말씀을 하시니 심히 듣기 민망하옵니다."

"아이구, 아니옵니다, 대사님. 도가 깊으시고 덕이 높으신 것은 이미 세상이 다 아는 일, 이렇듯 친히 만나뵙게 허락해 주신 것만 해도 광영인 줄 아옵니다."

"과찬의 말씀, 낯이 뜨겁사옵니다. 헌데 귀공께서 어인 일로……"

그때 선린상좌가 감잎차를 내왔다. 견명스님은 찻상을 두고 나가게 하고는 손수 찻물을 부었다.

"한잔 드시지요, 감잎차이옵니다. 향과 맛이 독특합니다."

"감잎차라구요? 처음 맛보는 것입니다."

정안은 차를 한 모금 맛보고는 내려놓았다.

"과연 향과 맛이 그윽하기 그지없습니다."

"그래, 이리 어려운 행보를 하신 까닭이 무엇인지요?"

"아이고, 이거 처음 찾아뵙고 이런 말씀을 올리는 게 송구스럽습니다마는……"

"아닙니다. 어서 말씀하시지요."

"소인은 본시 경상도 하동 사람입니다. 조부님께서는 서북병마사를 지내셨고, 아버님께서는 참지정사를 지내셨습니다."

"그러면 어르신의 뒤를 이어 2대째 참지정사를 하시는 셈이신가요?"

"아이구 아니옵니다. 아버님께서는 참지정사를 지내셨지만 소인은 아직 거기에 이르지 못했습지요."

"아 예, 그러면 소승이 잘못 들은 모양입니다그려."

"대사님께서도 혹시 아시는지 모르겠지만 최우공이 소인의 매제가 되옵지요."

"아—예."

최우는 고종 때의 실력자로서 조정을 좌지우지하는 사람이었다.

정안은 최우의 매제여서 최우가 높이 등용하려 했으나 정안은 극구 사양하고 남해섬의 초가에 칩거하면서 불교경전에 심취해 있었다. 오래전부터 부처님의 가르침에 푹 빠져왔던 터였다. 그런데 기존의 팔만대장경은 몽고군에 의해 불태워져 정안이 견명스님을 찾을 무렵에는 다시 각판하고 있었다.

정안이 견명스님을 찾은 이유는 팔만대장경을 다시 만드는 데 꼭 필요한 사람인지라 깊은 산속을 마다 않고 찾아온 것이다.

정안은 견명스님에게 그간에 오랑캐 무리가 저질렀던 일들을 낱낱이 일러주었다. 팔만대장경이 소실되었을 뿐 아니라, 황룡사의 9층탑이 불탔다는 얘기 등 견명스님은 까맣게 모르고 있던 얘기들이었다.

"지명스님, 어찌해야 옳습니까? 팔만대장경을 다시 만드는데 소승에게 남해에 가서 좀 도와달라 합니다."

"견명스님, 무슨 소린가. 당연히 가야지. 조정에서 팔만대장경을 다시 만든다는 말인가?"

"예, 지금 한창 진행중이랍니다."

"그런 일이라면 나도 한팔 돕겠네."

"예, 소승도 그런 생각입니다만, 한 가지 마음에 걸리는 게 있습니다."

"마음에 걸린다니? 대체 무엇이 걸린다는 겐가?"

"영영 세속과 떨어져 도성, 관기스님처럼 살려고 했는데 이 산을 떠나자니 아쉬움이 큽니다."

"그 마음은 알겠네. 허나 워낙 중차대한 대사가 아닌가? 허허 참, 이보세요, 보살님. 우리가 이 산속에서 눌러 살아야겠습니까? 남해섬으로 옮겨야겠습니까?"

"아이구 참, 스님두. 이 늙은 것이 무얼 알겠습니까요? 어쨌든 바다를 건너면 오랑캐는 안 보일 테니 그거 하나만도 좋구먼요."

노보살이 할 말은 다하면서도 말꼬리를 흐렸다.

"선린상좌, 너의 의견은 어떠냐?"

"소승이야 스님이 가시는 곳이라면 어디든 따라가 모실 것이옵니다만, 팔만대장경을 다시 만드는 일이라니 마땅히 들어가 힘을 보탬이 어떨까 하옵니다."

견명은 조금 더 생각을 정리했다. 그러다가 고개를 들어 지명스님에게 한마디 했다.

"스님 말씀이 옳은 것 같습니다."

견명스님은 떠나기로 결심을 굳힌 후 혼자서만 떠날 수는 없는지라 정안에게 의논을 했고, 무주암의 네 식구는 함께 떠나기로 하였다.
정안의 집안은 대대로 쌓아둔 재물이 많은지라 대장경 제작비용의 반을 부담하고 있었다. 간경도감은 강화도 선원사(禪源寺)에 있었고, 남해섬에는 분사도감을 운영했던 것이다.
견명스님도 사재를 털어 대장경 간행을 돕는다는 얘기를 듣고 정안을 대하는 마음이 약간 달라졌다. 그냥 입만 살아가지고, 재물이나 탐내는 여느 벼슬아치와는 좀 다른 격이 있었던 것이다.
"귀공께서는 참으로 장한 발심을 하셨소이다."
견명스님이 치하를 했다.
"어차피 빈손으로 왔다가 빈손으로 가는 것이 사람일진대, 기왕에 있는 재물을 값있게 써서 팔만대장경판을 다시 만들어 놓으면 후세에 부처님의 가르침을 길이길이 전하는 일이니, 어찌 그런 일을 마다하겠습니까?"
견명스님은 흐뭇한 미소를 지으며 정안을 향해 고개를 숙였다.
견명스님 일행은 그동안 정들었던 무주암을 떠나기 위해 걸망을 챙겼다. 그릇이며 이것저것 빠짐없이 챙기는 알뜰한 노보살을 보고 지명스님이 싱겁게 한마디 했다.

"허허, 보살님. 자질구레한 걸 뭘 그리 다 챙기십니까요?"
"아이구, 그래도 요긴하게 쓸 물건들인데 아까워서 어쩝니까요?"
"웬만한 것들은 다 두고 가십시오. 그래야 다음 스님들이 와서 또 요긴하게 쓸 테니까요."

노보살은 주섬주섬 다시 짐을 풀었다 쌌다를 반복하고 있었다. 놓고 가자니 아깝고 가져가자니 무겁고 참으로 난감했던 것이다.

"노보살님, 정공은 남해 제일가는 부자랍니다. 몸만 가면 되는데 왜 사서 고생을 하십니까요?"
"정말로 몸만 가면 된다는 말씀입니까?"
"아, 정말이잖구요. 경책하고 목탁만 가지고 가시면 된다구 하셨습니다요."
"스님, 그래도 가다가 끓여먹을 것은 짊어지고 가야 할 것 아닙니까?"
"그것두 걱정 없습니다요. 중간중간에 하인들을 대령시켜 숨겨 놓았답니다."

견명 일행은 우여곡절 끝에 무주암을 떠났다. 오랑캐들이 있으니 낮에는 산속에서 숨어 지내고 밤이면 이동을 하였다. 그때가 고종 36년, 1249년의 일이었다. 몇 날 며칠을 걸어 하동포구에 도착했을 때였다.
 히히힝…….
 어디에선가 말울음소리가 들렸다. 이곳도 예외없이 오랑캐가 짓밟고 있었다. 오랑캐들의 포악함이 이 땅을 유린한 지 10년이 넘었건만 그들은 물러갈 생각은 않고 오히려 왜구를 정벌하러 가는 데 군량미를 대라는 둥 배를 만들라는 둥 한술 더 뜨고 있었다.
 모두들 숨죽여 동정을 살피고 있을 때 목청 큰 지명스님이 흥분하여 한마디 했다.
 "원 이런 극악무도한 놈들을 어찌……."
 "쉿, 스님. 제발 크게 말씀하지 마십시오. 염탐꾼이 근처에 매복해 있을지도 모르옵니다."
 정안이 지명스님의 입을 가로막았다.
 "아무래도 날이 어둡기를 기다려야겠지요?"
 견명스님도 어두운 얼굴로 물었다.
 "예, 그래야 할 모양입니다요. 저기 보이는 저 포구 왼쪽 갈대밭에 배를 숨겨놓았으니 어두워지면 내려가서 배를 타겠습니다. 그동안 눈들이나 좀 붙이시지요."
 그날 밤, 어두워진 뒤에야 일행은 솔밭에서 나와 조심조심 밤길을 더듬어 갈대밭에 숨겨둔 목선에 몸을 실었다.
 물살을 가르는 노의 소리가 가늘게 들려왔다. 사공이 무척 조

심하느라 고심을 하였다. 어느 만큼에 이르자 정안은 사람들에게 안심하라고 했다. 이제 바닷길로 10여 리만 가면 목적지인 남해에 도달하는 것이다.

"청천 하늘에는 별들도 많은데, 우리네 땅에는 오랑캐만 많네."

지명스님이 흥얼흥얼거리며 아픈 속마음을 달래고 있었다.

생전 처음 배를 타보는 것이어서 일행은 멀미로 지쳤지만, 남해포구에 당도하니 그곳은 다행스럽게 오랑캐의 말발굽이 스쳐가지 아니한지라 생기가 있었다. 포구에서 얼마쯤 걸어가자 어디선가 풍경소리가 들렸다.

"아니, 이건 풍경소리가 아니던가요?"

반가움에 견명스님은 정안을 돌아다보며 물었다.

"예, 이제 다 오셨습니다. 저기 저 횃불을 밝혀놓은 곳을 좀 보시지요. 대사님을 모시기 위해 횃불을 밝혔습니다."

"아니 원 이렇게 번거롭게 해드려서…… 풍경소리는 웬 것입니까?"

"가까이 가보시면 아시겠습니다만, 대사님을 모시기 위해 제가 거처하던 집을 절로 꾸몄습지요."

정안의 얘기에 견명스님은 깜짝 놀랐다.

"아니, 그럼 절을 꾸며놓고 소승을 데리러 오셨단 말씀입니까?"

"마땅히 그래야 도리가 아니겠습니까? 자, 안으로 드시지요."
 대낮같이 횃불을 밝혀놓은 마당 안에 들어서니 고래등 같은 기와집이 자리잡고 있는데 '정림사(定林寺)'라는 현판이 붙어 있었다.
 "음, 정림사라."
 견명스님이 혼잣소리로 읽었다.
 "대사님 마음에 드셨으면 좋겠습니다만."
 "수풀밑 지붕 아래 발을 멈추었으니 어찌 좋지 않겠습니까? 정림사, 참 좋습니다."

 다음 날 정안과 견명스님은 바닷가로 나갔다. 바닷가에는 아름드리 통나무들이 빼곡히 쌓여 있었다. 바로 팔만대장경을 한 판 한 판 새길 원목들이었다. 이 나무들은 남해에서 난 것, 거제도에서 온 것 등 다양했다. 나무도 여러 종류가 있겠으나 오랜 세월을 버티는 데는 후박나무가 최고였다. 후박나무를 바닷물에 절이고 그늘에서 말리고 다시 절이고 몇 번 되풀이하여 이제 목공의 손에서 부처님의 말씀으로 태어나게 할 채비를 끝낸 것이다.
 "소인의 정성을 어찌 대사님의 불심에 견줄 수 있겠습니까? 대사님께서 차차 돌아보시면 아시겠지만 부처님의 말씀을 경판에 새기는 게 간단치만은 않사옵니다. 이 통나무만 해도 알맞게

자르고 적당한 두께로 판을 뜨고 판 위에 경에 있는 글자를 한 자 한 자, 그것도 거꾸로 새겨야 하니, 만일 일자일획이라도 잘못되는 날에는 판 하나를 새로 시작해야 할 일 아니겠습니까?"

"그토록 정성을 기울인 팔만대장경을 잿더미로 만든 저 오랑캐들, 참으로 통탄할 일입니다."

"저 무지몽매한 짐승들이 우리 대장경을 불태웠다고는 하나 우리 정신은 감히 어쩌지 못했습니다. 그러니 기어이 다시 팔만……."

정안과 견명스님은 시간 가는 줄 모르고 나라에 대한 걱정과 불법에 대해 얘기를 나눴다. 정안이 견명스님에게 부탁한 것은 경의 순서를 바로잡아 주고, 글자 한 자 한 자, 일획 일획을 점검하여 잘못된 점을 바로잡아 달라는 것이었다.

팔만대장경를 만드는 일에 모두들 땀방울을 흘리면서 열심히 일했다. 그러던 어느 날 선린상좌의 할머니가 숨이 턱에 닿아 견명스님을 찾았다.

"아이구, 스님, 스님, 지명스님이…… 글쎄 통나무 운반을 거들다가 통나무에 깔려 다리를 다치셨답니다요."

"예에? 통나무에 깔렸다구요?"

견명스님이 놀라서 급히 달려갔다. 그곳에는 여러 사람이 모여 웅성거리고 있었다. 견명스님은 사람들 사이를 헤집고 들어갔다.

"아이구, 대체 무슨 일이란 말입니까?"
"아이구 대사님께 심려를 끼쳐드렸습니다."
정안이 말했다.
"그래. 지명스님은 지금……."
"예, 우선 소인의 거처로 모시게 하고 의원을 부르게 했으니 심려 놓으십시오, 대사님."
목숨이 위태롭지는 않은지라 안심은 되었다. 천만다행으로 다리 한쪽만 깔려서 목숨에는 지장이 없고 다리뼈만 조금 상했던 것이다. 지명스님의 고집이야 누구나 다 아는 쇠고집 아니던가! 경책 쓴 것 점검이나 도우라고 해도 기어이 힘쓰는 일을 돕겠다고 나섰다가 이런 사고를 당한 것이다.
견명스님도 정안의 안내를 받아 지명스님이 있는 곳으로 갔다. 이미 의원이 다녀갔는지 지명스님은 흰 헝겊으로 다리를 칭칭 동여매고 있었다.
"좀 어떠십시까, 스님?"
견명스님이 걱정스럽게 물었다.
"허허, 이것 참. 여러분께 심려를 끼쳤구려. 자네 볼 면목이 없구먼."
"그러시기에 어찌 그리 힘든 일을 하신다고 고집이십니까? 저를 도와서 경이나 점검하시잖구요."
"아니, 자네도 참. 내가 감히 경이 틀렸나 맞았나를 어찌 점검

하나, 주제를 알아야지."
 "아이구, 스님두. 스님 공부가 어때서요. 얼마든지 하실 수 있구말구요."
 "여보게, 견명스님. 난 요즘처럼 열심히 공부하지 않은 걸 후회해 본 적이 없네. 너무도 뼈저리게 지난 시절의 객기를 부끄럽게 생각하네. 이런 중대한 불사에서 식충이처럼 밥만 축내고 있자니, 그래 통나무라도 옮길까 하고……."
 "그래 의원이 뼈는 괜찮다던가요?"
 "살 속에 들어 있는 뼈를 어찌 알 재간이 있겠는가? 다행스럽게 뼈가 부러진 것 같진 않다니, 며칠 두고 보자구 하더군."
 "이제 좀 정양하셨다가 소승이 경구를 점검하는 것 좀 도와주시지요."
 "아, 아닐세. 그간 부처님께 지은 죄를 생각하면 부끄럽기 짝이 없네. 오늘에야 그 벌을 받은 것이야."
 "스님, 장한 발심을 하셨으니 소승 이젠 걱정이 없습니다."

 그렇게 견명스님이 정성을 다해 한 자 한 자 경을 점검하고 있던 어느날이었다.
 "스님, 스님."
 선린상좌가 부리나케 달려와 견명스님을 찾았다.
 "그래, 무슨 일이더냐?"

"정공께서 당도하셔서 법당에서 참배를 드리고 계시옵니다."
 정안과 견명스님은 오랜만에 만나 반가움에 두 손을 마주잡고 이 얘기 저 얘기를 나누었다. 그러다가 정안이 뜸을 들이다가 사사로운 일에 대해 의논을 하겠다고 운을 떼었다.
 "사사로운 일이라면?"
 견명스님이 물었다.
 "이거 너무 부끄럽사옵니다만, 소인 며칠째 악몽에 시달리고 있사옵니다."
 "악몽이라니요?"
 "작고하신 지 오래된 조부님이 꿈에 보이기도 하고, 아버님도 보이구요."
 "그 꿈이 길몽이 아니라 흉몽이란 말씀이세요?"
 "예, 괴이하게도 두 분 다 오랏줄에 묶여가는 꿈이었으니 흉몽 같사옵니다. 그래서 생각다 못해 대사님을 찾았사옵니다. 부처님 앞에 불공을 올리고 제를 크게 올려드리면 조상님들께서 극락왕생하실 것이기에 그것을 의논코자 하옵니다."
 견명스님은 말없이 듣고 있었다.
 "극락왕생이라……."
 "예, 누구든 부처님 전에 불공을 드리고 제를 크게 올리면 과연 극락왕생하게 되는 것이온지요?"
 "이것 보십시오, 정공. 소승 정공의 조부님이나 어르신께서 어

떤 분이셨는지는 모르겠소이다만, 내 예를 하나 들 터인즉 달리 생각진 마십시오."

"예, 대사님."

"우리 부처님께서는 극락왕생은 어떤 사람이 할 수 있는지 소상히 일러두셨지요. 소승이 한마디 물을 터이니 대답해 보십시오."

"예, 대사님."

"이 정림사 앞마당 한쪽에 연못이 있습지요? 정공께서 그 연못에 들멩이를 던져넣었다고 하십시다."

"소인이 연못에 돌을요?"

"예, 그러면 그 돌이 어찌 되겠는지요?"

"그야 연못 속으로 가라앉을 것이옵니다만……"

"그렇습지요. 헌데 이번에는 소승은 물론 지명, 내 상좌, 온 마을 사람들이 연못가에 빙 둘러서서 온갖 음식을 차려놓고 불공을 드리면서 '돌아 떠올라라, 돌아 떠올라라' 하고 제를 크게 지낸다고 합시다. 그러면 연못 속의 돌멩이가 과연 물 위로 떠오르겠습니까?"

"그, 그야 떠오르지 아니 할 것이옵니다."

"부처님께서는 사람이 극락왕생하는 것도 그와 같다 하셨습니다."

견명스님은 눈을 감았다 긴 호흡을 한 후 말문을 열었다.

"부처님께서 이르시기를 살아 생전에 덕을 베풀고 자비로움을 펼친 사람은 제가 지은 복으로 천상에 태어날 것이지만 살아 생전에 살생 많이 하고 남의 재물 빼앗고, 속이고, 방탕하게 살았던 사람은 자기가 지은 업장이 무거운 까닭에 저 무거운 돌멩이가 물속에 가라앉아 떠오르지 아니 하듯이 지옥에 떨어지는 것을 면치 못한다 하셨습니다."

"예, 알겠습니다. 하오면 대체 어찌해야 한단 말씀인가요?"

"콩을 얻고 싶으면 콩을 심어야 하고, 팥을 얻고 싶으면 팥을 심어야 할 것이니, 만일 지옥에 떨어지고 싶지 아니하면 죄를 짓지 아니해야 할 것입니다."

"예, 대사님, 잘 알겠습니다."

"정공께서 꾸셨다는 악몽 말씀입니다만…… 그런 불길한 꿈을 꾸셨으니 언행에 각별히 조심하십시오. 관재를 당하기 쉽다는 것을 명심하십시오."

"관재를 당하기 쉽다니요, 대사님."

"오랏줄은 곧 관재를 뜻하는 게 아니겠습니까?"

"아, 예. 그, 그렇군요 대사님."

그런데 바로 그해 음력 동짓달의 일이었다. 살을 에이는 추운 삭풍이 몰아칠 때 그 바람을 따라 불길한 소식이 들려왔다. 정안은 급한 걸음으로 견명스님을 찾았다.

　나는 새도 떨어뜨린다는 세도가 진양후 최우가 강화도에서 죽음을 맞이한 것이었다. 그래서 최항이라는 최우의 아들이 그 권력을 승계하게 되었는데 정안에게는 불행한 일이었다. 왜냐하면 정안의 여동생 정산부인이 자식이 없이 일찍 죽었는데, 그 후에 기녀를 후처로 맞아들여 거기서 낳은 아들이 바로 최항이었다.
　그러니 정안의 조카이기는 하나 친조카가 아닌지라 떨떠름한 기분이었던 것이다.
　정안은 팔만대장경을 자신의 손으로 끝내고 싶지만 매부의 장례식에 참석하지 않을 경우, 후환이 생기지나 않을까 염려하여 상의를 하러 온 것이었다. 견명스님은 정안에게 뒷일은 걱정 말고 다녀오라고 안심시켰다.

　그런데 최항이란 과연 어떤 인물인가? 젊었을 적에 삭발출가하여 경상도 단속사에 머물면서 온갖 패악을 일삼아 스승을 욕되게 한 장본인이다. 그러니 공연히 장례에 참석치 않았다가 무슨 트집을 잡힐지 모르기 때문에 정안을 보낸 것이다.
　정안은 배를 구해 강화도로 떠났고, 견명스님은 잠시 쉴 틈도 없이 경판교열에 심혈을 기울이고 있었다. 그러던 어느 날, 그날도 삭풍이 무섭게 몰아치는 날이었다.
　선린상좌의 할머니인 노보살이 견명스님을 찾았다. 지명스님의 다리가 악화되어 진주의 용한 의원에게 보이러 간다는 전갈을 가져온 것이다.
 견명스님은 걸음을 재촉해서 남해섬 포구로 달려갔지만 이미 지명스님을 실은 배는 포구를 떠나 남해섬을 빠져나가고 있었다. 견명스님은 마음이 울적해졌다. 허전하고 아쉬운 마음을 달랠 길 없어 가물가물 멀어져가는 배만 하염없이 바라보았다.

 한편 뱃길로 강화도에 갔던 정안이 이듬해 정월 초순 다시 남해섬으로 내려왔다.
 정안은 견명스님을 찾아 나랏일에 대해 이것저것 얘기를 했다. 자신이 그곳엘 갔다오길 잘했다는 얘기도 했고, 아직도 몽고군의 말발굽 아래 백성들이 신음을 하며, 조정도 강화도에 갇힌 채 몽고군의 철수만을 애원한다는 슬픈 소식도 전했다.
 견명스님도 궁금한 것이 많았지만 특히 팔만대장경을 맡아하는 대장경도감의 일이 궁금했다.
 "그러면 강화도에서의 일은 잘되어 가고 있는지요?"
 "예, 경판 새기는 일이 거의 다 되어가는 모양입니다."
 "허기야 그 일을 시작한 지 어언 십 년이 되었으니 끝나갈 때도 되었지요."
 "금년 추석을 지내고 회향법회를 크게 열 것이라 하였으니 우리도 그전에 잘 마무리를 지어야 할 것입니다."
 "허면 이 남해 분사도감에서 완성한 경판도 배로 실어 강화도

로 날아야 합니까?"
 "예, 강화성 밖 선원사 경내에 대장경을 모실 판각을 따로 짓고 그 안에 정중히 모실 것이라 하옵니다."
 "선원사라 하셨습니까?"
 "예, 최우공이 살아 생전에 세운 사찰이온데 과연 큰 가람이더군요. 듣기로는 전라도 송광산 수선사와 비견할 만한 크기에 3천 승려가 머무를 수 있을 만큼 전각들이 우람하답니다."
 "허허, 그토록이나 크게 지었단 말입니까?"
 선원사는 가람 뒤로 나지막한 산이 병풍처럼 둘렀고, 앞으로는 바다가 펼쳐져 있었고, 바로 그 바다가 산을 휘돌아 그 경치 또한 절경 중의 절경이었다. 견명스님도 선원사를 한 번 보고 싶었다.
 "선원사 누각에서 앞을 바라보면 바다에 섬들이 점점이 떠있는데, 산이 바다를 감싸고 있는지, 바다가 산을 감싸고 있는지 모를 지경입니다요."
 정안의 얘기에 빠져들어 있을 때 선린상좌가 견명스님을 불렀다.
 "스님, 스님."
 "그래 무슨 일이더냐?"
 "나으리께서 안에 계시온지요?"
 "나으리라면 정공을 이름이더냐?"

"나 여기 있네. 무슨 일로 나를 찾으시는가?"
"관아에서 나으리를 뵈러 왔다하옵니다."
"관아에서? 알았네. 내 곧 나갈 것이니 기다리라 이르시게. 자, 그럼 소인 잠시 나가보겠습니다."
헌데 정안은 잠시 후 희색만면하여 다시 돌아와 견명스님에게 인사를 올렸다.
"무슨 좋은 일이십니까?"
"자, 이걸 보십시오, 대사님. 임금님께서 소인에게 '지문하성' 벼슬을 내리셨사옵니다, 허허허."
"예에? 벼슬을요? 그래 어쩐 일로 그런 큰 벼슬을 내리셨단 말입니까?"
"그야 모든 게 다 대사님 덕분입지요."
"허허, 그건 또 무슨 말씀이십니까?"
"대사님도 아시다시피 벼슬을 내리고 접고 하는 거야 군정의 실권자인 최항이 하는 게 아닙니까? 그런데 대사님의 충고로 최우공의 장례에 참여하여 최항과 소원했던 관계를 풀었으니 소인에게 지문하성 벼슬을 내린 게 아니겠는지요?"
"허면 정공께서는 강화도 조정으로 올라가실 작정이십니까?"
"그, 글쎄올시다. 워낙 창졸간에 벼슬을 받고 보니 어리둥절합니다요."
"소승이 듣기로 정공께서는 최우공이 전에 국자제주 벼슬을

내렸을 때에도 노모봉양을 이유로 들어 높은 벼슬을 사양했다 하시던데, 이번에는 받아들여 강화도로 올라가실 의향이십니까?"

"이제 어머님도 돌아가셨으니 어머님 핑계를 댈 수도 없고, 소인 아직 갈피를 잡을 수가 없사옵니다."

"미룰 일이 아닌 줄로 압니다. 속히 결단을 내려야지요."

정안은 자신의 거취에 대해 견명스님의 의견을 물어봤다. 견명스님도 난감했다. 이 세상 부귀영화가 얼마나 허망한 것이고 권세나 벼슬이 얼마나 덧없는 것인가? 견명스님은 인생의 덧없음을 산에 오르는 것에 비유하여 정안에게 넌지시 길을 일러주었다.

"벼슬이 산을 오르는 것과 같다 하심은 무슨 뜻인지요?"

"사람들은 누구나 산꼭대기까지 올라가기를 바라지요. 그리고 기왕이면 빨리 가려 하구요. 허나 한 가지, 벼슬이나 직책이 올라가는 것은 험한 산길을 더 높이 올라가는 것과 같다 할 것이라 올라가면 올라간 만큼 길이 더 위태로워집니다. 해가 서산에 뉘엿뉘엿 져가는데 높은 산에 오르기만 하면 캄캄한 밤중에 어찌 산을 내려올지 소승 그게 걱정이라 한마디 드리는 겁니다."

"하오시면 대사님께서는 지금 조정의 권세가 지는 해와 같다고 하시는 말씀이신지요."

"아이구, 아닙니다요. 아무것도 모르는 이 중이 권세를 어찌 알 수가 있겠습니까?"
 "하오시면 대체 무슨 뜻인지요? 해가 서산에 뉘엿뉘엿 져가는데 높은 산에 오른다 하심은?"
 "정공, 올해 춘추가 몇이십니까?"
 "소생의 나이 말씀이십니까?"
 "권세도 재물도 늙어 죽을 때까지 늘이려 하면 추하게 되는 법, 사람 나이 쉰이 넘으면……"
 "말씀하십시오, 대사님. 쉰이 넘으면 어찌해야 한다는 말씀이신지요?"
 "소승의 말은 있던 벼슬도 벗어야 하고 있던 재물도 나누어줄 나이라는 겁니다. 자고로 인생칠십고래희라 하였으니 육십을 살기도 어려운 일, 벼슬도 재물도 관 속에 담아갈 수 없으니 그것을 알면 미리미리 벗어버리고 나눠주어야 그 사람의 마지막 모습이 맑고 향기롭지요."
 "예, 가르침 무슨 뜻인지 알겠습니다."
 정안은 견명스님과 헤어지고 처소로 돌아와 한잠도 이룰 수 없었다. 자신이 벼슬을 마다하면 최항이 곡해를 하여 화를 입게 될 것이다. 그렇다고 벼슬을 살자니 그 벼슬을 살다가 더 큰 화를 당할 것 같았다.
 정안은 이 궁리 저 궁리 끝에 다시 견명스님의 처소를 찾았다.
 "대사님, 간밤엔 한숨도 못 잤습니다. 어찌해야 할까요?"

"잘 생각하십시오, 정공. 부처님께서 이르시길 향을 싼 종이에서는 향내가 나고 생선을 꿴 새끼줄에서는 비린내가 난다고 하셨습니다."

"하오나 대사님, 소인이 만일 최항의 벼슬을 사양하면 자신을 업신여긴다고 노발대발할 텐데, 그 일을 어찌 감당한답니까?"

"알겠습니다. 허면 잠시만 기다려주십시오. 옆방에 선린이 있느냐?"

"예, 스님."

"무엇을 하고 있었던고."

"예, 스님께서 쓰실 먹물을 갈고 있었사옵니다."

"으음, 그래. 그러면 어디 그 손 좀 내놓아보아라."

"소승의 손, 손 말씀이시옵니까요?"

"정공께서는 이 아이 손을 좀 자세히 보시지요."

"예에, 선린상좌의 손을 보라구요?"

정안은 무슨 영문인지 몰라 선린상좌의 손을 이리저리 보았다.

"정공, 손가락 마디마디에 먹물이 묻어 있질 않습니까?"

"아 예, 그야 먹물을 갈았으니 묻을 수밖에요."

견명스님은 잠시 말이 없다가 정안의 눈을 깊이 응시했다.

"정공, 먹을 가까이 하면 먹을 묻힐 각오를 미리 하시라 이겁니다. 강화도로 가시면 그런 각오는 하고 가셔야 할 겁니다."

그러나 정안은 눈앞의 재앙이 두려워서인지 강화도행을 결심했다. 견명스님도 안타까웠지만 그의 결심을 꺾을 수는 없었다. 다만 부처님이 열반에 드시기 전에 마지막으로 하신 말씀을 전했을 뿐이다.

"부처님께서는 말씀하셨지요. '나는 의원과 같아서 병을 알고 약을 주지만, 중생이 그 약을 받아가지고 가서 먹고 아니 먹고는 나에게 달린 일이 아니요, 나는 길라잡이와 같아서 좋은 길을 가르쳐주었지만, 중생이 그 길을 가고 아니 가고는 중생에게 달려 있느니라.'"

정안은 할 말이 없었다. 너무나 무거운 마음이었다.

"대사님, 좋은 법문 내려주십시오."

"부처님께서는 세속의 불자들에게 다섯 가지 계를 내리셨소. 그 가운데 네 번째가 불망어이니, 사람의 혀에는 도끼가 들어 있어서 때로는 남을 해치고 때로는 자신을 해친다 하셨소. 이 당부를 잊지 마십시오."

이렇게 서로 떠나간 후 두어 달도 아니 된 그해 춘삼월, 선린 상좌가 싱글벙글 웃으며 견명스님에게 달려왔다.

"어인 일로 그리 싱글벙글이더냐?"

"예, 스님. 정공 어른께서 근자에 벼슬이 껑충 뛰셨답니다요."

"무엇이? 정공의 벼슬이 어쨌다구?"

"정공 나으리 하인들의 얘기에 의하면 벼슬이 참지정사로 뛰어올랐답니다요."

"허허, 정공의 벼슬이 참지정사에 이르렀다면 일찍 손털고 내려오기는 어렵게 되었구나."

"예? 무슨 말씀이시온지요, 스님?"

"적당히 기회를 보아 낙향하겠다더니 점점 더 묶이게 되었구나."

"묶이다니요, 스님?"

"아, 인석아. 오랏줄에 묶여야만 묶이는 것이냐! 벼슬에 묶이고, 재물에 묶이고, 세상에 묶인 사람 흔하고 흔하니라."

정안의 벼슬이 참지정사로 뛰어올랐다는 소식이 전해지고 나서 석 달이 지난 그해 유월이었다. 선린상좌의 할머니가 다급하게 견명스님에게 올라왔다.

"아이구 스님, 아이구 스님, 큰일났사옵니다요, 스님."

"아니, 이 남해섬에 오랑캐라도 쳐들어왔다는 말씀이십니까요?"

"아이구 스님, 오랑캐가 아니라 관군이 쳐들어왔습니다, 글쎄."

"관군이 쳐들어오다니요?"

"아이구, 글쎄 스님. 관군들이 정공 나리 댁에 쳐들어와 집안을 온통 쑥대밭으로 만들었답니다요."

그때 선린상좌가 뛰어들어왔다.
"아이구, 스님. 큰일났습니다."
"아, 인석아. 차근차근 말을 해라."
"아 예, 세상에 어찌 이런 일이 다 있을 수 있는지요, 스님?"
"허허, 거 대체 어찌 된 일이라더냐?"
"예, 관군들이 하는 소리를 귀동냥했는데 참지정사 정공께서는 이미 돌아가셨다 하옵니다요."
"무엇이? 참지정사 정공이 죽었다니?"
"정공을 백령도 앞바다에 빠뜨렸답니다요."
당시 조정의 최고 실력자 최항의 성격이 난폭한 것은 이미 다 알려진 사실이었다. 결국 견명스님이 우려했던 일이 현실로 다가온 것이다. 그러나 생각보다 너무 빨리 다가왔다는 생각이 들었다. 견명스님은 염주알을 돌리며 나무아미타불 관세음보살을 계속 되뇌였다.
정안은 견명스님의 충고를 잊었던 것인가? 내시 이덕영, 위주부사 석연분 등과 함께 최항이 사람을 너무 많이 죽인다고 한탄을 한 적이 있는데 이 말이 화근이 되어 삼족이 멸하고, 재산도 몰수당하고, 자신마저 물고기의 밥이 된 것이다.
임보라는 벼슬아치의 집에서 그런 얘기를 나누었는데 그때 그 집에 놀러 왔던 임보 처형의 계집종이 시중을 들다가 그 말을 듣고 그 길로 바로 관아에 고발을 해서 결국 최항의 비위를 건

드린 것이다.

　나무아미타불 관세음보살, 나무아미타불 관세음보살.

　혓바닥에 도끼가 있다는 얘기를 잊었던 실수는 너무도 큰 파장을 가져왔다. 견명스님은 법당으로 올라갔다. 정안을 위한 독경을 하기 위함이었다. 억울하고 비참하게 죽은 정안의 영가를 위해 독경을 올린 견명스님은 어리석은 세속의 권력다툼이 가소롭기 그지없었다.

　세상의 권세란 대체 무엇이기에 그토록 세속 사람들이 쥐려고 발버둥을 치는 것일까? 권세란 칼날에 묻은 꿀과 같으니, 어리석은 사람들은 칼날에 묻은 꿀을 혀로 핥으려고 덤벼들어 소동을 부리다가 결국은 칼날에 혀를 상하게 되는 법. 권세에 집착하면 반드시 피를 부르게 되고, 재물에 집착하면 반드시 허욕에 사로잡혀 스스로를 망치나니, 불나비가 불만 보면 덤벼들어 스스로 그 불에 타죽는 것과 같다 할 것이다.

　견명스님은 재물에 집착하면 허욕에 사로잡혀 스스로를 망치게 된다는 교훈을 선린상좌에게 들려주며, 마음 한편으로 그렇게 허망하게 스러지는 불쌍한 중생을 위한 구도에 정진할 것을 굳게 마음먹었다. 그 일의 하나가 팔만대장경판을 마무리하는 것인지라 일에 더욱 박차를 가했다.

　그러던 어느 날 관아에서 벼슬아치가 견명스님을 찾아왔다. 밖이 소란하여 나가보니 노보살과 말을 타고 있는 누군가가 가볍게 실랑이를 벌이고 있었다.
 견명스님은 노보살을 불러 말을 울 밖에 매어두고 안으로 들이라 일렀다.
 잠시 후 견명스님 앞에 낯선 벼슬아치가 나타났다. 첫눈에도 겸손이라거나 선함이라고는 찾아볼 수 없는 관리였다. 말을 타고 절 안에까지 들어오려는 것만 봐도 예의를 모르는 인물인듯 했다.
 "소관은 조정의 명을 받아 엊그제 이 섬에 당도한 임백이라 하옵니다."
 "예. 그러시면 이 고을을 다스리러……"
 "아이구, 아닙니다. 소관은 여기서 만들고 있는 팔만대장경을 실어 나르는 업무를 관장할 것입니다."
 "수고가 많으시겠습니다."
 "대사님께서 그 일을 관장하고 계신다기에……"
 "예, 그전에는 정공께서 하시던 일인데, 이제……"
 "정공이라면 정안을 이름이십니까?"
 관리의 눈꼬리가 번쩍 올라가며 견명스님에게 물었다.
 "예, 그렇습니다. 그전에는 그 정공께서……"
 "이것 보십시오, 대사님. 정안이라는 자는 이미 역적으로 처단되었으니 정공이라는 칭호는 당치 않습니다. 그냥 정안이라고 부르는 게 마땅합니다. 아무튼 여기서 만들어온 대장경판을 모

조리 다 강화도로 실어가야 할 것인즉, 대체 언제쯤이면 마무리가 될 것 같습니까?"

"판각하는 일은 보름쯤 더 있으면 마무리가 될 것입니다마는……."

"좋소이다. 그러면 열흘 정도 말미를 주겠소."

견명스님은 놀랐다. 그것은 무리였던 것이다. 그러나 최항의 엄명이 있었다 하니 어쩌겠는가? 견명스님이 이 일에 얼마나 지극정성을 쏟고 있었던가. 글자 한 자씩을 새길 적마다 부처님께 절을 한 번 올리면서 일을 해오고 있는데, 완전히 찬물을 끼얹는 언동에 모두들 기가 찼다.

낯선 벼슬아치는 열흘 후에 실어가겠다고 일방적으로 통고한 뒤 정림사를 떠났다. 모두들 멍하니 뒷모습만 바라보고 있는데, 가장 흥분한 것은 역시 젊은 선린상좌였다.

"아니, 원 세상에. 저런 버르장머리 없는 벼슬아치가 세상에 어디 있습니까요, 스님!"

"그만두어라. 백성이 나라의 주인이 되지 못하고 나라의 힘이 다른 나라에 있거늘 우리끼리 그래봐야 무슨 소용이 있겠느냐?"

"아무리 그래도 닷새를 앞당기라니, 무슨 수로 일을 마무리합니까요, 스님."

"횃불을 밝혀놓고 밤을 새워서라도 마무리를 해야겠구나."

"조정에서도 그렇지요. 이런 성스러운 일을 얼렁뚱땅하라니,

그게 말이 됩니까?"
 "얘, 선린아. 이 일은 조정을 위한 일도 벼슬아치를 위한 일도 아니다. 저 몽고 오랑캐들이 불태워버린 부처님의 팔만사천법문을 보란 듯이 새겨 만드는 일, 세세생생 부처님 말씀을 전하는 일이거늘 어찌 소홀히 하겠느냐. 죽기를 각오하고 한다면 열흘 안에 마무리가 될 것이다."

14
세상이 날 잡는구나

열흘 동안 견명스님은 밤을 낮 삼아 팔만대장경판을 마무리하였다. 약속했던 열흘이 되자 버르장머리없는 그 관리가 어김없이 나타났다.

"소관, 대사님께 문안드립니다."
"어서 오시지요."
"일은 차질없이 마무리되었겠지요?"
"예, 마지막 판각이 오늘 아침에 끝났습니다."

이렇게 해서 남해 분사도감에서 만든 팔만대장경판이 모두 배에 실려 강화도로 옮겨졌다. 이때 남해에서 만들어진 경판은 15부 231권으로 기록되어 있는데, 종경록 백 권, 금강삼매경론 세 권, 법계도기 네 권, 조당집 스무 권, 대장일람 열 권, 염송 서른

권 등이다. 이 경판들도 지금은 모두 해인사 장경각에 잘 보존되어 있다.

남해에서 만든 경판을 모두 다 포구로 옮겨 배에 실은 뒤, 강화도에서 내려왔다는 그 벼슬아치가 다시 정림사로 견명스님을 찾아왔다.

"내 하마터면 깜박 잊고 갈 뻔했소이다."

"무슨 말씀이신지요?"

"이제 이 정림사에서 할 일은 다 마친 셈이지요?"

"경판 만드는 일은 오늘로써 다 마친 셈이지요."

"그러면 됐소이다. 대사님, 이제부터 소관의 말을 잘 들으십시오."

"무슨 말씀이시온지요?"

"대사님께서도 아시다시피 이 절은 원래부터 절간이 아니지요."

"예. 그전에는 정공의 사저였다고 들었소이다만……"

"허허. 그 역적놈을 그래도 정공, 정공 하시깁니까?"

"늘 그렇게 불렀기에……"

"아무튼 이 정림사는 역적의 재산이니 조정의 명에 의해 몰수하겠습니다."

"원래부터 가람은 아니었지만 완전히 개조하여 절이 되었는데, 이제 와서 이것을 몰수한단 말씀입니까?"

"내일 당장 이 절간을 비우도록 하십시오."
"그러면 여기에서 누가 기거하게 된다는 말씀입니까?"
"역적의 집이었으니 아마도 불원간 헐리게 되겠지요."
 참으로 허망한 일이었다. 있는 재물과 집까지 부처님 전에 희사했던 정안의 어여쁜 마음을 알아주기는커녕 그를 물고기밥으로 만들더니, 이제 정림사마저 폐사를 시킨다는 것이다. 견명스님은 세상사의 허망함을 다시 한 번 절감했다.

　나무아미타불 관세음보살
　나무아미타불 관세음보살

 날벼락을 맞은 정림사 식구들은 말문이 막혔다. 선린상좌는 조정에 상소를 하자고 견명스님에게 권했으나, 조용히 걸망이나 꾸리라는 꾸중을 들었다.
 정림사에서의 마지막 밤을 보내는 견명스님은 다시 법당에 앉았다. 만감이 교차했다. 그래도 자신이 지극정성으로 팔만대장경판을 만드는 데 일조를 했으니 헛된 일만 있었던 것은 아니라는 생각이 들었다. 견명스님은 눈을 감지 못하고 구천을 떠돌 억울한 혼령을 위해 정림사에서의 마지막 독경을 올렸다.
 다음날 아침. 세 사람은 걸망을 꾸려서 떠날 채비를 끝냈다.
"다른 것은 챙길 것 없으나, 경책은 단 한 권도 흘리지 않도록 잘 챙겨야 하느니라."
"예, 스님."
목소리에 힘이 빠진 선린상좌가 조그맣게 대답했다.
"스님, 세간살이는 어찌하지요?"
노보살은 언제나 공양이 걱정인지라 스님에게 물었다.
"빈 몸만 나가십시다."
"하오면 이번엔 대체 어디로 간단 말입니까?"
"노보살님, 금음산이라는 경치가 좋은 곳이 있기는 합니다. 정공이 변을 당하셨을 때 정림사를 떠나게 될 줄 알았습니다. 그곳은 산마다 절이요, 골마다 암자인데 설마 한댓잠이야 자겠습니까?"
"그러시면 스님, 어디 빈 암자라도 있다는 말씀이십니까?"
"길상암이라는 빈 암자가 하나 있긴 있다던데……."
"하오나 너무 깊으면 아무도 불공을 드리러 오지 않을 텐데요, 스님."
"선린아, 옛날 부처님께서도 옷 한 벌, 발우 하나로 이집 저집 돌아다니시며 탁발을 하셨고 나무 밑이나 처마 밑에서 주무셨으니, 그것이 출가수행자의 바른 몸가짐이 아니겠느냐?"
견명스님은 남해 길상암으로 들어가시면서 스스로 법명을 회연으로 고쳤다.
그믐 회(晦), 그럴 연(然), 곧 그믐밤처럼 어둡고 캄캄한 세월

의 그림자를 이름으로 정했다.
 몽고 오랑캐들의 말발굽이 국토를 유린하고 조정은 무신(武臣)들이 장악했으니, 스님은 그 어둡고 캄캄했던 심경을 이름 자에 담아 삭혔다.
 밝음을 뜻하는 견명을 버리고 어둠을 뜻하는 회연으로 이름을 바꾼 데에는 암담했던 스님의 심정이 그대로 잘 나타나 있다.
 회연스님의 길상암에서의 일 중 빼놓을 수 없는 것이 〈중편조동오위〉의 편찬이다. 중국 조동종의 연원을 밝힌 것인데, 이 책의 서문에 바로 회연이라는 이름이 보인다.

 견명스님이 문밖을 내다보니 어느덧 봄빛이 완연한지라 마음이 가벼워졌다. 그러나 그것도 잠시, 나라를 잃은 설움을 생각하니 이내 침통한 얼굴이 되었다.
 어느덧 길상암에 들어온 지도 십여 년이 되어 스님 주변에도 큰 변화가 있었다. 선린상좌의 할머니 보살도 세상을 뜬 지 다섯 해가 되었고, 진주로 의원을 찾아갔던 지명스님과는 여전히 소식이 끊긴 상태였다. 견명스님은 세상 돌아가는 사정을 좀 알려고 선린상좌를 불렀다.
 "스님, 부르셨습니까?"
 "그래, 아직도 몽고 오랑캐가 물러가지 않았다더냐."
 "예, 스님."

"지명스님 행방은 알아보았더냐?"
"예, 진주에 나가 수소문을 해보았습니다만, 지리산 쪽으로 들어가신 후 통 소식이 없다 하십니다."
"다리 다친 데는 제대로 고치셨다 하더냐."
"2년쯤 고생을 하셨으나 그후로는 걸어 다니실 만했다 하옵니다요."
"알았다. 그만 나가 보아라."
"예, 하온데 스님 한 가지 여쭙겠습니다. 소승의 꿈에 돌아가신 할머니가 자주 보이시니 어인 일인지요?"
"꿈에서 할머니를?"
"예, 어느 날 꿈에서는 '얘, 마당바우야, 어서어서 장가들어서 가문의 대를 이어야 한다, 대를 이어야 해' 하시구요. 어젯밤 꿈에서는 '아이구 선린스님, 어서어서 도를 닦아서 도통하셔야 하는데 잠만 이리 자고 있습니까요, 어서 일어나세요, 하시잖아요."
"허허, 허허허."
"어찌 웃으시옵니까, 스님."
"꿈은 대체 누가 꾸었던고?"
견명스님의 질문에 선린상좌가 눈만 끔벅이고 있었다.
"그 꿈을 내가 꾸었더냐, 돌아가신 할머니가 꾸었더냐?"
"그야, 제가 꾸었습지요, 스님."
"선린아, 이제라도 늦지 않았으니 장가를 들어 집안의 대를 이

어야겠다면 환속을 하거라. 그만한 글공부라면 과거시험을 보아도 급제를 할 수 있으니, 벼슬을 할 수도 있을 게야."

"아, 아닙니다요, 스님. 권세에 집착하면 피를 부를 것이요, 재물에 집착하면 허욕에 사로잡혀 스스로를 망치고 말 것을 제 어찌 모르겠습니까요."

"허면 어찌 망상에 사로잡혀 오락가락한단 말이냐?"

"잘못했습니다, 스님."

견명스님이 경상을 힘껏 내리쳤다.

"나는 대체 어디서 온 무엇이며 나는 대체 어디로 갈 무엇인고."

견명스님의 이 말은 요즘 선린상좌가 붙잡고 있는 화두였다.

"스님, 열심히 참구하여 깨치도록 하겠습니다."

"그것을 깨치지 못하면 백 년을 머리 깎고 경을 읽고 목탁을 친들 무슨 소용이 있겠느냐? 그래가지고 남의 곡식 얻어먹은 빚을 어느 세월에 갚겠느냐?"

선린상좌는 번뇌와 망상을 끊어내지 못하고 그것과 씨름을 하고 있음을 고백했다. 번뇌는 번뇌대로, 망상은 망상대로 지나가게 놔둬야지 그것을 이기려고 하면 할수록 번뇌와 망상은 눈덩이처럼 커지는 것이다.

"선린아, 저 뻐꾸기 소리가 들리느냐?"

"예, 들립니다요."

"저 뻐꾸기 소리가 듣기 싫다고 저 소리와 씨름을 하면 어찌 되겠느냐?"
"하오면 저 소리를 어찌하라 하시는지요?"
"집착하지 말고 놓아두어라. 들리면 들리는 대로, 안 들리면 안 들리는 대로, 공연히 붙잡고 씨름을 하면 그게 바로 집착인 게야."

이렇게 또 길상암에 들어 세상과 담을 쌓고 산에서 산 지도 몇 해가 흘렀다.
탁발하러 산을 내려갔던 선린상좌가 급히 길상암으로 돌아왔다. 탁발을 나갔다가 세상이 발칵 뒤집힌 일이 있음을 알고는 곧장 돌아온 것이다. 나는 새도 떨어뜨린다는 최항이 병을 얻어 죽은 것이다. 별의별 약을 다 써보았지만, 백약이 무효였던 것이다. 그 뒤를 이은 것은 최항의 아들 최의였다. 최의는 권세를 잡은 후 아버지가 총애하던 신하는 물론 그의 첩들까지 귀양을 보냈다. 최의의 권력장악으로 최충헌, 최우, 최항에 이어 4대째 무신정권이 들어선 셈이었다.
최항은 죽기 전에 시 한 수를 남겨 세상 사람들의 비웃음을 샀다.

　　도화 향기는 만호장안 감싸돌고

비단장막은 십 리 벌판에 구름인 양 펄럭이는데
난데없는 모진 광풍 이 속에 불어 들어
붉은 꽃잎 휘몰다가 장강을 건너가네.

부귀영화를 눈앞에 두고 난데없는 병이 목숨을 앗아간다는 탄식이다.

그의 아들 최의도 패악을 일삼았으니 채 1년도 되지 않아 권좌에서 밀려났다. 물론 그 소식도 선린상좌를 통해 견명스님에게 전해졌다. 조정의 충신 유경, 김인준, 김승준 등이 장군 박송비와 함께 무신정권의 잔당들을 몰아내고 왕권을 임금에게 되돌려준 것이다. 선린상좌의 애기를 듣고 난 견명스님이 입을 열었다.

"그러면 이제 세상이 본래의 자리로 돌아왔다더냐?"

"예, 스님. 그러한 줄 아옵니다."

"선린아, 이 세상에 변하지 아니하는 것은 아무것도 없느니라. 그래서 부처님께서는 세상만사를 무상하다 하셨다. 항상 그대로 있는 것은 아무것도 없다. 너는 출가수행자로서 세속 일에 정신을 팔지 말고 공부에 정진해라. 세상이 바뀌었다고 기뻐할 것도 아니요, 세상이 뒤집혔다고 슬퍼할 일도 아니니, 이것저것 모두 놓아버려라."

세상이 바뀌었다고는 해도 백성은 여전히 오랑캐의 발밑에서 신음하고 있으니, 그 무슨 소용이 있단 말인가? 길상암의 공양간은 늘 텅 비어 있었다. 탁발을 나간다 한들 양식을 보탤 만한 집이 거의 없었다. 백성들은 헐벗고 지내는데 탁발 수행자가 배불리 먹는 것은 있을 수 없다는 견명스님의 명에 따라 더 이상 탁발을 나갈 수도 없었기 때문이다.

옛날 스님들은 산속에서 솔잎만 먹고도 도를 닦았으며, 풀뿌리로 연명하고도 지혜를 얻었으니 자신도 그리 살겠다는 것이었다.

풀잎과 소금만으로 목숨을 부지하던 어느 날 아침, 길상암에 웬 낯선 벼슬아치가 찾아왔다며 선린상좌가 견명스님에게 올라왔다.

"현감이라는 분이 스님을 뵙겠다 하옵니다."

"현감이라니?"

"자세히 모르겠사오나 말을 타고 관리들을 여럿 데리고 온 것이 꽤 높은 분인 듯합니다."

"이 깊은 산속까지 말을 타고 왔더냐?"

"예, 지금 암자 밖에서 기다리고 있사옵니다."

"만나보기나 하자꾸나. 모셔라."

잠시 후 위풍당당한 현감이 길상암으로 들어와 견명 아니 회연스님에게 정중히 예를 갖췄다.

"소관, 문안 여쭈옵니다."
"아 예, 험로에 노고가 많으셨소만 소승을 어인 까닭으로 찾으시는지요?"
"대사님께서 바로 견 자, 명 자 대사님이십니까?"
"지금은 회연이라 합니다. 옛날에는 그 이름을 썼소만."
"아이구, 이제야 바로 찾았군요. 그것도 모르고 이 산 저 산 며칠을 찾았습니다. 대사님께서는 속히 채비를 차리시고 강화도로 가셔야 하옵니다."
"아니, 그건 또 무슨 말씀이오? 강화도라니요?"
"자세히는 모르오나 대사님을 속히 모셔오라는 명을 받고 왔습니다. 서둘러 주십시오."
"이 좁은 산속에서 세상사 다 잊고 잘살고 있으니 강화도로 올라가지 않을 것이라 전하시오."
회연스님은 가지 않겠다고 단호하게 말했다. 관리는 어쩔 줄을 모르며 애원하다시피 했다. 임금이 친히 내린 명이다. 그러니 자신이 회연스님을 모시고 가지 못하면 어찌 될 것인가.
"현감 나리, 임금님께서 소승을 부르실 까닭이 없사옵니다. 나리께서 파발을 잘못 받으신 것 같소이다그려."
회연스님이 잘라 말했다.
"아이구, 아니올시다. 정림사에서 팔만대장경판 만드는 일을 보살펴준 견명대사님을 모셔오라 하셨으니 대사님이 분명합니다. 어서 서둘러주십시오, 대사님."

"허허, 이것 보십시오, 현감. 세상에는 동명이인이 많은 법, 더구나 우리 불가의 법명은 더욱 그렇소. 어서 내려가셔서 다른 견명스님을 찾아보시오."

조정에서 왜 견명을 찾는단 말인가? 도대체 누가 견명의 일을 임금에게 알렸단 말인가. 회연스님은 계속 자신이 아니라고 우겼다. 조정에 들어갈 이유가 없었던 것이다.

"대사님, 이제 세상이 바로잡혔으니 대사의 넓고 깊은 도량이 조정에까지 알려져 임금께서 찾아계신 줄 아옵니다."

"세상이 바로잡혔다구요?"

"예, 유경공과 박송비 장군 등이 최씨 정권을 몰아낸 뒤 고종 임금이 왕권을 되돌려받으셨고, 고종 임금께서 승하하시기 전 미리 조서를 남기어 몽고에 볼모로 잡혀 계신 큰 아드님께 왕위를 승계하셨으니 이제 질서가 잡히는 징조가 아니옵니까?"

"허면 조정에 큰 혼란은 없었소이까?"

"승하하신 고종께서 난리에 시달리는 백성을 생각하사 능묘는 검약하게 하고 상복은 하루를 한 달로 계산하여 3일 만에 벗으라 당부하셨으니, 성은이 나라와 백성들에게 두루 미치기 시작하였나이다."

"알았소. 그렇게 나라의 기강이 바로세워진다 하니 기쁘구려. 나라의 명을 거역할 수는 없는 일, 내 곧 시자와 따라가겠으니

현감께서는 포구에 가서 기다리시지요."

스님은 10여 년 동안 은거했던 길상암을 떠나기 위해 걸망을 챙겼다. 늘 그랬듯이 모든 짐들은 두고 경책만 챙겨 떠나는 것이었다. 그리고 강화도에 가서 살면 대중들과 섞여 살아야 하니 지켜야 할 대중청규를 잘 지키라고 다시 한 번 선린상좌에게 주의시켰다.

일거수일투족이 한치 한푼 어긋남이 없어야 하고, 시비는 삼가며, 세속의 일에 관여치 않고 살아가기가 그리 쉬운 것은 아닐 것이다. 그러나 선린상좌도 보고듣고 한 게 있는지라 스님도 큰 걱정은 되지 않았다. 매사 배운 대로 하면 어디서든 탈이 없을 것이라 일렀다.

"선린아, 식은 밥 한술이라도 더 먹으려 들면 시비가 일어날 것이지만 덜 먹으려 들면 결코 시비는 없을 것이야."

"예, 스님. 명심하겠습니다."

회연스님이 남해에서 배를 타고 강화도로 향할 때가 세속 나이 쉰여섯이었으니 1261년의 일이다.

스님 일행은 일렁이는 파도에 몸을 맡기고 항해를 한 끝에 강화도 갑곶 포구에 닿았다. 어떻게 기별이 되었는지 곧 가마가 준비되고, 스님은 성안으로 들어가 박송비 장군을 만나게 되었다.

"어서 오십시오, 대사. 원로에 고생이 많으셨습니다."

"아 예, 소승 영문도 모른 채 이렇게 강화도까지 오게 되었습니다. 대체 무슨 일로……."

"예, 대사께서도 소문을 들어 익히 알고 계실 줄 믿습니다만, 이곳에 선원사라는 큰 절이 있습니다."

"아 예, 송광산 수선사에 버금가는 큰 사찰이란 얘기를 들었습니다."

"그렇습지요. 상주하는 승려만 해도 200명이 넘고 5백 나한을 모시고 있으니 아주 크다 할 수 있지요. 실은 그곳 선원사 주지를 대사께 맡기고자 모셨습니다."

"아니, 소승더러……."

"그동안에는 최씨들과 가까운 승려들이 있었습니다. 그래서 권세와 연관이 없는 큰스님을 찾다 보니 대사밖에 그 자리에 합당한 분이 없으셔서……."

"아닙니다. 소승은 결코 적임자가 아닙니다. 어렸을 적에 동진출가하여 수십 년 산에서만 살아왔는데 큰절 살림을 어찌 맡아 볼 수 있습니까? 그 자리는 감당키 어려운 자립니다."

"아니 됩니다, 대사. 내일 입궐하셔서 상감을 배알해야 할 터이니 그리 아십시오."

15
이 땅의 백성은 모두 한 핏줄이니

다음날 스님은 입궐하여 원종 임금을 배알했다.
스님이 예를 갖추어 인사를 올리고 나니 젊은 임금은 스님을 가까이 모시고 극진한 대접을 했다. 자신이 몽고에 붙잡혀 있을 때 겪었던 고초 등 많은 얘기를 나누었다.
"주상 전하, 보위에 오르시자마자 자비를 베푸셨으니 만백성이 성은을 입은 줄 아옵니다."
"과찬의 말씀. 짐은 아직 한 일이 없소. 부디 대사께서 길을 열어주시오."
"소승이 무슨 재주가 있겠는지요. 주상 전하는 벌써 죄인들을 재심하여 죄가 가벼운 자는 용서케 하시었고 옛날의 세금과 빚을 탕감케 하셨으며 팔순이 넘은 노인이나 홀로 사는 사람, 자식을 잃었거나 부모를 잃은 사람, 게다가 불구가 된 사람들에게 은혜를 베푸셨으니, 실로 그 은혜 망극하옵니다."
 "밖으로는 아직 몽고군의 병마가 철수하지 아니했고, 안으로는 전란과 흉년이 겹쳐 백성들의 형편이 말이 아니니 대체 어찌하면 좋을지 답답할 뿐이오."
 "주상 전하, 감히 한 말씀 올리겠습니다. 윤허하여 주옵소서."
 "말씀하시오, 대사."
 "소승 강화성으로 들어오면서 보니 벼슬 높은 어른들이 관군을 이끌고 사냥을 떠나고 있었사옵니다."
 "그거야 훈련 삼아 종종 있는 일이오만."
 "하오나 주상 전하, 그동안 이 나라 국토는 수십 년 병란으로 시산혈해를 이루었사오니 그 원한이 구천에 사무쳐 있는데, 조정의 문무백관마저 활과 창칼로써 이 땅에 살고 있는 짐승들을 잡아 죽이면 이 또한 살아 있는 목숨을 가벼이 여기는 일이니, 반드시 경계토록 하심이 옳은 줄 아옵니다."
 "그러면 대사, 문무백관의 사냥을 금하란 말이오?"
 "그러하옵니다, 주상 전하. 더더구나 지금은 봄철이고 모든 짐승이 알을 까고 새끼를 낳는 때라 산 목숨을 보살펴주심이 자비인 줄 아옵니다."
 "과연 옳으신 말씀이오."
 원종께서는 곧바로 교시를 내려 문무백관들에게 사냥을 금지시켰다. 그리고 상납하는 음식물에는 어떠한 육류도 넣지 못하

게 했다.

　이렇듯 주상께 충언을 하고 주상이 그 얘기를 받아들였으니 이제 회연스님은 꼼짝없이 선원사 주지자리를 맡아야 했다.
　선원사는 참으로 큰 가람이었다. 첫번째 주지는 진명국사였고, 두 번째 주지는 원오국사, 그후 회연스님이 세 번째 주지를 맡게 되었다. 회연스님은 일단 주지자리를 승낙한지라 열심히 하리라 마음먹었다.
　선원사로 옮긴 후 며칠이 지난 어느 날 회연스님은 선린상좌를 불러 절이 돌아가는 상황을 자세히 살폈다.
　"대체 대중이 얼마나 되던고?"
　"예, 소승이 소상히 알아보았더니 상주대중이 이백다섯이요, 객승까지 합하면 하루 이백오십 대중은 된다 하옵니다."
　그때 멀리서 쇠북을 치는 소리가 들려왔다.
　"선린아, 저건 또 무슨 소리냐?"
　"저녁 공양을 알리는 쇠북소린가 하옵니다."
　"무엇이, 저녁 공양이라니. 아니 그러면 이 많은 대중들이 하루에 세 끼니를 다 챙겨먹는단 말이냐? 너는 어서 가서 원주를 불러오너라."
　잠시 후 절 살림을 맡아서 하는 원주스님이 회연 주지스님 앞에 대령했다.
　"이 절에서는 하루에 세 끼를 먹는다는 말이 사실이던가?"

"예 주지스님. 그러하옵니다."
"허면 그 양식은 다 어디에서 나온다던고?"
"양식이야 조정에서 보내주고 공양미 들어오는 것이 있으니 별 걱정은 없사옵니다, 스님."
"이것 보시게, 원주스님. 하루 세 끼 공양은 오늘이 마지막일세."
"예에? 무슨 말씀이시온지요?"
"내일부터는 저녁 공양이 없단 말일세."
 다음날 스님은 모든 대중을 한자리에 모이게 했다. 대중들은 무슨 일인가 웅성거리며 모여들었다.
 회연스님은 주장자를 들어 세게 쳤다. 그제서야 질서없이 웅성거리던 소리가 잦아들었다.
"여러 대중들은 잘 들어라. 이 나라가 수십 년째 병란에 시달리고 있음은 삼척동자도 아는 일이다. 이 나라 조정도 이백 년 왕업을 이어오던 궁궐을 비워두고 강화도에 피신해 있으며, 백성들은 죽거나 불구가 되었고, 팔도강산은 시산혈해를 이루고 있도다. 참으로 눈 뜨고 볼 수 없는 참상에 통분치 아니 하는 사람이 어디 있으리요. 여기 강화도만 하더라도 굶어 죽어가는 노인, 아녀자가 즐비하여 들판에 나가보면 풀뿌리, 풀잎을 뜯어먹는 백성의 무리가 수십 리에 걸쳐 있거늘, 부처님 제자된 출가수행자가 어찌 밥을 먹을 것이며, 그것도 어찌 하루 세 끼를 꼬박

찾아 먹는단 말이냐? 부처님 가르침의 근본이 자비이거늘, 굶어 죽는 백성을 어찌 모른 척한단 말이냐. 오늘부터 하루 세 끼 공양을 폐지하고 아침에는 죽, 점심에는 밥을 먹되 저녁에는 공양이 없을 것이다."

스님의 말씀은 그간 하루 세 끼 배불리 먹던 대중들에게는 청천벽력이었다. 그날부터 회연스님은 하루 죽 한 끼로 때우면서 모범을 보였다. 그래도 대중들의 불만은 대단했다.

그간 왕실에 들락거리며 임금이나 군신들의 비위나 맞추며 큰 시주를 얻어 호의호식하며, 농사도 안 짓고 싸움터에도 나가지 않으며 편히 살았던 이들이니 오죽하랴.

도둑놈 심보로 머리를 깎은 대중들도 있었으니 슬슬 걸망을 챙겨 떠나려는 대중도 많았다.

그날 저녁 원주스님이 저녁 공양 폐지를 거두어달라고 청하러 주지스님의 처소에 들렀다.

그러나 회연스님은 눈 하나 깜짝하지 않고 떠나는 대중이 많으면 많을수록 좋다고 한술 더 떴다.

그리고 원주스님에게 새로운 수칙을 내렸다.

"여보시게, 원주스님. 내 말 명심해서 내일부터 시행하게. 새벽 예불에 참예치 않는 자는 아침 죽도 주지 말게. 병들어 누워 있는 자가 아니면 예외가 없네."

"예, 주지스님."

"그리고 참선수행에 빠지는 자는 점심 공양을 금할 것이며, 울력에 빠지는 자, 저녁예불에 빠지는 자, 모두 낱낱이 점검하여 모두 굶길 것이야."

"아이구, 주지스님. 스님께서 강화도 사정을 모르셔서 그러시는 것 같사온데……"

"모르건 알건 소용없는 소리. 불자는 불가의 법도를 지켜 사는 것이 첫째일세. 첫째가 없는데 둘째, 셋째가 무슨 소용 있겠나?"

"아이구 주지스님. 스님 말씀대로 시행하면 선원사에는 대중이 몇 명 남지 않을 것이옵니다."

"그게 내가 바라는 것일세. 출가수행자다운 수행자만 남는다면 그보다 좋은 일이 어디 있겠나?"

"아이구, 스님. 이대로 강행하시면 큰 소동이 벌어질 것이옵니다."

"이보게, 원주. 그대로 시행하게. 이 선원사 주지가 그대던가, 아니면 난가?"

다음날 새벽, 스님은 새벽예불에 참예한 수행자들을 일일이 점검하였다. 그리고 그 사람에게만 아침 죽을 먹게 했다.

그런데 그날 저녁 박송비 장군이 주지스님을 찾아왔다.

"대사, 그간 안녕하셨는지요?"

"아니, 장군께서 어인 일로 찾아 계시옵니까?"

"이것 참, 난처한 일이 생겼어요."

"난처한 일이라니요?"

"주상 전하의 조카께서 이 절에 계셨는데 대사께서 오늘 아침 쫓아냈다면서요?"

"이것 보십시오, 박장군. 소승은 도대체 장군께서 무슨 말씀을 하시는지 알 수 없구려."

"허허, 대사께서는 아직도 제 말을 알아듣지 못하셨습니까? 주상 전하의 아우 안경공의 둘째아드님이 출가하시어 이곳 선원사에 계셨는데, 그 일운수좌가 오늘 낮에 선원사에서 쫓겨났다 이런 말씀입니다."

"쫓겨나다니요?"

"아침밥을 굶겨서 나가게 했으니, 쫓아낸 것과 진배없지 않습니까?"

회연스님은 어이가 없었다. 이제 무슨 얘긴지 짐작이 갔다. 그 일로 안경공과 그의 부인이 노발대발하였으니 당장에 박송비 장군이 선원사를 찾게 된 것이다.

"우선 소승의 말을 들어주십시오. 이 선원사에는 많은 대중이 살고 있습니다. 우리 불가의 본래 법도는 오후 불식이 청규로 정해져 있어서 오후에는 음식을 먹지 않습니다. 그런데 선원사에 와 보니 저녁 공양이 있기에 제가 폐지했습니다. 지금 강화도, 아니 이나라 백성 모두가 굶주려 죽어가는데, 출가수행자가 법도까지 어겨가며 배불리 먹는다는 것은 있을 수 없습니다."

"예, 허면 아침은 왜 굶기셨는지요."
"아침에는 죽을 먹게 했지, 굶기지는 않았습니다."
"그러면 일운수좌가 아침까지 굶고 나왔다고 그러시더라는데 그건 어인……"
"박장군도 불법을 아시는지 모르겠지만 불가에서는 이른 새벽에 눈을 뜨면 모두가 법당에 모여 새벽예불을 올립니다. 명색이 부처님의 제자라는 자가 새벽에 예불을 안 올린다는 것은, 신하된 자가 입궐해 주상 전하께 절을 올리지 않는 것과 같은데 만일 장군께서는 그런 자가 있다면 어찌 처리하시겠는지요?"
"아 그거야, 불문곡직 파직이지요."
"그래서 소승도 예불을 올리지 않는 자는 아침을 먹을 자격이 없다 한 것입니다."
"그러면 새벽예불에 참예치 않은 벌로 굶게 하셨군요."
"그랬더니 젊은 수행자들이 굶고는 못 살겠다 하면서 스스로 선원사를 걸어나간 것뿐 누가 누구를 내쫓겠소이까?"
박송비가 들어보니 하나도 이치에 어긋난 것이 없었다. 하지만 워낙 세도가 있는 집안의 자제인지라 회연스님에 대한 걱정이 앞섰다.
"그래도 왕족을 굶겨서야 되겠습니까? 미리 좀 살펴주시지 않구요. 왕족을 능멸했다고 하니, 참……"
"일단 출가를 했는데, 왕족 귀족 구분이 어디 있소이까? 불가

에서는 출신성분의 차별이 본래 없습니다. 허나 주상 전하께서 벌을 내리신다면 소승 그 벌을 달게 받아야지요."

박송비 장군이 돌아가고 스님은 하루 종일 언제 그런 언짢은 일이 있었느냐는 듯 조용히 참선을 하였다.

그때 선린상좌가 다급히 찾는 소리가 들렸다.

"스님, 스님. 계시옵니까?"

"으음, 대체 무슨 일인고?"

"큰일났사옵니다. 원주스님께서 붙잡혀 가셨사옵니다."

"무엇이?"

아닌 밤중에 홍두깨라고 밤에 군졸들이 들이닥쳐 원주스님을 잡아간 것이다. 스님은 왕실 소속의 군졸이라면 낮에 박 장군이 왔다간 일과 관계가 있으리라 생각했다.

"일찍이 은사님께서 권력 옆에는 가까이 가지 말라 이르셨거늘 내가 그 가르침을 어겼으니 어떤 일이 일어나도 모두 자업자득이요, 자작자수니라. 세상이 어수선하니 우리가 저 두견새만도 못한 신세가 되었구나."

그날 밤 군졸에게 붙잡혀간 원주스님은 안경공의 부인 앞에 끌려가서 닥달을 당하고 있었다.

"우리 일운스님이 주상 전하의 조카라는 것을 원주스님은 모르고 있었소?"

"아 예, 소승이야 익히 알고는 있습니다요."
"허면 그걸 알면서도 일운스님을 굶겼단 말이오."
"그, 그것은…… 주지스님의 엄명이 있으셨기에……"
"주지가 굶기라고 엄명을 내렸다?"
"아이구, 그런 게 아니옵니다. 우리 주지스님께서는 딱히 누구 누구를 지목해서 굶기라 하신 것이 아니옵고……"
"아니, 무슨 말씀이 그리 오락가락한단 말이오."
"저 주지스님께서는 새벽예불에 참예치 아니하는 자는 그 누구를 막론하고 아침을 먹이지 말라고 하셨습니다."
"아니, 우리 일운스님이 새벽예불에 참예치 않아 그 벌로 아침을 굶겼단 말입니까?"
"예, 그러하옵니다."
"허면 아침을 굶긴 승려가 몇이나 되오?"
"예, 줄잡아 4, 50명은 족히 될 것이옵니다."
"허면, 한 가지 더. 저녁은 왜 굶겼는고?"
"저녁밥은 굶긴 것이 아니라 모든 대중이 다 먹지 아니 했사옵니다."
"무슨 까닭으로 저녁을 굶겼더란 말이오?"
"예, 주지스님께서 백성들이 굶어 죽어가고 있고 초근목피로 연명하는 터에 출가수행자가 어찌 하루 세 끼를 다 챙길 것이냐 시며 저녁 한 끼를 금하라 하셨사옵니다."

"잘 들으시오. 원주스님. 새로 왔다는 주지가 저녁을 굶기고 아침까지 이 핑계 저 핑계로 굶기는 데는 필시 그럴 만한 까닭이 있을 터인즉, 이는 남은 양식을 빼돌려 사복을 채우려는 흉계임이 분명할 것이니, 잘 보고 있다가 그런 짓을 하면 내게 곧 알려야 할 것이오. 알겠소?"

선린상좌는 원주스님의 얘기를 듣고 걱정이 되는지라 회연스님에게 올라와서 절을 나간 승려들 중에는 권문세도가의 자제들이 많이 있었음을 얘기했다.
"자고로 우리 불가에서는 오는 사람 막지 않고 가는 사람 붙잡지 않느니라."
"하오시면 스님, 앞으로도 저녁 공양을 금하시고 예불에 참예치 아니하거나, 울력에 참여치 아니하면 굶기실 작정이시옵니까?"
"불가의 법도를 지키지 아니하면, 사찰은 청정수행 도량이 되지 못하고 아까운 곡식만 축내는 도적의 소굴이 되고 말 것이다. 너라면 그런 것을 그냥 보고 있을 것이냐?"
"하오나 스님, 이대로 가다가는 대중이 몇 명 남지 않을 것이기에……."
"비록 이 선원사에 단 한 명이 남는다 해도 불가의 법도는 지켜야 할 것이요, 사찰 청규는 바로잡혀야 한다."

"하오나 스님, 감히 말씀드리기 송구스럽사오나 모난 돌이 정 맞는다 하지 않사옵니까? 서서히 바로잡으심이 어떻는지요."
"선린아, 저 산에 솔은 사시사철 푸르러야 솔이라 할 것이다. 휘어진 대나무가 어찌 대나무겠느냐?"
그 다음날도 다음날도 회연스님은 원칙에 따라 일을 처리하게 했다. 그러자 갈수록 선원사를 떠나는 승려가 늘어났다.
보다못한 원주스님이 회연 주지를 찾았다.
"스님, 소승 원주이옵니다."
"그래, 무슨 의논할 일이라도 있던가?"
"예, 말씀드리기 죄송하오나 오늘도 또 십여 명이 선원사를 떠났사옵니다."
"이것 보시게, 원주스님. 저 소리를 들어보시게."
"무슨 소리 말씀입니까?"
"독경소리 말일세. 청정한 수행도량에서는 때맞추어 저렇게 독경소리가 울려 퍼져야 하는 게야. 그리고 청정도량에서는 죽비 소리가 그치지 아니해야 하는 게야."
"예, 스님."
원주스님이 깊이 고개를 숙였다.
"예불도 아니 하고 독경도 아니 하고 참선도 아니 하면서 이백, 이천 명이 있다 한들 무슨 소용이 있겠는가?"
"스님의 말씀은 잘 알고 있사오나……."

"이것 보시게 원주, 세상이 어수선하다고 아낙이 밥을 짓지 아니하고 빨래도 아니하고, 농부가 농사도 아니 짓고 주야장천 술이나 마시며, 출가수행자가 공부도 아니하고 아까운 곡식만 축내고 있다면 장차 이 세상이 어디로 가겠는가?"

"그거야 세상이 망하게 되겠습지요……."

"세상이 어지러울수록 본분을 다할 때 세상도 제자리를 찾게 되는 게야."

회연스님이 주지로 온 지 몇 달 되지 않아 대중은 반으로 줄었다. 그러나 독경소리, 죽비소리가 끊이질 않으니 팔만대장경판을 판각했던 유서 깊은 선원사는 이제 청정도량의 모습을 되찾아가고 있었다.

회연스님은 선린상좌에게 걸망을 가져와서 탁발을 나가라고 분부했다.

"스님, 걸망은 여기 있사온데……."

"탁발을 좀 갔다오라는데 왜 놀라느냐. 굶어 죽어가는 백성이 태반인데 어찌 탁발을 하겠느냐는 말이렷다?"

"예, 스님. 초근목피나 개펄에 나가 게를 잡아다 연명하는 게 백성들의 처지인데 어디 가서 탁발을 할 수가 있겠사옵니까, 스님?"

"선린아, 내 말을 잘 들어라. 마을에 나가 탁발을 하다 보면 어느 집이 궁색하고 어느 집이 굶고 있는지 알 게 아니냐? 식구 많은 집, 병자가 있는 집도 알게 될 게구?"
"예, 스님."
"사정이 급박한 집을 골라 석필로 표시를 해두어라."
"동그라미라도 쳐놓으란 말씀이세요?"
"그래 문짝이건, 담벼락에건 표시를 해둬라. 나중에 그 표시를 보고 구분을 할 수 있기만 하면 된다."
"성안, 성밖 어디에나 상관없이요?"
"그래, 가릴 것 없다."
오후가 되자 회연스님은 원주스님을 불렀다.
"원주스님은 우리 살림을 맡아보고 있으니 곳간의 사정은 자세히 알고 있으시겠지?"
"예, 잘 알고 있사옵니다만."
"허면 곳간에 양식이 얼마나 남아 있는고?"
"예, 쌀은 2백 가마가 조금 넘구요. 좁쌀이 30여 가마, 메주 쑬 콩이 20여 가마 있사옵니다."
"허면 저녁 공양 폐지하고 아침에 죽을 쒀 먹은 덕에 남긴 양식은 대충 얼마인고?"
"그동안 절약한 것이 30여 가마는 족히 될 것이옵니다."
"30여 가마라? 그러면 다른 곳간에 옷감은 얼마나 쌓여 있던가?"

"글쎄, 자세히 살피지는 않았사오나 수십 필, 아니 수백 필 될 것이옵니다."
"그러면 그 옷감 가운데 무명베만 골라내게."
"아이구 기왕지사 옷감을 고르실 바에야 비단으로 고르셔야지요."
"허허, 내가 옷을 해입자는 게 아닐세."
"하오시면 아랫백성들이나 입는 옷감을 어디다 쓰시게요?"
"그 옷감으로 대중들을 시켜서 자루를 만들도록 하시게."
"예에? 자루라니요?"
"양식 담는 자루도 모르시는가? 기왕 자루를 만드는 김에 대두 한 말 양식이 들어갈 만하게 넉넉하게 만들도록 하게나."
"그럼 몇 개나 만들면 되는지요?"
"백 개든, 이백 개든 되는대로 만들게나. 낱알이 안 빠지게 바느질을 잘하도록 이르게."

그날 저녁 탁발 나갔던 선린상좌의 얘기를 들으며 주지스님은 눈을 지그시 감았다. 아이들이 부황이 들어 팔다리는 마른 나뭇가지 같으나 배는 불룩 튀어나와 있기도 하고, 굶어 죽은 아이만도 부지기수였던 것이다.

선린상좌는 거의 모든 집에 표시를 할 수밖에 없었노라고 털어놓았다.

다음날 스님은 원주스님을 불러 자루를 몇 개나 만들었는지 물었다. 원주스님의 말이 백여 개는 된다 하였다.
"그러면 쌀 대두 한 말씩을 자루에 담고 단단히 묶도록 하시게!"
"예에? 쌀을요?"
"한 사람이 하나씩 짊어지고 갈 데가 있네."
"어디로 가신단 말씀입니까?"
"원주도 가 보면 알게 될 것이야."
"하오나 스님, 죄송하지만 양식은 나라에서 내리신 것이기에 절 밖으로 내어갈 수는 없사옵니다."
"사찰 밖으로 나가면 벌을 받게 되는가?"
"예. 그러하옵니다, 스님."
"벌을 받을 때 받더라도 나는 내가야겠으니 그리 알게."

저녁 예불이 끝난 뒤, 회연스님은 선린상좌를 불렀다.
"너는 오늘밤, 전에 다녀온 마을을 갔다와야 할 것이야."
"어찌하면 되옵니까?"
"원주스님과 다른 대중들과 함께 네가 표시했던 집앞에다 양식자루를 하나씩 놔두고 오너라. 그러나 아주 조용히 움직여 누구도 눈치 못 채게 잘해야 하느니라."
"그렇지만 아무 백성에게나 양식을 나눠줘도 될는지요."

"강화성에 들어와 살면 다 우리 백성이지 무슨 소리냐?"

"그야 그렇사옵니다만, 사찰 양식을 그렇게 마구 나누어주어도 뒤탈이 없을는지요?"

"뒤탈이 있다 한들 그것이 무슨 큰죄나 된다더냐? 벌을 내린다면 내가 받을 것이니 걱정할 것 없다."

회연스님은 선린상좌에게 여러 가지 자세한 것을 일렀다.

어느덧 해는 서산에 기울어 선원사의 뜰에도 어둠이 깔렸다. 그러자 대중들은 원주스님의 명에 따라 새로 만든 자루에 쌀을 담고 묶느라 분주했다. 회연스님은 원주스님에게 쥐도새도 모르게 삼경부터 옮기라고 했다. 원주스님의 마음에는 의심이 뭉게뭉게 피어올랐다. 안경공 부인의 당부도 있고 해서 오늘은 잘 살펴보리라 마음먹었다.

삼경이 되어 선린상좌를 길라잡이로 대중들이 양식자루를 메고 나섰다. 원주스님도 의심을 품고 따라나섰다.

'어느 포구로 가서 배에 실으려는 것일까? 아니면 어느 곳간을 빌려두셨나?'

자꾸만 주지스님에 대한 의심이 생겼다.

그러나 선린상좌는 어렵다고 생각되어 표시한 집을 일러주면서 양식 자루를 하나씩 놔두라고 하는 게 아닌가?

원주스님은 얼굴이 화끈거렸다. 주지스님을 의심한 사실이 너무도 부끄러웠다. 참새가 어찌 봉황의 뜻을 알겠는가 말이다.

원주스님은 절로 돌아와 곧장 주지스님에게 올라갔다.
"스님, 원주이옵니다. 용서해 주시옵소서."
"이 사람, 용서라니, 수고했네. 그만들 쉬게."
"아니옵니다. 소승 어리석게도 스님께서 양식을 사사로이 빼돌리시는 줄 알고…… 큰 죄를 지었나이다."
"어허, 그만 일어나시게."
"스님, 자비를 베푸시어 소승과 대중들의 잘못도 용서하시옵소서. 양식을 짊어지고 갈 때 모두 술렁대며 스님을 의심했습니다. 그러나 가난한 백성의 집에 소리없이 내려놓고 나와야 한다는 말을 듣고 백여 대중 어느 누구 하나 울지 않는 이가 없었사옵니다. 지금 모두들 대법당으로 올라가 참회를 하고 있습니다요."
"대중들이 법당에 있다구. 알았네. 모두들 법당으로 올라가세."
참회기도를 올리는 대중 앞에 나선 주지스님은 주장자를 높이 들어 법상을 쳤다.
쿵, 쿵, 쿵.
"그대들도 야반 삼경에 때 아닌 울력을 하고 와서 피곤할 터인데 어서 처소로 돌아가 잠을 자야 할 것이니 그만들 일어서거라."
그러나 모두 일어서지 않고 용서하시라는 말만 할 뿐이었다. 그때 한 대중이 일어섰다.
"소승 감히 한 말씀 올리겠나이다. 저희 어리석은 중생들은 그

동안 저녁 공양을 폐하시고 아침죽을 주시면서 남긴 양식을 절 밖으로 내가는 일을 보고 어리석게도 주지스님을 매도하고 지탄 하였습니다. 그리고 날이 밝으면 관아에 고발하리라 입을 맞추 었습니다. 그러나 사실을 알고는 죽고 싶은 심정이 되었습니다. 스님의 깊은 뜻을 모르고 자비로우심을 원수로 갚으려 한 죄, 어찌 막중하지 않사옵니까? 참회를 하게 두시옵소서."

"그대들은 들으라. 오늘 그 양식은 그대들이 덜 먹고 아낀 것이니 그대들이 모았고, 그대들 손으로 직접 자비를 실천하였으니 얼마나 좋으냐. 부처님의 자비를 손수 실천한 사람들에게 내 무슨 사사로운 감정이 있으리."

그런데 다음날 아침이 되자 강화도 안에 소문이 쫙 퍼졌다. 소문의 내용은 의로운 도적이 관아의 곳간에서 도적질을 해서 훔친 양식을 가난한 백성들에게 골고루 나눠 주었고 그래서 관아마다 곳간을 점검하느라 큰 소동이 났다는 것이다.

그러나 낮말은 새가 듣고 밤말은 쥐가 듣는다고 사흘이 안 되어 쌀을 지어 나른 것이 선원사 승려들이었음이 밝혀졌다. 그러자 관아에서는 원주스님을 불러갔고, 급기야는 주지스님까지 관아로 불려 가기에 이르렀다. 은밀히 하려던 일이 생각지도 않게 커져버린 것이다.

스님은 가사, 장삼에 주장자를 들고 선원사를 나섰다. 갑곶이 개펄을 오른편에 끼고 강화성을 향해 걷다 보니 아낙네, 할머니들이 개펄에 돋아난 풀을 뜯고 있었다. 스님 눈에는 그것이 신기해 보였다.
"저기 저 아낙네들이 개펄에서 무엇을 뜯고 있는고?"
"개펄에서 자라는 야생초이온데 나문재라 하옵니다. 먹을 것이 없으니 저 나물을 데쳐서 나물로도 먹고 국도 끓여 먹고 보릿가루를 섞어 죽도 끓여 먹지요."
"개펄에 난 풀로 연명을 한단 말이냐?"
"예, 강화도에는 이런 노래도 있는걸요."

  밭둑 논둑에 쑥이 없고
  강화 갑곶이 나문재 없으면
  강화 사람 다 죽었네.
  강화 사람 다 죽었네.

"선린아, 너는 저 나문재를 보고 배워야 할 것이다. 처처불이라 했으니, 쑥이 곧 부처요, 나문재가 관세음보살이니 이 세상 모든 만물 고맙지 아니한 것이 어디 있느냐."
"예, 스님."
갑곶이를 지나면서 스님은 깨닫는 바가 많았다. 너와 내가 둘이 아니요, 빛과 어둠이 둘이 아니며, 기쁨과 슬픔이 둘이 아니

라는 것이었다. 이때 스님은 마음속으로 당신의 이름을 다시 정하였으니 바로 일연(一然)이다. 밝은 빛을 뜻하던 견명에서, 어둠을 뜻하는 회연에서 이제는 밝음과 어둠이 둘이 아니라 하나요, 하늘과 내가 둘이 아니라 하나며, 풀과 내가 하나며, 바다와 내가 하나라는 뜻으로 일연이 된 것이다. 한 일 자, 그럴 연 자, 일연 스님.

16
못다한 효도를 위해

일연스님이 관아를 향해 이런저런 생각을 하며 걸어가는데 앞에서 원주스님이 부리나케 달려오고 있었다.

"스님, 죄송하옵니다. 저쪽에서 이미 다 아는 눈치기에 이실직고하고 말았습니다요."

"사실대로 다 말했더란 말이냐?"

그 말을 듣고 일연스님은 발길을 돌렸다.

어느 여염집 노파가 나문재나물을 많이 먹고 배탈이 나서 밤중에 뒷간에 가다가 웬 스님이 양식자루를 내려놓고 가는 것을 보았다고 말한 것이다.

"그래, 사실대로 말을 하니 방면해 주더냐?"

"남의 양식을 훔쳐다준 것이 아니니 도적으로 잡아들일 수는 없다며 주상 전하께 상세히 아뢸 것이니 절에 돌아가 있으라고

했습니다."

"주상 전하께?"

일연스님은 생각지도 않게 일이 커진다고 느꼈다. 이제 와서 누구 탓을 할 수는 없으나 참으로 난처하게 된 것이다.

다음날 일연스님에게 궁으로 들어오라는 어명이 떨어졌다.

일연스님은 임금에게 정중히 절을 올리고 조용히 기다렸다. 그런데 기다렸던 불호령은 없고 미소를 머금은 인자한 목소리가 귀를 울렸다.

"어찌 그리 장한 일을 하셨소. 아니, 양식을 아끼시어 생면부지 남에게 나누어주었던 게요?"

"주상 전하, 아뢰옵기 황송하오나 이 강화도에 살고 있는 백성은 모두 한 핏줄을 이어받은 주상 전하의 백성이오니, 어찌 남이라 하오리까?"

"허허, 그러면 모두 한백성이니 남남이 아니라 그런 말씀이시구려."

"일찍이 부처님께서 이르시기를 이 세상 천지만물이 다 한 뿌리요 한몸이라 하셨으니, 하물며 한 나라에서 한 임금님을 모시고 사는 백성이 어찌 남이오리까?"

"허면 짐이 한 가지 더 묻겠소. 엊그제 묘통사에 갔다가 스님으로부터 보살도를 행하라는 설법을 들었소. 헌데 왕궁으로 돌아와서 곰곰 생각해 보니 과연 보살도가 무엇인지 그걸 물어보지 못했으니 소상히 일러주시오. 대체 보살도란 무엇을 이름이오?"

"예, 주상 전하. 내 자식과 남의 자식이 똑같이 물에 빠져 떠내려갈 적에 자기자식부터 구해내는 사람은 중생이라 할 것이요, 남의 자식부터 구해내는 사람은 보살이라 할 것이며, 여러 사람이 똑같이 굶주리고 있다가 음식이 생겼을 적에 남보다 먼저 먹는 사람은 중생이라 할 것이요, 나보다 먼저 남을 먹이는 사람은 보살이라 할 것이옵니다."

"허허, 그러고 보면 짐에게 만백성을 살리는 일을 하라, 그런 말 아니겠소."

"그런 줄로 아옵니다, 주상 전하."

"헌데 말씀이오, 대사. 대사께서 하신 일이 잘한 일이라고 생각하고 계시오?"

"잘못된 일이었사옵니다, 주상 전하."

"허면 무엇이 잘못되었소?"

"예, 백성들의 굶주림을 덜어주는 일은 마땅히 주상 전하께서 베푸셔야 할 은혜로운 일이거늘 감히 이 어리석은 중이 주상 전하의 은혜를 흉내내었으니 그것이 첫째 잘못이며, 설령 이 어리석은 중이 백성들 굶주리는 게 가엾어 양식을 나누어주었더라도 은밀히 소리소문 없이 했어야 마땅하거늘 민심을 들뜨게 했고, 소문에 소문이 꼬리를 물게 했으니 이 또한 잘못이옵니다."

"허면 대사께서는 과연 그 잘못을 어찌 감당하시려오."

"어떤 벌을 내리시더라도 달게 받겠사옵니다."

"대사, 짐은 이미 부처님께 귀의해서 자비로운 마음으로 나라를 다스리고 어진 덕을 베풀어 백성들을 보살피기로 다짐한 터, 이제 무엇이 보살도인지 소상히 알게 되었거니와 선원사 주지승 이하 모든 승려들이 끼니를 굶어가며 양식을 모아 굶주리는 백성들에게 구황식을 베풀었으니, 그 일이 보살도가 아니겠소이까?"

"아니옵니다, 주상 전하. 과찬의 말씀이시옵니다."

"짐은 대사의 자비심을 본받아 백성들의 어려움을 소상히 보살필 것이로되, 짐이 선원사 대중을 위하여 양식을 넉넉히 내릴 것인즉, 차후로는 끼니를 굶기는 일은 없도록 하시오."

"아니옵니다, 주상 전하. 선원사에 양식을 늘리는 일만은 거둬 주옵소서."

굶어 죽어가는 백성들에게 양식을 나눠준 사건의 자초지종이 소상하게 알려지고, 더군다나 임금님도 선원사 대중들의 보살도에 감복했음이 알려지자, 자연 선원사에는 불공을 드리러 오는 사람이 구름같이 모여들었다. 일연선사의 설법을 듣고자 왕족, 귀족, 벼슬아치까지 줄을 잇게 된 것이다.

그러던 어느 날 젊은 객승이 일연선사를 찾아왔다.

"소승, 경상도 포산 무주암에서 왔사옵니다."
"무엇이? 그곳은 내가 유하던 곳이 아니더냐?"
"그러하옵니다, 스님."
"그런데 어인 일로 이 먼 길을 왔던고?"
"스님께서는 혹시 지명스님을 기억하시는지요."
"아다 뿐이냐. 다리를 치료하러 진주로 나가신 후 소식이 끊겼는데 그래 지금 어디 계신다더냐?"
"옛날 스님과 함께 지내시던 무주암에 계시옵니다."
"허허, 무주암에 계신다구. 그 스님 혼자서 신선놀음을 하고 계시겠구먼."
"스님, 스님께서는 장산에 속가가 있으셨습지요?"
"속가라?"
"예, 하루는 지명스님이 탁발을 나가셨다가 선원사에 스님이 계신다는 소식을 듣고는 소승에게 급히 다녀오라 이르셨습니다."
"무슨 전언이 있더냐?"
"예, 장산에 아직도 스님의 자당님께서 생존해 계시니 알려드리라 하셨습니다."
"아니 무어라구?"
일연선사는 어머니가 고향에 살아 계신다는 소식에 너무 놀랐다. 어머니에 대한 생각을 완전히 잊고 살아온 세월이었다. 속가

와의 인연을 매몰차게 끊지 않으면 세속의 정에서 헤어날 수 없음을 알았기에 진전사로 가는 길에 잠시 들렀을 뿐, 삭발출가한 후 여태 한 번도 들르지 않았던 것이다.

"스님, 사실은…… 처음에는 지명스님도 안 알리시려 했는데 노보살님께서 꼭 한 번 뵙고 싶다고 자주 말씀을 하시는지라…… 하는 수 없이 소승을 보내셨사옵니다."

"그러니까 옛날 그 집에 그대로 계시더란 말이냐?"

"예, 스님. 그렇사옵니다."

일연선사는 지금 당장이라도 어머니를 뵈러 가고 싶었다. 날개라도 있다면 훨훨 날아 고향집에 계신 어머니를 뵙고 싶지만, 선원사 주지자리를 내린 게 임금이니 허락이 있어야 할 것 같았다. 일연선사는 궁에 상소를 올려 임금을 배알코자 하였으나 궁에서는 영 기별이 없었다. 그래서 선린상좌를 통해 알아보게 하였는데 알아본 바로는 몽고의 사신이 와서 임금을 원나라 서울로 오라가라 하니 그것을 무마하느라 눈코 뜰새없다는 것이다.

일연선사는 나랏일이 위급지경인데 사사로운 일로 심려를 끼친 것 같아 임금에게 미안한 마음이 있었지만, 무작정 기다리자니 애가 탔다.

그러다 며칠이 흘렀을까? 궁에서 기별이 왔다. 참으로 오랜만에 임금을 배알하게 된 것이다.

일연선사는 원종에게 머리를 조아리고 선원사 주지 자리를 파직하여 달라고 청했다. 그러나 쉽게 허락이 떨어지지 않을 것은 자신이 너무나 잘 알고 있었다. 자신의 능력이 부족함을 들어 아무리 설득하려 해도 쇠귀에 경읽기로 막무가내였다. 일연선사는 할 수 없이 솔직히 털어놓을 수밖에 없었다.

"주상 전하, 소승 차마 말씀드리기 부끄럽사오나 삭발출가한 지 어느덧 마흔다섯 해이온데, 근자에 소승이 큰 죄를 저질렀음을 알았사옵니다."

"큰 죄라니요?"

"소승이 알기로 불충이 가장 큰 죄요, 다음이 불효거늘, 여태까지 불효막심했던 사실을 몰랐습니다. 근자에 팔순 노모가 고향에 계심을 알았으니 어디 조그만 암자에라도 들어가 노모를 모시고 싶사옵니다."

"허허, 그렇다면 자당님을 이곳으로 모시면 되지 않소?"

"팔순이신지라 원로에 행보하심이 어려울 것입니다."

"그렇겠구려. 그럼 잠시 뵙고 오도록 하시오."

"성은이 망극하옵니다, 전하. 그러나 그동안 저지른 불효가 막중한데 며칠간 다녀와서 더 큰 불효를 저지르는 게 아닌가 저어되옵니다. 돌아가시는 날까지 모시고자 하오니 윤허하여 주옵소서."

일연선사가 낙향하겠다는 말에 원종은 끝끝내 붙잡으려 했지만, 할 수 없이 허락을 하게 되었다.

"자당님께서 세상을 뜨실 때까지 효도를 다하고 그 효도를 다한 뒤에는 다시 짐 곁으로 와주시오."

"성은이 망극하옵니다."

일연선사는 원종의 허락을 받고 그날로 걸망을 챙겼다. 떠나려 하니 원주스님뿐만 아니라 여러 대중들이 발길을 떼지 못하게 하는 것이었다.

"그대들도 아시다시피 이 절 선원사는 팔만대장경판을 다시 만든 유서 깊은 사찰일세. 어느 스님께서 주지로 오시든지 독경소리, 죽비소리 그치지 않고, 염불소리, 기도소리가 크게 울려 퍼지면 이 땅에 부처님의 법음을 전하는 요람이 될 것이니 그리들 노력하게."

일연선사는 원종 2년, 왕명을 받고 강화도 선원사 주지를 3년 동안 맡아서 가풍을 바로잡고 자비보살행을 몸소 실천하여 가난한 백성을 어루만지다가, 고향에 계신 노모에게로 향했다. 일연선사가 떠나는 것을 배웅키 위해 마을 사람들이 줄지어 나와 눈물을 흘리며 이별을 슬퍼하였다.

갈매기소리, 파도소리와 함께 백성들의 배웅을 뒤로 하며 배가 서서히 용당포구를 떠났다.

선사는 뱃전에 서서 멀어지는 강화도를 바라보았다. 오랑캐가 이 땅을 짓밟은 지 32년, 이 강화도가 없었으면 이 나라 종묘사

직이 어찌 되었을 것인가? 참으로 소중한 섬이라는 생각이 들었다.

 일연선사를 태운 배가 서해안을 따라 남쪽으로 내려가서 다시 전라도를 돌아 한 달이 넘는 긴 항해 끝에 지금의 경상도 포항 근처 포구에 도착했다.

 안내하던 스님이 보경사로 안내하려 했으나 일연선사는 속가에 먼저 들르겠다며 쉬지를 않았다. 이리하여 세 스님은 다시 걸음을 재촉하였다.

 음메— 음메.
 고향에 돌아와 보니 이 골목이 저 골목 같고 거기가 거기 같았다. 그러나 마을 우물을 발견한 일연선사는 옛집을 찾을 수 있었다.
 스님이 마당에 들어서니 집은 퇴락할 대로 퇴락하여 지붕 위에서는 풀이 자라고 있고 마당 안은 잡초가 무성했다.
 "노보살님, 노보살님."
 지명스님의 상좌가 아무리 불러도 인기척이 없다.
 "어디 나가신 모양입니다요, 스님."
 "그, 글쎄다."
 "가만요, 제가 뒤꼍에 좀 가보고 오겠습니다. 밭에 계실지 모르니!"

그때 머리가 하얗게 센 꼬부랑 할머니가 마당 쪽으로 걸어나오고 있었다. 일연선사는 꼼짝도 할 수 없었다. 얼어붙듯 그 자리에 서 있었다.

"노보살님, 노보살님, 소승을 알아보시겠습니까?"
"아이구 그래. 지난번에 양식 갖다주구간 스님이군그래?"
"예, 안녕하셨는지요. 이 분을 알아 보시겠습니까? 여기 이 분이 바로 일연선사님이십니다요."
"누구라구?"
"어머님! 어머님, 소자이옵니다."
"누구라구요? 아니 웬 스님이 이 늙은이더러 어머니라구 하누."
"어머니의 자식 견명이옵니다."
"뭐? 내 자식 견명이?"
"그러하옵니다. 불효자식 견명이 인사올립니다."
"아이구, 네가 살아 있었단 말이냐, 정말 그 옛날 내 자식 견명이여?"

아홉 살 어린 나이에 집을 떠나 멀고 먼 전라도 땅으로 공부하러 가서 5년, 잠시 집에 들러 인사만 남기고 설악산으로 떠난 후 어언 45년 세월이 흘렀다. 이제 환갑이 다 되어 집으로 돌아왔으니 팔십 넘은 노모는 기가 막혔던 것이다. 스님은 그날 노모와 이런 저런 얘기를 주고받으며 뜬눈으로 밤을 밝혔다.

아버지가 오랑캐 손에 돌아가시고 난 후 혼자 농사 짓고 고생한 얘기, 절에 가서 찾아보려 해도 절에서 부르는 이름도 모르는지라 엄두도 못 내고 살아온 얘기를 풀어놓으며 눈물도 함께 풀어놓았다.

다음날 일연선사는 선린상좌를 불렀다.

"선린아, 네게 보여서는 안 될 꼴을 보였구나. 명색이 출가한 자가 세속의 인연을 끊어내지 못하고 팔순 노모의 정에 심약해서 이러고 있으니 추하게 보일 것이다."

"일찍이 스님께서 소승에게 이르시길 모든 중생을 다 부처님으로 보고, 모든 중생을 다 부모님으로 여기고 공경하라 하셨습니다."

"허나 나를 낳아주시고 길러주신 속가의 어머님이시고 보니……."

"아니옵니다, 스님. 설령 친어머니가 아니시더라도 팔순 노보살이 곤궁하게 홀로 사신다면 어찌 그냥 모른 척할 수 있겠습니까?"

"허면 어찌해야 할꼬?"

"스님께서 저희에게 몸소 자비를 보여주심이 옳은줄 아옵니다."

"비록 불가의 법도에 어긋나는 일이나 어느 암자, 어느 사찰에라도 들어가 어머님을 모실까 하는데 너는 그래도 나를 따르겠

느냐?"

"예, 스님. 무슨 일이 있더라도 끝까지 스님을 모실 것이옵니다. 부디 거둬주십시오."

"내가 불가의 법도에 어긋나도 말이냐?"

"하오나 스님, 부처님 경전 어디에도 팔순 노모를 홀로 버려두라는 대목은 없는 줄 아옵니다."

"이것 보아라, 선린아. 네 뜻이 정 그러하다면 어서 걸망을 챙기도록 해라."

속가에 오래 머무르는 것이 좋을 것 같지 않아 걸망을 챙기고 세 사람은 다시 길을 떠났다. 불효에 대한 죄를 참회코자 일연선사는 노모를 업었다. 선린은 걸망 두 개를 짊어지고 뒤를 따랐다.

처음에는 노모가 따라나서기를 한사코 거절했다.

"내 비록 늙고 무지해서 아는 게 없다만, 스님이 되어 있는 자식을 어찌 따라다니며 산단 말이냐?"

"그런 것은 괘념치 마시옵소서, 어머니. 옛날 중국의 목암선사는 밤새도록 짚신을 삼고 그 짚신을 팔아 노모를 봉양하기도 했으니 아무리 출가수행자라 하더라도 늙으신 부모님께 자식된 도리를 지키는 것은 결코 흉될 일이 아닐 것입니다."

"아니야. 이제 자식 얼굴을 보았으면 됐어. 어엿한 스님이 되어 있는 걸 보았으니 오늘 눈을 감아도 여한이 없어."
 "아니옵니다. 소자는 어머님을 모시겠다고 약조하고 주상 전하의 허락을 얻어 선원사를 나왔사옵니다. 그런데 소자가 어머님을 두고 혼자 산으로 들어간다면 그건 임금님을 속이고 어머님께 불효를 저지르는 것이 되니, 두 가지 죄를 짓는 것이옵니다. 부디 소자의 청을 들어주소서."
 이렇게 옥신각신한 끝에 일연선사가 어머니를 업고 떠날 수 있게 된 것이다. 고향 속가를 떠난 일연선사와 어머니 그리고 선린상좌는 운제산에 있는 오어사(吾魚寺)를 향해 발길을 옮겼다. 이 절은 신라 때 혜공스님이 창건한 유서 깊은 고찰로, 혜공스님과 원효대사가 세월을 희롱하며 함께 지냈다는 전설이 깃든 사찰이었다.
 뻐국—뻐국.
 산새들 소리는 즐거웠지만 선사는 등에 업은 어머니가 너무도 가벼운지라 가슴이 미어질 듯 아팠다. 일행은 흐르는 개울에 목도 축일 겸 잠시 쉬기로 했다.
 "선린아, 우린 오어사에서 더부살이 객승 신세가 될 텐데 괜찮겠느냐?"
 "예, 하오나 오어사 주지스님이 머무르는 것을 허락치 않으시면 어떡하죠?"
 "혜공선사, 원효대사께서 지내시던 자비도량이거늘 설마 객승

을 문전박대야 하겠느냐?"

"글쎄요."

"헌데 미리 명심할 게 있느니라. 절에 들어가서 우리가 선원사에 있었네, 주지였네 하는 소리는 절대 입밖에 내지 말아야 한다."

"아니 왜요, 스님?"

"그저 이름 없는 수행자로 자처하고 허드렛일이나 부지런히 도우며 살겠다고 해야 한다."

"그러다 괄시를 당하시면 어쩌시려구요, 스님?"

"괄시하는 눈치거든 다른 절을 찾아봐야지."

"저야 괜찮지만 노보살님과 스님 때문에 그러지요. 스님, 그럴 게 아니라 주상 전하께 글월을 올려 어디 머무를 절을 하나 낙점해 주십사 하면 어떨까요?"

"예끼, 권세를 빌려 절 하나를 차지하라는 말이렷다. 안 될 말이다."

일행은 오어사 일주문을 지나 우선 법당에서 부처님을 뵌 후 주지스님을 찾았다.

"객승 문안드리옵니다."

일연선사가 공손히 절을 했다.

"아니, 어디서 오는 객승들이시오?"

"아, 예, 이 산 저 산 만행을 하다가 혜공선사, 원효대사께서 계시던 자비도량이라 하기에 참배코자 찾아뵈었습니다."

"아니, 그러면 저기 있는 노보살도 모시고 만행을 했더란 말이오?"

"예, 저 노보살님은 우리 스님의 어머님이신데요, 우리 스님은 강화……."

"넌 좀 가만 있거라. 소승 말씀드리기 송구하오나 출가한 지 50년 만에 팔순노모를 뵙게 되어 모시고 오게 되었습니다."

"허허, 별일 다 보겠소. 아니 출가한 지 50년 만에 속가의 어머님을 만나 모시고 다니면서…… 알았소이다. 험한 길 일부러 오셨으니 객실에서 하룻밤 쉬었다 가시오."

"허허, 주지스님께서 자비를 베풀어주시니 감사하옵니다."

객실로 가라 함은 하룻밤 자고 떠나라는 얘기인지라, 선린상좌는 울상을 지으며 일연선사를 쳐다보았다.

다음날 새벽이 되자 도량석 소리가 경내에 울려 퍼졌다. 일연선사는 선린상좌를 깨웠다. 그러자 선사의 노모는 곤히 자는 사람 자게 두지 왜 새벽부터 깨우느냐고 나무랐다.

"어머님, 어머님께서도 잠이 깨셨으면 그만 일어나셔야 합니다."

"아 이 꼭두새벽에 어딜 가누?"

"절집에서는 저 도량석 소리가 들리면 누구나 일어나서 몸을

깨끗이 씻고 법당에 올라가서 새벽예불을 올려야 합니다."

"그럼 이 늙은 것두 법당에 가야 하나?"

어머니가 물었다.

"그러하옵니다. 절에 머무르는 사람은 승속간에 누구나 새벽예불을 올려야지요."

"아이구, 거 절간살이도 쉽지는 않구먼."

새벽예불을 마치고 법당을 나오니 어느새 절 마당 안에는 여명이 밝아오면서 온갖 아름다운 새소리가 가득했다.

"아이구, 이거 내가 꼭 극락세계에 온 것 같구먼."

"어머님께서 그리 마음에 들어하시니 소자 기쁘기 한량없습니다."

"이렇게 좋은 절에서 한평생 살았으면 얼마나 좋을꼬."

어머니가 좋아하는 모습을 본 일연선사는 주지스님을 만나 며칠이라도 더 묵을 수 있게 해달라고 부탁했으나 일언지하에 거절을 당했다. 난리가 난 지 40년이 되었으니 어느 절이라고 살림이 넉넉할 것인가? 객식구를 받아들일 여유가 오어사에도 없었던 것이다.

객식구가 셋이나 되니 아무래도 힘들겠다며 아침공양이나 먹고 다른 곳을 알아보라는 주지의 말을 가슴에 안고 일연선사는 객실로 돌아왔다.

일행이 주섬주섬 걸망을 챙길 때 난데없는 말발굽 소리가 산사를 흔들었다.

말을 타고 온 사람은 이 고을 현감이었는데 부리나케 주지스님을 찾았다.

"아니, 현감나리께서 어인 일이신지요?"

"강화도에서 급보가 내려왔기에 그래서 왔소이다."

"강화도라니요?"

주지스님이 고개를 갸웃거렸다.

"강화도도 모르시오. 급보가 떨어졌대두요."

"급보라 하오시면……."

"주상 전하를 가까이 모시던 일연선사를 찾고 있소이다. 선원사 주지를 하셨다 하오."

"일연대선사라 하면 소승도 그 법명은 익히 들어 알고 있습니다마는……."

"바로 일연선사께서 장산에 사시던 팔순 노모 봉양을 위해 낙향을 하셨는데, 주상 전하께서 경상도 안찰사에게 명하시어 선사님을 찾아뵙고 극진히 모시라는 분부가 있었다 하오."

"아, 그런데요?"

"그런데 고향집에 가보니 이미 그곳을 떠나신지라 지금……."

"가, 가만히 계십시오. 현감나리."

주지스님의 머리에 번쩍 빛이 발했다.

"그러니까, 일연대선사님과 팔순 노모를 찾으신단 말씀입지

요?"
 "혹시 이 절에 다녀가신 일이라도 있는 게요?"
 "아이구, 지금 저 객, 객실에…… 그런데 어쩌면 좋습니까? 제가 대선사님을 몰라뵙구 큰죄를 짓고 말았으니 대체 이 일을 어찌하면 좋겠습니까요?"
 "아니, 그럼 괄시라도 했단 말씀입니까?"
 두 사람은 부리나케 객실로 달려갔다.
 그때 선린상좌와 일연선사는 걸망을 챙기면서 얘기를 나누고 있었다. 선린상좌는 자꾸 자신이 가서 선원사 주지였던 일연선사임을 밝히겠다 하고 일연선사는 한사코 말리고 있었던 참이었다.
 "방안에 계신 대사님께 한 말씀 여쭙고자 하옵니다."
 현감이 나지막이 말을 했다.
 "무슨 일이신지요."
 선린상좌가 문을 열고 나섰다.
 "혹시 강화도에 계시던 일연선사님이 아니신지요."
 "아이구, 예 그렇사옵니다. 우리 스님이 바로 그……."
 "선린아, 웬 수선이냐!"
 "대선사님께 이 고을 현감 문안인사 올립니다."
 "아니, 이게 대체 무슨 일이오?"
 그때 주지스님도 무릎을 꿇고 조아렸다.

"대선사님, 몰라뵙고 죽을 죄를 지었사오니 용서하여 주십시오."

"허허, 어서 일어나시지요."

"소관, 어명을 받자와 대선사님을 극진히 모시고자 하오니 허락하여 주십시오."

"어명이라니요?"

일연선사가 놀라서 물었다.

현감은 자리를 옮겨앉은 후 전후 사정을 소상히 얘기했다. 주지스님은 자신의 잘못을 용서해 달라며, 이곳에 머물러 주실 것을 간청했다.

이렇게 하여 일연선사는 어머니가 거처할 방을 하나 얻고는 오어사에 당분간 머무르기로 했다. 일연선사는 이곳에서도 잠시도 쉬지 않고, 혜숙, 혜공 그리고 원효대사에 관한 이야기를 소상히 기록하였다.

어느 날 오어사 주지가 일연선사를 찾아와서 옛날 일을 낱낱이 적어두는 이유를 물었다.

"옛날 일은 입에서 입으로만 전해지니 결국은 알고 있는 사람이 한정되는 까닭에 언젠가는 끊어져 사라지게 될 것이오. 그러나 글로 남겨놓으면 이 옛날 일이 천 년 만 년 후에도 그대로 전해질 것이니, 후세 사람들로 하여금 옛일을 살피게 하자는 거요."

"하오시면 스님께서 소상히 적어놓은 이 글이 소실되면 어찌 합니까요?"

"지금은 내가 이렇게 한 벌만 글로 적어놓고 있지만, 이 글들을 모아서 책을 만들고 그 책을 수십 권, 수백 권 만들어 여러 곳에 나누어두면 결코 손실되는 일은 없을 것이오."

주지스님은 일연선사의 뜻을 알고는 자신이 알고 있는 얘기를 풀어놓았다.

전해오는 얘기에 의하면 〈연오랑과 세오녀〉 얘기는 실화라 한다. 그러니까 신라 8대 아달라왕이 보위에 오른 지 4년 후인 정유년의 일이다.

연오랑과 세오녀 부부는 영일현 바닷가에 살고 있었다. 하루는 남편 연오랑이 바닷가에서 미역을 뜯고 있는데 난데없이 큰 바위가 나타나 연오랑을 등에 싣고 바다 건너 왜구들 땅으로 가버렸다.

"큰 바위가 말이오?"

일연스님이 의아해서 물었다.

"예, 어떤 사람은 큰고기였다고도 합니다만, 아무튼 미역을 따던 남편이 없어졌으니 아내 세오녀는 눈물로 지샜지요."

"허면 왜구 나라로 실려간 연오랑은 어찌 되었더란 말입니까?"

"예, 왜구나라로 실려간 남편 연오랑은 왜구나라 사람들에게 발견되었는데 큰 바위를 타고 바다를 건너온 사람인지라 범상치 않게 여겨 왕으로 삼았습지요."

"허허, 그러면 이 땅의 세오녀는?"

일연선사도 얘기가 재밌는지라 뒤가 궁금했던 것이다.

"남편을 잃고 허구한 날 바닷가에 나가 남편 연오랑이 벗어놓고 간 신발만을 어루만지며 슬피 울었지요. 그러던 어느 날 이 세오녀가 큰 바위에 올라 먼 바다를 바라보고 서 있자니, 아 그만 그 바위가 쏜살같이 바다 위로 달려가기 시작했으니……."

"허허, 남편을 싣고 갔던 그 바위였군요."

"그랬나봅니다."

"같은 바닷가에 당도해 두 사람이 만나 왕과 왕비가 되었지요."

"허허, 이 나라 백성이 왜구나라 왕과 왕비가 되었구려. 그럴 듯한 이야기구먼."

"헌데, 그 뒤 탈이 생겼습지요."

"무슨 탈이 생겼단 말이요."

"예, 연오랑과 세오녀가 왜구나라 왕과 왕비가 된 후로 우리 나라 해와 달이 정기를 잃어버렸답니다요. 그래서 한 관리가 왕께 연오랑과 세오녀가 해와 달의 정기를 왜구나라로 가져갔기에 나라의 해와 달이 정기를 잃었다구 아뢰었답니다요. 그래서 아

 달라왕이 왜구나라 연오랑에게 사신을 보내어 이 사실을 얘기했으나 연오랑이 '내 비록 신라 사람이나 하늘의 뜻에 따라 이 나라를 다스리러 왔으니 돌아갈 수 없다'고 하더랍니다."
 "아니 그러면 신라의 해와 달이 정기를 잃었는데도 돌아오지 않겠다?"
 "예, 그러더니 왕비 세오녀가 짠 비단이 있으니 이 비단으로 하늘에 제사를 올리면 해와 달이 정기를 되찾을 것이라면서 내주더라는군요. 그래서 그 비단을 가지고 돌아와 동쪽 바닷가에서 제사를 올리니 과연 신라의 해와 달이 정기를 되찾았더란 거지요."
 "그래서 그 제사지낸 바닷가 고을 이름이 해를 맞이한다는 영일현이로구면요."

 일연선사는 이것저것 옛날 이야기, 역사를 정리하면서 5년 여 동안 오어사에 머무르게 되었다. 그러던 어느 날이었다. 선린상좌가 웬 스님이 일연스님을 뵙고자 한다고 고했다.
 "아니, 손님이 오셨으면 주지스님께 안내할 일이지, 왜 내게 고하느냐?"
 "주지스님은 뵈었구요, 스님께 긴히 드릴 말씀이 있다 하십니다요."
 "아, 그래. 어서 모시려무나."

낯선 스님이 일연선사께 정중히 예를 갖췄다.
"그래 어느 절에서 오셨습니까?"
"소승, 인홍사(仁弘寺) 주지이옵니다."
"인홍사라면 대체 어디……."
"예, 여기서 멀지 않은 성주군 비슬산에 있사옵니다."
"헌데, 대체 무슨 일로 날 찾으셨는지?"
"소승이 주지로 있는 인홍사에는 참선수행을 하고 있는 수좌가 스무 명 정도 있사옵니다. 부디 저희를 이끌어주십시오."
"날더러 인홍사로 가잔 말이던가. 허나 나에게는 이미 여든을 넘긴 어머님이 계시니 어찌 쉽게 자리를 뜨겠는가?"

17
여섯 도둑

일연선사는 인홍사 주지의 간곡한 간청을 받아들여 거처를 인홍사로 옮겼다. 선사는 후학들의 학문을 지도했는데 효에 얽힌 이야기를 들려주곤 했다.
어느 날 스님은 신라 진덕여왕 때의 효도에 얽힌 한토막 얘기를 들려주었다.

신라의 서라벌에 진정이란 젊은이가 홀어머니와 살고 있었다. 집안 살림이 어찌나 가난했던지 조석 끓일 끼니거리가 없었다. 이 젊은이는 군대에 나가 있는 동안에도 틈틈이 품팔이를 해서 홀어머니를 봉양했으니, 나이가 먹도록 장가도 들지 못했다. 이 집안에 남은 한 가지 재산이라고는 다리 부러진 솥 하나밖에 없었다.

하루는 아들이 품팔이를 하러 간 사이 스님 한 분이 절을 짓는 데 시주를 좀 하라고 들렀다. 그러나 집안에 곡식은커녕, 못 하나 나무 한 토막 없으니 줄 것이 없는 홀어머니가 아주 난처해했다.

"스님, 대들보, 서까래라도 시주하고 싶지만, 보시다시피 우리집에는 저기 돌을 괴어놓고 쓰는 다리 부러진 솥뿐입니다요, 죄송합니다."

"허허, 보살님. 다리 부러진 솥도 다 쓸 데가 있습지요. 솥도 쇠붙이니 녹여서 못도 만들고 꺽쇠도 만들고 아주 요긴하게 쓸 수 있습니다요."

이렇게 해서 홀어머니는 다리 부러진 솥을 시주했다.

그런데 아들이 돌아올 때가 가까워지자 어머니는 아들이 화를 내면 어쩌나 걱정이 되었다. 그날 저녁 아들이 양식을 조금 구해왔는데 끓여 먹을 솥단지가 없으졌으니 낭패였다. 그러나 아들은 자초지종을 듣고는 화를 내기는커녕 오히려 잘하셨다고 어머니를 위로했다.

이 젊은이에게는 소원이 하나 있었으니 효를 마친 후에 의상대사 문하에 들어가 도를 닦는 것이었다.

그러던 어느 날 어머니도 아들의 소원을 알게 되었다. 그러자 불심이 남다른 홀어머니는 아들에게 품팔이로 벌어온 양식 일곱 되를 가지고 당장 의상대사의 문하로 들어갈 것을 권했다.

떠나지 못하는 아들에게 어머니는, 그것이 얼마나 큰 불효인가를 설득하며 떠나지 않으려면 모자의 정을 끊자고까지 했다.

"스님, 그러면 그 아들은 어머니의 말씀대로 집을 떠났습니까?"
선린상좌가 심각한 얼굴로 물었다.
"아들이 아무리 울며불며 애원해도 어머니는 용납치 아니하셨으니 아들은 하는 수 없이 울면서 떠났느니라."
일연선사가 효자를 생각하며 무겁게 얘기했다. 자신의 노모를 생각했던 것이다.
"그리고 사흘 밤낮을 걸어 태백산에 계시던 의상대사를 찾아뵙고 삭발출가하여 수행자가 되었으니 그 분이 훗날 이름을 떨친 진정법사시니라."
"아니, 그러면 그 어머님은 어찌 되셨습니까?"
선린상좌가 못내 궁금한 듯 입을 열었다.
"3년 후에 돌아가셨다는 기별이 왔는데 진정법사는 이레 동안 가부좌를 틀고 선정(禪定)에 들어가 어머니의 영가를 위로해 드렸고, 이 얘기를 전해들은 스승 의상대사는 문도들을 이끌고 소백산 추동에 들어가 제자 진정의 어머니를 위해 90일 동안 화엄경을 설해 주셨으니, 그 덕으로 진정법사의 어머님은 극락왕생하셨느니라."

"하오나 소승은 과연 어찌하는 것이 큰 효도인지 잘 모르겠사옵니다."

"선린아, 일찍이 부처님께서 부모의 은혜는 수미산보다 높고, 바다보다 깊다 했거늘, 어리석은 중생들은 늙으신 부모님을 귀찮다 여기고 불효를 저지르나니, 훗날 부모님이 다 세상을 떠나고 나면 그때에는 저도 늙어 자식들에게 어김없이 또 불효를 당할 것이다. 이 어찌 어리석다 아니 하겠느냐?"

일연선사는 젊은 제자들에게 때로는 칼날 같은 질문으로 선지를 밝혀주고 때로는 자상한 설법으로 부처님의 자비로움을 몸소 보여주었으니 젊은 수행자뿐 아니라 신도들까지 구름처럼 몰려들었다.

쿵! 쿵! 쿵!

"여기 모인 대중들은 이 법당의 부처님께 시주나 좀 하고 절이나 좀 많이 해서 남보다 복이나 좀 많이 받아 갈까 생각을 할 것이다. 그러나 부처님은 '음. 아무개 보살이 얼마를 시주했구나' '아무개가 절을 몇 번 했구나' 이런 것을 보고 계신 분이 아니야. 부처님은 여기 모인 대중들 한 사람 한 사람이 제몸에 붙어 있는 도둑들을 어찌 단속하고 있나 그걸 살펴보고 계신 게야.

첫째 도둑이 무엇이냐? 바로 눈도둑이지. 저 비단옷을 입고 싶

다, 보석을 갖고 싶다, 뭐든지 갖고 싶어 성화를 하네. 둘째 도둑은 귀도둑이지. 귀도둑은 그저 달콤한 소리, 아첨하는 소리, 듣기 좋은 소리만 들으려 하니 패가망신하기 일쑤야. 셋째 도둑은 콧구멍 도둑으로 좋은 냄새는 제가 맡고 나쁜 냄새는 남에게 맡게 하는 도둑이지. 다음 도둑은 혓바닥 도둑이지. 거짓말도 잘하고, 여기서는 이 말, 저기서는 저 말, 중상모략도 요놈의 도둑이 하지. 그리구 입에 맞난 것만 먹고 욕심 사납지.

그 다음은 요놈에 몸뚱이 도둑이야. 도둑질, 살생, 못된 음행을 저지르니 도둑 중에 제일 큰 도둑이구나. 마지막 도둑은 무엇이더냐. 바로 생각 도둑이야. 어리석게도 제 마음대로 저놈은 싫다, 저놈은 없애야 한다. 저 혼자 화를 내고 이를 갈고 혼자 난리를 치지.”

쿵! 쿵! 쿵!

일연선사는 마룻바닥을 치며 대중들에게 일갈했다.

“여기 있는 대중들 가운데 지금 이 여섯 가지 도둑이 없는 사람 있거든 어디 한 번 나서 보아라.”

대중을 훑어보니 아무도 나서는 이가 없었다.

“여기 있는 대중들은 이제부터 내 몸에 붙어 있는 여섯 가지 도둑들을 과연 어찌 단속할 것인지 잘 생각해 봐야 할 것이야. 내 오늘 말하거니와 사람마다 여섯 도둑을 잘 단속하면 복을 받을 것이요, 만일 단속을 제대로 못 하면 패가망신에 지옥행을 면치 못할 것이야."

　일연선사는 이때 기복 불교의 폐해를 통감하고 부처님의 진정한 가르침인 자비를 어떻게 가르칠 것인가에 대해 걱정했다. 이때 벌써 일부 사이비 승려들이 기복 불교를 팔아 사복을 채우는 일이 더러 있었기 때문이었다.

18
처처불상이요, 사사불공이라

이렇게 후학을 돌보며 어머니를 봉양하는 한가로운 생활이 계속되는 어느 날, 선린이 조정에서 조서가 내려왔음을 알렸다.
"조정에서 무슨 조서를 보내왔단 말이냐?"
"예, 주상 전하의 어명으로 대장경 낙성법회를 여는데 스님께서 그 법회의 법주가 되셨다 하옵니다."
"어느 절에서 법회를 연다고 하더냐?"
"운해사(雲海寺)라 하옵니다."
일연선사는 선린상좌에게 노모의 일을 당부하고 운해사에서 열리는 대장경 낙성법회에 참석하여 법을 펼쳤다. 법회에 참석했던 승려들이 궁금해하는 모든 것을 소상히 알려주었으니, 팔만대장경 어디에 수록된 것이든 막힘이 없었다. 모두들 탄복했다. 그야말로 성황리에 법주로서의 임무를 완수한 것이었다.

그 일이 있은 후 2년쯤 지났을까?

주지스님이 얼굴에 환한 미소를 머금고 일연선사를 찾았다.

"어, 주지스님이 무슨 일로 그리 싱글벙글이신고?"

"실로 오랜만에 반가운 소식이옵니다, 큰스님."

"반가운 소식이라니?"

"주상 전하께서 지난 5월 스무이렛날 개경으로 환도하시어 사판궁에 처소를 정하셨다 하옵니다."

"무엇이, 개경 환도? 참 반갑구먼그래."

"예, 그러하옵니다."

"왕실과 조정이 몽고의 병란을 피해 강화도로 들어간 지 실로 몇 해던고?"

"소승이 알기로는 39년 만인가 하옵니다."

"39년이라…… 세상에 왕실과 조정이 39년이나 피난살이를 했으니, 그간 백성들은 얼마나 많이 목숨을 잃었던고?"

"앞으로 다시는 이런 병란이 없어야 할 터인데 말씀입니다."

"허나 아직도 원나라의 속국이나 마찬가지니, 과연 어느 세월에 저들의 간섭에서 벗어날 수 있을지…… 그런데 주지스님."

"예, 스님. 분부 내리시지요."

"주상께서 개경으로 환도하셨으니 우리도 심기일전하여 더욱더 부지런히 도를 닦아 나가세그려."

그해 일연선사가 있던 인홍사가 낡았다는 것을 알고 원종은

중창에도 도움을 주었고 현액도 내려주었다.

원래는 어질 인(仁), 클 홍(弘) 인홍사였는데 원종은 어질 인(仁), 일어날 흥(興) 인흥사로 개명해 주었다.

"스님, 원래는 인홍사(仁弘寺)인데 어찌 상감께서는 인흥사(仁興寺)로 편액을 내리셨을까요?"

주지스님이 궁금해서 일연선사에게 물었다.

"아, 그건 말일세. 임금께서 사액을 내리실 적에는 옛 이름을 그대로 쓰는 법이 없네. 그러니 오늘부터 인홍사는 인흥사로 된 걸세."

절을 새로 짓고 나니 일연선사는 물론 그의 어머니도 그리 좋아할 수가 없었다.

"아이구, 절을 새로 지어놓으니 여기가 꼭 극락세계 같구먼그래."

"허허, 어머니. 언제는 오어사가 극락세계 같다고 하시더니요."

"아, 그거야 큰스님이 처처불상이요, 사사불공이라 했으니 거기두, 여기두 다 극락이지 뭐."

그때 모자 옆에서 이야기를 듣던 선린상좌가 선사의 노모를 놀렸다.

"이제 노보살님께서도 법문을 곧잘 하십니다요. 하하—"

그렇게 하루하루가 흐르던 원종 15년 6월 어느 날이었다.

인흥사에도 슬픈 소식이 날아들었다. 그간 일연선사를 흠모하여 후원을 아끼지 않던 원종이 승하한 것이다. 일연선사는 오래도록 선정을 베풀 줄 알았던 원종의 승하가 너무 안타까웠다. 일연선사는 곧바로 법당으로 올라 자비종자가 온세상에 미치도록 기도를 올렸다.
　나무아미타불 관세음보살.

　원종이 승하한 후 선사는 잠시 거처를 포산 동쪽 기슭의 용천사로 옮겨, 쓰러져 가던 용천사를 중창했고 절이름도 불일사(佛日寺)로 바꾸었다. 그때 세속나이 예순아홉이었다.
　원종의 뒤를 이은 이는 충렬왕이다. 충렬왕은 아버지 원종이 흠모하였던 일연선사를 찾았다. 임금은 선사의 거처가 초라한 불일사임을 알고는 선사를 청도의 운문사(雲門寺)로 옮겨 예의를 다해 보살피도록 명했다.
　어명에 의해 거처를 운문사로 옮긴 선사는 곧바로 〈삼국유사〉 집필에 들어갔다.
　운문사의 맑은 풍경소리가 하루 종일 일연선사의 일손을 재촉하던 어느 날 선사는 선린상좌를 불렀다.
　"내 이제 이 운문사에서 지나간 옛 역사의 편린을 모아 〈삼국유사〉를 펴고자 한다. 네가 도와주어야겠다, 선린아."
　"부처님 경전이 아닌 삼국유사를 편찬하시려는 겁니까?"

 "노보살님도 그러시지 않으시더냐. 처처불상이요, 사사불공이라고. 그러니 지나간 역사를 다시 세우는 것도 불공이니라."
 몽고에 의해 나라의 자존이 밟힐 대로 밟히고 조정의 기가 땅에 떨어졌을 때, 선사는 나라의 기를 세우고 체통을 되찾기 위해 단군 왕검에서 고려에 이르는 2천여 동안의 청사(靑史)를 바로 세우려 한 것이다. 덕과 인으로 나라의 맥을 이어온 우리나라의 역사에는 북쪽 오랑캐, 동쪽 왜구와는 비할 수 없는 고귀함이 서려 있음을 선사는 일찍이 읽어낸 것이다.
 "지나간 일이라고 하찮게 여기면 오늘 또한 하찮게 될 것이요, 내일 또한 하찮게 될 것이다. 이는 마치 조상 없이는 나라 없고 내가 없이는 후손이 없는 것과 같다. 그간 수집한 이야기 중에는 옛날이야기 같고 전설 같은 것도 더러 있으나, 그 속에는 우리 조상들의 지혜와 생각이 그대로 담겨 있으니 결코 함부로 다루어서는 아니 될 것이다."
 이처럼 확고한 역사관과 나라의 맥을 이으려는 사명으로 고된 작업이 시작된 것이다.
 역대 왕조의 연표도 만들고 따로 판각하여 책으로 펴냈다. 이 연표에는 중국의 전한(前漢)에서부터 우리나라의 신라, 백제, 고구려, 가야의 왕력들이 자세히 비교, 기록되어 있다.

 하루는 선린상좌가 일연선사를 찾았다.

"스님, 조정에서 기별이 왔사온데 임금께서 지난 4월 초하룻날 합포로 떠나셨다 하옵니다요."

"경상도 합포 포구까지 원행을 하신단 말이냐?"

"예, 원나라 강요에 견디다못해 우리 군사와 일본 정벌을 하게 되었는데, 주상께서 합포까지 납시어 격려하신다 하옵니다."

일연선사는 마음이 아팠다. 원나라가 일본을 치러 가는데 우리 군사에 조공까지 내주고도 모자라 왕이 친히 원행을 하여 격려한다는 것은 있을 수 없는 수모였던 것이다.

"그리구요, 스님."

선린상좌가 생각에 잠겨 있는 일연선사를 불렀다.

"주상 전하께서 6월 계미일에 동경인 경주에 행차하시어 행재소에 계시면서 승직임명을 비준하실 것이오니 스님께서도 반드시 참여하라 하셨사옵니다."

"나를 동경 행재소로 부르셨단 말이냐?"

충렬왕 7년 6월, 동쪽의 서울인 경주 행재소에서 일연선사는 충렬왕을 처음으로 배알하게 되었다.

충렬왕은 일연선사에게 법문을 청했고 일연선사는 부처님의 말씀을 전하며 좋은 만남을 마쳤다. 그리고 다음해 일연산사는 개경으로 오라는 어명을 받고는 개경의 광명사(廣明寺)에 머물면서 왕과 문무백관들에게 부처님의 가르침을 전했다.

 다음해 3월 일연선사를 부른 왕은 원나라의 요구에 통분하여 선사에게 울분을 토로하곤 했다. 충렬왕은 일연선사를 국존에 봉하고 개경에 머무르며 왕을 보필케 하였다. 그러나 일연선사는 노모의 봉양을 들어 정중히 사양했다. 충렬왕도 효심에 대해서는 어쩌지 못하기에 경상도 군위현 인각사(麟角寺)에 머무르면서 국존으로 나라의 일을 보살피게 했다. 개경에 머문 1년이 일연선사에게는 십 년이나 된 듯 지루하고 괴로웠으니, 몸은 비록 왕궁에 있으나 마음은 어머니가 계시는 곳에 가 있었기 때문이었다. 인각사로 가라는 어명에 일연선사는 한걸음에 어머니에게로 달려왔다.
 "어머니, 소자이옵니다."
 일연선사가 어머니를 부르며 방으로 들어섰다.
 "으음, 누가 왔다구."
 "소자이옵니다, 어머니. 알아보시겠습니까?"
 "어, 그래. 큰스님이 오셨구먼."
 "예, 어머니. 용서하십시오."
 "난 이제 세상을 떠날 것이야."
 "하오시면 이제 어떠한 미련도 없으시온지요, 어머니?"
 "그럼. 아무것도 없어. 소시적 이팔청춘이 엊그제만 같은데."
 "지내고 나면 한세상 사는 게 한토막 꿈이지요, 어머니."
 "그래그래, 맞아. 한토막 꿈이야."

"극락에 가오시면 근심걱정, 생로병사 아무것도 없을 것이옵니다."
일연선사의 볼을 타고 눈물이 흘렀다.
"큰스님, 덕분에 이렇게 편안히 지내다 가네. 정말 고마워."
"어머니, 어머니."

충렬왕 10년, 아흔일곱 살에 노모가 돌아가셨다. 스님은 인각사 맞은편 양지바른 곳에 어머니의 묘자리를 미리 마련해 두었다가 그곳에 모시고, 아침 저녁 묘소를 찾아 문안을 올렸다.
일연선사는 노모가 돌아가신 후에도 계속 인각사에 머무르며 구산문도회를 두 번이나 열었는데, 모든 선각들이 분파와 문중을 초월해서 모여드니 화합의 계기가 되었다.

"이것 보아라, 선린아."
"예, 스님."
"자, 이것은 네가 좀 맡아주어라."
"이것이 무엇이온지요, 스님?"
"내 그동안 〈중편 조동오위〉도 펴냈고, 〈역대연표〉도 간행했고, 〈삼국유사〉도 펴냈고, 〈조파도〉, 〈대장수지록〉, 〈제승법수〉 그리고 〈조정사원〉도 펴냈다마는 이것 한 가지를 못 마쳤구나."
"무슨 내용이신지요, 스님."

"네가 읽어보면 알겠다마는, 이 글은 유불선을 통틀어 수행자들이 가야 할 길을 적은 것이니 네가 반드시 이루도록 해라."

"예, 스님. 소승이 힘껏 도울 것이니 스님께서 손수 펴내도록 하시지요."

"잘들어라. 이 책은 〈인천보감〉이라 해라. 많이 펴내서 젊은 수행자들이 널리 읽도록 해야 할 것이다."

"아니, 이런 당부를 어찌 지금 하시옵니까?"

"나는 이제 인연을 마쳤느니라. 게으름피우지 말고 부지런히 닦아야 하느니."

"아니, 스님."

"권세와 재물은 재앙의 씨앗이야. 벼슬하지 말구, 권세 근처에도 가지 말구, 청빈하게 살아야 한다, 청빈하게."

"스ー님ー, 스ー님ー."

스승을 부르는 제자의 간절한 목소리가 인각사를 뒤흔들었다. 그러나 일연선사는 꿈꾸듯 열반에 들었다. 이때가 고려 충렬왕 15년, 서기 1289년 7월 초여드렛날이었으니, 세수 84세요 법랍은 70이었다. 그러나 그 분이 저술하여 남긴 〈삼국유사〉는 나라와 겨레의 보물, 역사의 거울로 영원히 우리와 함께 살아 있을 것이다.